Die Zärtlichkeit des Wolfes

Shifters Unbound

Jennifer Ashley

Übersetzt
von Lotta Fabian
für Agentur Libelli

Lektorat: Ute-Christine Geiler, Birte Lilienthal, Agentur Libelli

Deutsche Erstausgabe

Cover: Kim Killion

Bücher in der „Shifters Unbound"-Serie von Jennifer Ashley

Liams Zähmung
(OT: Pride Mates)
Der Bund des Wätchers
(OT: Primal Bonds)
Bodyguard:
Unter dem Schutz des Bären
(OT: Bodyguard)
Wild Cat
Die Gefährtin des Jaguars
(OT: Hard Mated)
Mate Claimed
„Perfect Mate"
Lone Wolf
Tiger Magic
Feral Heat
Wild Wolf
Bear Attraction
Mate Bond
Das Herz des Löwen
(OT: Lion Eyes)
In den Armen des Wolfs
(OT: Bad Wolf)
Die Zärtlichkeit des Wolfes
(OT: Wild Things)
White Tiger
Gaurdian's Mate
Red Wolf
„Shifter Made" (Short Story Prequel)

Kapitel Eins

Mason McNaughton schreckte aus tiefem Schlaf hoch, als ein mehrere Hundert Pfund schwerer, wütender Felid auf seiner Brust landete und sofort begann, ihn mit Zähnen und Klauen zu bearbeiten.

Mason rollte sich unter den tödlichen Krallen weg und wandelte noch in der Bewegung die Gestalt. Er kam in seiner Halbwolf-Form hoch, packte den Felid um die Mitte und schleuderte ihn gegen die Wand. Die Wildkatze prallte ab und nutzte den Schwung, um sich direkt wieder auf Mason zu stürzen.

Sie gingen beide zu Boden, landeten halb auf dem Bett, das mit gewaltigem Getöse unter ihnen zusammenbrach. Der hölzerne Rahmen splitterte, die Matratze fiel zu Boden und begrub Mason zusammen mit dem Felid unter sich. Masons

Halsband löste aus, schockte ihn und schoss unerträglichen Schmerz in seinen Hals, aber wenn er aufhören würde zu kämpfen, würde er sterben.

Masons Halbtier-Form gab ihm die Kraft, um sein Leben zu kämpfen. Sie ließ ihm auch die Möglichkeit zu brüllen.

„Verdammte Scheiße, schafft diesen idiotischen Paria von mir runter!“

Er hörte Schritte im Flur, und dann stürmte sein ältester Bruder Broderick mit seiner üblichen Energie ins Zimmer. Broderick schnappte sich den fauchenden, spuckenden Felid und versuchte, ihn von Mason runterzureißen.

Der Felid wirbelte herum und griff Broderick an, der in seiner menschlichen Form war und nichts außer einer Unterhose trug. Blut strömte über Brodericks Körper, als die Klauen seines Gegners seine ungeschützte Haut aufrissen.

Mason sprang vom Boden hoch, landete auf dem Felid und zog ihn von Broderick weg. Broderick, fluchend und blutend, stürzte sich ebenfalls in den Kampf.

„Aleck!“, schrie er. „Hör auf!“

Der Felid nahm nicht einmal seinen eigenen Namen zur Kenntnis. Er war in einem fast vollkommen wilden Zustand, fauchte und biss, seine grünen Katzenaugen erfüllt von einem verrückten, lodernden Rot.

Diesmal würden sie den Bastard auf jeden Fall töten müssen. Was, wenn er nicht in Masons, sondern in Brodericks und Joannes oder in Tante Coras Zimmer gekommen wäre?

Mason rang den Felid zu Boden, seine Wolfsklauen drangen durch den Pelz der Katze, ließen Blut fließen. Broderick wandelte sich, wie Mason aus dem Augenwinkel sehen konnte. Der wilde Aleck war ein sich windendes Knäuel aus Wahnsinn, bereit, jeden in diesem Raum, im Haus, vielleicht in der ganzen Shiftertown zu zerfleischen.

Mason wusste, sie würden ihn nicht stoppen können, es sei denn, sie würden ihm das Genick brechen. Alecks Gefährtin stand kurz davor, ein Junges zur Welt zu bringen, und ihn zu töten würde ihr furchtbares Leid bringen. Aber sie mussten ihn aufhalten, bevor er die restlichen Bewohner des Hauses umbrachte.

Broderick wurde zu seinem grauen Wolf und sprang mitten in den Kampf. Er und Mason wichen riesigen Katzenpfoten und dem fauchenden Maul aus. Die Ohren der Wildkatze waren flach angelegt. Aleck hatte keine Ahnung, wer sie waren - wer *er* war. Er folgte nur seinen Instinkten, wollte die Lupide töten, von denen er dachte, sie würden seine Gefährtin bedrohen, wobei ihm egal war, dass er überhaupt nur wegen Mason und seinen Brüdern noch am Leben war.

Aleck trug, anders als Broderick und Mason, kein Halsband. Brodericks Halsband sprühte so viele Funken wie Masons, machte ihn langsamer, während Aleck sich unbehindert der tödlichen Gewalt hingeben konnte, die tief in jedem Shifter lauerte.

Kein Zögern mehr. Mason sah, dass Broderick dieser Gedanke ebenfalls durch den Kopf schoss. Mason sprang vor, um den Felid in den Würgegriff zu nehmen. Er würde Aleck das Genick brechen und sich dafür verantworten müssen - Broderick konnte es nicht tun, weil er der Alpha war und den Rest der Familie würde beruhigen müssen, nachdem Aleck tot war. Als der Jüngste war Mason ersetzbar, ganz am unteren Ende der Hierarchie des kleinen Rudels dieser Familie.

Der Felid wand sich aus Masons Griff, drehte sich herum und schlug jede einzelne seiner Vorderklauen in Masons Magen, riss ihn auf. Masons Schrei wurde zu einem Heulen, als sein Wolf die Kontrolle übernahm. Rationales Denken schwand, als das wahnsinnige Kampfmonster in ihm erwachte und sich bereit machte, seinen Gegner zu vernichten.

Mason hörte kaum das Geräusch auf der Türschwelle, doch eine Sekunde später stieß ihn Broderick aus dem Weg. Es gab einen leisen Knall, einen Einschlag, und der Felid ließ ein wildes Katzenkreischen hören, das sich in Masons Gehirn bohrte und dort widerhallte.

Der Schrei des Felids wurde zu einem Wimmern. Er brach zu einem ungeordneten Haufen von Gliedmaßen und Schwanz zusammen, die grünen Augen halb geschlossen, während sich seine Atmung zu der von friedlichem Schlaf veränderte.

Mason hob mühsam den Kopf. In der Tür stand Joanne, Brodericks Gefährtin, das Haar vom Schlaf zerzaust. Das Nachthemd war ihr über eine Schulter heruntergerutscht, und sie sah über den Lauf eines Betäubungsgewehrs, den Blick fest auf Aleck gerichtet, um sicherzustellen, dass er wirklich schlief.

Broderick verwandelte sich zurück in seine menschliche Gestalt. Seine Unterwäsche war bei seinem Wandel zum Wolf zerrissen, und jetzt stand er da, in dem Zustand, den Tante Cora „splitterfasernackig“ nannte.

„Danke, Süße“, keuchte Broderick atemlos.

Joanne lächelte Masons Bruder an, offensichtlich rettungslos verliebt in den Drecksack. Die kleine Wölbung ihres Bauches war der unübersehbare Beweis dieser Liebe.

Tante Cora trat in einem knallpinkfarbenen Bademantel mit Häschen um Joanne herum und warf einen Blick auf die Szene. „Göttin sei Dank", sagte sie. „Mason, geht's dir gut? Mason …?"

Mason fühlte, wie er sich in einen Menschen zurückverwandelte. Er lehnte sich gegen die Wand, unfähig, sich zu bewegen, sein Magen aufgerissen und stark blutend.

„Keine Sorge", versuchte er zu sagen, aber es kam alles ganz unklar heraus. „Es geht mir g…" Der Rest der Worte verschwamm, genau wie das Zimmer, und er glitt in die Dunkelheit.

* * *

Das Gute daran, eine Gestaltwandler-Fee-Lupidin mit Heilkräften in dieser Shiftertown zu haben, war nicht nur, dass sie in der Nähe wohnte, sondern auch, dass sie atemberaubend war. Vielleicht waren es die Schmerzmittel, die sie ihm gegeben hatte, aber Mason störte es überhaupt nicht, Andrea Gray anzustarren, während sie seine Wunden nähte und ihre Heilmagie mit einer Berührung ihrer Finger in ihn sandte.

Was machte es schon, dass sie die Gefährtin des Wächters der Shiftertown war? Mason hatte keinerlei Absicht, die Frau zu berühren – sie war außerdem eine entfernte Verwandte seines Clans –, aber er konnte wenigstens ihre Schönheit genießen, während sie arbeitete.

Aus irgendeinem Grund waren alle wütend auf Mason, auch wenn Aleck ihn zuerst angegriffen hatte. Als Aleck endlich aus seinem erzwungenen Schlaf aufgewacht war, war er ganz ruhig gewesen, seine wilde Natur für den Moment vergessen. Er konnte sich nicht an viel erinnern, aber er war sich ziemlich sicher, dass Mason ihn zuerst attackiert hatte und er instinktiv zurückgeschlagen hatte.

Mason, verwirrt durch die Schmerzmittel, konnte sich nur leise verteidigen. Nancy, Alecks Gefährtin, hatte Mason wütend angefunkelt und gefragt, warum er nicht akzeptieren konnte, dass Aleck krank war, und ihn in Ruhe lassen.

Die Göttin möge mich retten. Masons Zimmer war ein Schlachtfeld, und es gab in diesem verdammten Haus kein Extraschlafzimmer für ihn, in das er ziehen konnte – kein weiteres Bett. Er musste auf dem Sofa unten im Wohnzimmer liegen, während Andrea ihn zusammenflickte, was seine drei älteren Brüder nervte, weil sie Basketball sehen wollten.

Die Gestaltwandler hatten sich daran gewöhnt, auf engem Raum zusammenzuleben, nachdem man sie in Shiftertowns gesteckt hatte, aber in diesem Haus war endgültig die Grenze des Machbaren erreicht. Mason und seine drei Brüder hatten hier mit Tante Cora gewohnt, die sie alle fest im Griff hatte. Dann hatte Broderick Joannes Schwester Nancy gerettet und auch ihren Gefährten Aleck mit nach Hause gebracht, einen Felid, der ziemlich weit auf dem Weg zum Paria war. Broderick hatte die beiden hier einziehen lassen, damit seine Gefährtin Joanne, die hier ebenfalls lebte, glücklich war.

Irgendjemand hätte Aleck schon längst von seinem Leid erlösen sollen, das war Masons Meinung. Aber dann würden Nancy und ihr ungeborenes Junges leiden, Joanne wäre aufgebracht, weil ihre Schwester unglücklich war, und es würde nur noch schwieriger werden, mit Broderick zu leben, als es ohnehin schon war.

Aber was zur Hölle sollten sie tun? Nancy konnte jetzt jeden Tag ihr Junges bekommen, und bei Joanne war es im Herbst so weit. Niemand konnte vorhersagen, was ein Paria einem Jungen antun würde, selbst seinem eigenen.

Parias waren Shifter, die sich zu den wilden Tieren zurückentwickelten, die im Inneren jedes Gestaltwandlers lauerten, der Bestie, der jegliches rationale Denken fehlte. Der Shifter, der langsam in den Pariazustand geriet, hörte auf, sich zu waschen, vergaß, wie man Besteck benutzte, schlief auf dem Boden und wurde danach ganz allgemein gesprochen vollkommen und unwiederbringlich verrückt, Schaum vor dem Mund inklusive. Außerdem stanken Parias. Die Geruchsbelastung in diesem Haus war immer weiter angestiegen.

Die meisten Parias flohen entweder in die Wildnis und gingen zugrunde, oder sie wurden von anderen Shiftern getötet, die verhindern wollten, dass sie die Jungen gefährdeten. Aleck durfte hierbleiben und ihr Leben ruinieren, während er zwischen geistiger Gesundheit und dem Pariazustand hin- und herpendelte. Aber eines Tages würden sie ihn derart mit Beruhigungsmitteln vollpumpen müssen, dass er nicht mehr aufwachte.

„Kannst du nicht irgendetwas tun?", fragte Mason Andrea, während sie seine Wunde säuberte. „Du bist eine Heilerin. Mach ihn wieder heil. Oder sorg wenigstens dafür, dass er besser riecht."

Andrea schüttelte den Kopf. Ihr dunkles Haar bewegte sich in der Frühlingsbrise vom offenen

Fenster. Sie war zur Hälfte Fee, weshalb sie seltsam roch, aber es war auf jeden Fall viel besser als ein Paria. Der Luftzug, der durch das Haus wehte, machte fast keinen Unterschied bei dem Gestank von oben.

„Ich kann Wunden heilen", erwiderte Andrea mit ihrer samtigen Stimme. „Wie deine." Sie strich leicht mit den Fingerspitzen über Masons Bauch, das Kribbeln von Magie in ihnen war warm. „Aber Aleck ist zu weit weg, als dass ich ihn noch erreichen könnte, selbst wenn ich wüsste, wie." Sie runzelte besorgt die Stirn. „Ich bin mir nicht sicher, was wir tun können. Liam hat ein Treffen anberaumt."

Liam, der Anführer der Shiftertown von Austin, war ein Felid, aber trotz dieses kleinen Problems kein so schlechter Kerl, das musste selbst Mason zugeben. Liam entschied, was gut für die Shiftertown war und wie mit Problemen wie Aleck zu verfahren war.

„Für wann hat er das Treffen geplant?", erkundigte sich Mason. „Ich werde ebenfalls kommen."

„Es fängt gerade an, aber du bleibst hier." Andrea warf ihm einen strengen Blick zu.

„Nein." Mason schob ihre warmen Hände weg und kam mühsam auf die Beine. Sein Bauch war ein Wirrwarr von Klauenspuren und Nähten, aber Shifter heilten schnell, und all dieser Schmerz wäre bald wieder vorbei. Richtig?

„Mason …" Andreas Griff an seinem Arm war erstaunlich stark. „Broderick …"

„Setz dich verdammt noch mal hin, Mason." Broderick beugte sich aus dem Esszimmer vor, wo sie den Fernseher hingebracht hatten. Die Spurs spielten unter dem enthusiastischen Gejohle ihrer

Fans – von Menschen wie auch Shiftern. „Ich werde zu Liams Treffen gehen und berichten, was passiert ist."

„Alecks Version der Geschichte", knurrte Mason. Er griff sich sein T-Shirt und zog es langsam über seinen verletzten Bauch, knüpfte dann vorsichtig seine Jeans zu und schloss den Gürtel. „Er ist ein verdammter Lügner, wenn er behauptet, dass ich ihn angegriffen hätte. Ich habe geschlafen, als plötzlich eine Tonne Felid auf mir gelandet ist."

„Kein Lügner", sagte Broderick und versuchte, vernünftig zu klingen. „Parias wissen nicht immer genau, was geschieht."

„Was genau der Grund ist, warum wir etwas wegen ihm unternehmen müssen." Masons Stimme wurde zu einem Fauchen. Broderick war sein Alpha, aber Mason konnte sich nicht zurückhalten. Mason wusste, dass auch Broderick über die Situation mit Aleck nicht glücklich war, aber sein Wort war Gesetz in diesem Haus … Nun, solange Tante Cora und Joanne nicht mit ihm stritten.

Broderick verengte die Augen. „Mason, ich kümmere mich darum. Leg dich verdammt noch mal zurück auf die Couch, und werd wieder gesund. Andrea, gib ihm ein Schlafmittel oder irgendwas."

Andrea schüttelte den Kopf und steckte die Nadel zurück in ihre Tasche, zusammen mit den Medikamenten, die sie mitgebracht hatte. „Ich werde mich nicht in einen Familienstreit einmischen, Broderick." Sie stand auf und begab sich ohne ein weiteres Wort zur Tür.

„Ängstlich wie ein Miezekätzchen", rief Mason ihr hinterher. Die Schmerzmittel machten ihn etwas schwindelig.

Andrea drehte sich um und ließ ein sehr wolfsartiges Knurren hören. „Ich bin die Gefährtin eines Felids, und er hat nie Angst."

„Nein, ich meinte … Ach egal." Mason griff nach einem seiner Motorradstiefel und versuchte, ihn sich über den Fuß zu ziehen. Ihm fiel auf, dass es Brodericks war, und er kickte ihn runter und angelte unter dem Couchtisch nach seinem eigenen.

Als Mason endlich seine Stiefel anhatte und auf der vorderen Veranda stand, war Broderick neben ihm. „Ich hab gesagt, ich kümmere mich darum", erklärte er mit einem Stirnrunzeln.

„Du hast genug zu tun", erwiderte Mason und hielt sich am Geländer fest. Die Welt drehte sich langsam um ihn. „Du hast eine Gefährtin und ein Junges, das bald auf die Welt kommt, und Leute, die du herumkommandieren musst. Ich bin derjenige, der um ein Haar mitten in der Nacht getötet worden wäre. Ich gehe."

Broderick atmete hastig ein, um mehr zu sagen, aber dann sah er Mason in die Augen und hielt inne. Sein großer Bruder betrachtete ihn für eine Weile, schien genau zu wissen, was Mason dachte. Schließlich nickte er. „Okay. Du kannst mitkommen. Aber halt den Mund, außer Liam stellt dir eine direkte Frage."

„Ich habe keine Angst vor dem großen, bösen Felid", entgegnete Mason, aber das stimmte nicht wirklich. Liam hatte so eine Art, einen mit seinen ruhigen blauen Augen anzusehen, bevor er einen an seinen Platz verwies, ohne auch nur einen Finger krumm zu machen. Er konnte außergewöhnlich großzügig sein, und seine Gefährtin und ihr Junges liebten ihn wie verrückt, aber es gab keinen Zweifel, dass Liam die Austin-Shiftertown mit strenger Hand regierte.

Das Treffen fand in der Bar statt, die Liam am Rande der Shiftertown managte und die erst später am Tag öffnen würde. Liam war schon da, als Broderick und Mason hereinkamen. Er saß still auf einem Barhocker, einen Ellenbogen auf der Bar hinter ihm. Gestaltwandlern war es nicht gestattet, Geschäfte zu besitzen, also gehörte diese Bar einem Menschen, aber es war klar, dass Liam hier das Sagen hatte.

Sean, Liams Bruder und Andreas Gefährte, kam direkt hinter Broderick und Mason herein, das Schwert des Wächters über einer Schulter. Das Schwert beunruhigte Mason. Einige Monate zuvor hatte Broderick das Medaillon vom Schwert eines anderen Wächters gefunden, und das Medaillon hatte nicht nur ein Zeichen in Brodericks Handfläche gebrannt, sondern sich irgendwie wie ein verlorener Welpe an ihn gehängt. Es hatte andere merkwürdige Dinge getan und war schuld daran, dass Mason für einige Zeit gedacht hatte, er hätte seinen Bruder für immer verloren. Er hatte Broderick nie erzählt, wie leer und verzweifelt sich das für ihn angefühlt hatte. Broderick war auch so schon eingebildet genug.

Liam sah Mason mit seinen dunkelblauen Augen an, als würde er versuchen, herauszufinden, wie viel Schuld Mason an Alecks Angriff trug. Sean, dessen Augen von dem gleichen Dunkelblau waren wie Liams, musterte Mason mit einem ähnlichen Blick. Mason knurrte und ließ sich auf einen Stuhl fallen. Er hatte immer noch Schmerzen, und sein Gehirn war ganz wirr von den Medikamenten.

Einige andere Shifter saßen hier und da im ganzen Raum verteilt. Sie waren Liams Tracker – Bodyguards, Kämpfer, Scouts –, die ihm halfen, Schwierigkeiten vorauszusehen und für Ruhe und Ordnung zu sorgen.

„Macht die Tür zu“, sagte Liam, sobald Broderick sich auf einen Barhocker gesetzt hatte. Der riesige Kodiakbär-Shifter Ronan, der Türsteher der Bar, schloss und verriegelte sie.

„Also“, begann Liam mit ruhiger Stimme. „Es scheint, dass Aleck ein kleines Problem geworden ist.“

„Ein *kleines* Problem?“ Mason hörte das Fauchen aus seinem Mund, bevor er es zurückhalten konnte. Mussten die Schmerzmittel sein – er hätte Liam sonst niemals unterbrochen.

„Ein kleines“, wiederholte Liam, während Broderick versuchte, Mason mit Blicken zum Schweigen zu bringen. „Der arme Kerl ist fast weg, aber er hat eine Gefährtin und ein Junges, das bald geboren wird. Wenn wir Aleck töten müssen, was wird dann aus seinem Jungen? Aus Nancy?“

„Nancy ist ein Mensch“, erklärte Mason, unfähig, den Mund zu halten. „Sie und Joanne haben eine Familie, die sich um sie kümmern kann.“

„Das stimmt“, räumte Liam ein. „Aber welche menschliche Familie wird ein Shifterjunges aufziehen wollen? Sie sind schon ganz schön wild, und das ist noch vorsichtig ausgedrückt.“ Liam schüttelte den Kopf, aber in seiner Stimme hörte man Stolz. Er hatte seit einiger Zeit eine Tochter, die ihn um ihren kleinen Finger gewickelt hatte. „Nancys Schwester ist Brodericks Gefährtin, also wird deine Familie, Mason, sich um Nancy und das Junge kümmern, wenn sie das möchte, aber das Junge wird keinen Clan haben."

Die Gestaltwandler im Raum bewegten sich voller Sympathie unbehaglich hin und her. Gestaltwandler ohne Clan waren in einer schwierigen Situation - sie hatten keine natürlichen Beschützer vor der bösen Welt oder auch vor anderen Shiftern. Sie befanden sich auf der untersten Stufe jedes Rudels, das freundlich genug war, sie aufzunehmen, und eine Gefährtin zu finden würde schwierig sein. Unter Shiftern war es tabu, sich mit Mitgliedern des eigenen Clans fortzupflanzen, egal, wie entfernt die Verwandtschaft auch sein mochte. Wenn der Clan eines Gestaltwandlers unbekannt war, würden andere Shifter, vor allen Dingen die derselben Spezies, sehr zögerlich sein, ihn zum Gefährten zu nehmen.

Broderick zuckte die Achseln, als wenn ihn das nichts angehen würde. „Wir können das Junge zum Ehrenmitglied von unserem Clan machen und uns um ihn kümmern. Oder sie. Das wäre kein Problem. Auch wenn das Junge ein Felid sein wird."

Er sagte „Felid" wie eine Beleidigung, und Liam, ein Felid mit einem großen Anteil Löwe, grinste leicht.

„Nun gut, also haben Nancy und das Junge Beschützer", fuhr Liam fort. „Aber wie erklären wir dem Jungen später, dass wir beschlossen haben, seinen Dad zu töten?"

Broderick erwiderte Liams Blick völlig ausdruckslos. „Das ist einfach. Ich schicke ihn zu dir, wenn er alt genug ist, und du wirst ihm das beibringen."

„Ist ihn zu töten die einzige Möglichkeit?", warf Mason ein, während Liam Broderick ein weiteres nachsichtiges Lächeln schenkte. „Der Typ hat mich aufgeschlitzt, stimmt, aber es ist nicht seine Schuld, dass er durchgedreht ist. Können wir ihn nicht einfach komplett ausknocken, bis es ihm wieder besser geht?"

Sean antwortete. „Nein, mein Junge. Nach allem, was Andrea und ich herausgefunden haben, frisst sich der Pariazustand durch das Gehirn - er verändert die Chemie und die Verbindung der Synapsen. Wenn wir Aleck nicht bald zurückbringen können, wird sein Hirn permanente Schädigungen davontragen. Dann wird er nicht nur eine Gefahr für die Lupide sein, die er um sich herum riecht, sondern auch für seine eigene Gefährtin. Das können wir nicht zulassen."

„Also töten wir ihn?", fragte Mason. „Das scheint nicht fair. Shifter sind auch vorher schon aus dem Pariazustand zurückgebracht worden, richtig?"

Mason wusste nicht, woher dieses plötzliche Mitgefühl für Aleck kam. Der Mann wütete und sabberte mehr oder weniger die ganze Zeit, seit er in Masons Haus wohnte. In seinen lichten Phasen hatte Aleck sehr deutlich zu verstehen gegeben, dass er ihnen dankbar war, Lupide aber nicht besonders mochte oder überhaupt irgendwelche Shifter mit Halsband. Idiot. Es mussten Masons Schmerzmittel sein, die ihn ihm gegenüber so freundlich gesinnt machten.

Sean sagte: „Wenn er nicht schon zu weit weg ist, kann ein Heiler ihn zurückbringen. Wenn wir einen Heiler finden können."

„Deine Gefährtin", erwiderte Mason sofort. „Sie hat mich geheilt." Er gestikulierte mit einer Hand zu seinem Unterleib, der immer noch wehtat.

Einer der Tracker grinste. „Ja, ihre Berührung hat was."

Seans Augen wurden schmal, und ein Knurren kam aus seiner Kehle. Er verwandelte sich so abrupt vom nachdenklichen Wächter zum besitzergreifenden Gefährten, dass Mason auflachte.

„Ganz ruhig", mahnte Liam und legte seinem Bruder eine Hand auf den Arm. „Er macht sich über dich lustig, Sean, und das ist ziemlich einfach. Nein, Junge", sagte er zu Mason. „Andrea ist eine Heilerin, aber ihre Fähigkeiten kommen von ihrem Feenblut. Sean meint einen Shifter-Heiler, einen, der von der Göttin mit einer Menge Heilmagie gesegnet worden ist. Ein Shifter-Heiler, sagt man, kann einen anderen Gestaltwandler fast von den Toten zurückholen. Sie sind mächtig, selten und extrem schwer zu finden. Wenn ich wüsste, wo ich einen auftreiben soll, würde ich es tun."

„Dann ist doch alles klar." Mason stützte die Hände auf die Lehnen seines Stuhls und drückte sich hoch. Er wankte auf den Füßen, fühlte immer noch die Nachwirkung der Heilung und der Schmerzmittel. „Ich ziehe los und finde einen Shifter-Heiler für uns, und dann hat sich dieses Problem ein für alle Mal erledigt."

Kapitel Zwei

Die anderen diskutierten. Natürlich taten sie das – sie waren Shifter.

Aber Mason war schon fest entschlossen. Er würde gehen, egal, was sie sagten. Er glaubte nicht, dass es besonders schlau wäre, das Liam mitzuteilen, also schlüpfte er einfach in eine Nische in der Ecke und ließ sie reden.

„Hey." Ein Felid setzte sich ihm gegenüber und legte die Unterarme auf den Tisch. Es war Seamus McGuire, der noch vor gar nicht langer Zeit Teil einer Gruppe von Gestaltwandlern gewesen war – derselben, der auch Aleck angehört hatte –, denen es vor zwanzig Jahren gelungen war, den Halsbändern zu entgehen. Seamus trug jetzt ein falsches Halsband, der keltische Knoten ruhte an seiner Kehle. Er hatte eingewilligt, wie ein typischer

Shiftertown-Gestaltwandler zu leben, um mit einer Frau zusammen zu sein – tatsächlich sogar einer menschlichen Frau.

Der Mann musste wirklich vollkommen durchgeknallt sein. Wenn Mason kein Halsband tragen würde, würde er ganz sicher nicht hierbleiben. Keine Frau war es wert, sich praktisch in Gefangenschaft zu begeben, selbst wenn die Gefangenschaft nur vorgetäuscht war.

„Aleck war ein Freund", sagte Seamus, seine ruhige Stimme noch immer mit einem leichten schottischen Akzent. „Er war nicht mein bester Freund oder so, aber er ist kein schlechter Kerl. Ich weiß es zu schätzen, dass du ihm helfen willst."

Mason wollte Aleck helfen, um zu verhindern, dass er von ihm umgebracht wurde. Diesen Gedanken behielt er jedoch für sich und wartete darauf, dass der andere mit dem rausrückte, was er zu sagen hatte.

„Wenn du tatsächlich einen Shifter-Heiler finden willst, wirst du Hilfe brauchen", stellte Seamus fest.

„Vermutlich", erwiderte Mason vorsichtig. „Bietest du an, mit mir zu kommen?"

Seamus warf ihm einen ungläubigen Blick zu. „Und meiner Gefährtin und ihrer Mutter sagen, dass ich durch die Welt streife, um einen Heiler zu finden, während meine Gefährtin mein Junges trägt? Du hast Brees Mutter doch kennengelernt."

Das stimmte, und Mason musste zugeben, dass sie auf ihre eigene Art ein Alpha war. Ein Gestaltwandler verärgerte Nadine Fayette nicht, außer er wollte sich von ihr zurechtstutzen lassen, dass es wie Feuer brannte. Sie würde den betreffenden Shifter außerdem jedes Mal, wenn sie ihn sah, an den Vorfall erinnern, wie zum Beispiel, als Mason beim letzten Barbecue bei Bree und ihrer Familie, das sie bei ihrem Haus abgehalten hatten, durch ihre Rosenbüsche gestürmt war, als er ein Junges gejagt hatte. Mason konnte immer noch die Kratzer der Dornen spüren und Nadines beißende Stimme hören. Er hatte die Büsche, die er niedergetrampelt hatte, neu gepflanzt und war so lange rausgefahren, um zu überprüfen, wie es ihnen ging, bis er sicher war, dass sie gut anwachsen würden.

„Also was schlägst du vor?", fragte Mason ungeduldig.

Seamus fing an auszusehen, als wäre er verärgert, erschöpft und hätte Schmerzen, was genau zu Masons Gefühlen passte. Seamus war Empath, und wenn andere Shifter starke Emotionen ausstrahlten, fing Seamus sie auf und spiegelte sie. Das gab ihm die Fähigkeit, anderen zu helfen, die schlechten Gefühle zu überwinden, oder irgendwie so was. Mason war sich nicht sicher, warum es eine gute Sache sein sollte, Empath zu sein.

„Bree hat eine Freundin in New Orleans", sagte Seamus, während er Mason mit seinen goldenen Augen ansah. „Mit Zugriff auf gewisse Hilfsmittel."

„Was für Hilfsmittel?", fragte Mason. „Besser als das Wächternetzwerk?"

„Nein." Seamus wurde leicht rot. „Sean sagt, dass das Wächternetzwerk einem die ungefähre Richtung zu einem Shifter-Heiler weisen kann, aber nicht verraten, wo genau man ihn findet. Heiler sind sehr schwer aufzuspüren. Nein, Brees Freundin ist ein Medium."

Mason blinzelte einige Male, wobei sich Wut in den Gefühlsmix in seinem Gehirn mischte. „Soll das ein verdammter Scherz sein?"

Seamus hob eine Hand. „Ich weiß, es hört sich merkwürdig an, aber Bree sagt, sie sei unglaublich. Sie hat Leute für die Polizei gefunden, hat andere vor Gefahren gewarnt, sodass sie sich noch retten konnten, und mehr. Ich persönlich glaube ja nicht an so was, aber Bree schwört, dass sie echt ist."

Obwohl Bree für einen Menschen ganz niedlich war, war sie wohl kaum die zuverlässigste Quelle. Sie war ein Shiftergroupie gewesen, als sie in New Orleans gelebt hatte, und jede Frau, die dachte, es wäre toll, mit einem Idioten von männlichem Alpha-Shifter rumzuhängen, musste sich mal genau den Kopf untersuchen lassen. Und jetzt erzählte Seamus ihm, dass sie an übersinnliche Fähigkeiten glaubte.

„Ich verzichte", erklärte Mason. „Noch irgendwelche anderen Ideen?"

„Kann nicht schaden, sie zu fragen", erwiderte Seamus. „Wer weiß? Sie könnte dir vielleicht wenigstens die richtige Richtung weisen."

„So was wie Medien gibt es nicht", beharrte Mason stur. „Das sind alles Trickbetrüger, die deine Körpersprache benutzen, um deinen Verstand zu lesen. Jeder Shifter kann das. Wenn diese Frau Menschen findet, ist sie entweder eine gute Ermittlerin, oder sie hat Glück. Das Gleiche gilt für die Warnungen vor bevorstehenden Katastrophen. Da draußen gibt es jeden Tag jede Menge Katastrophen. Da hat ein Medium eine gute Chance, eine vorherzusagen."

„Na und?", entgegnete Seamus. „Wenn das so ist, wenn sie eine gute Ermittlerin ist, kann sie dir ja vielleicht helfen.“ Er lehnte sich über den Tisch, der Blick seiner goldenen Augen eindringlich. „Lass es mich so formulieren, Junge: Wenn ich nach Hause komme und sage, dass du ihre Freundin nicht treffen wolltest, werden sowohl Bree als auch Nadine herkommen, dich finden und dich eigenhändig nach New Orleans schaffen. Möchtest du unbedingt so einen Roadtrip? Viel einfacher, anzubieten, freiwillig hinzufahren.“

Mason knurrte leise. „Seamus, warum zur Hölle lässt du dich von einem Haufen Frauen herumkommandieren? Sie sind doch nicht mal Shifter.“

Seamus verlor jede Verärgerung und lachte auf. Der schmerzvolle Ausdruck verschwand aus seinem Gesicht. „Ich sag dir was, Junge. An dem Tag, an dem du dich verliebst, kommst du zu mir zurück und fragst mich das noch mal.“

Mason presste die Hände auf die Tischplatte, um sie nicht zu Fäusten zu ballen. „Okay, okay.“ New Orleans war ein gutes Stück von Austin entfernt, und Mason hatte das dringende Bedürfnis, aus der Stadt rauszukommen. Er könnte mit dem Medium reden, um Seamus und seine Familie glücklich zu machen, ein paarmal tief durchatmen, weit weg von dem Chaos, das in seinem Zuhause herrschte, und dann entscheiden, was er tun wollte.

Mason wurde bewusst, dass alle anderen Wandler im Raum ihn beobachteten. So gut, wie Shifter hören konnten, hatten sie wahrscheinlich die ganze Unterhaltung verfolgt.

„Dann ist das also geregelt“, erklärte Liam Morrissey. In seinen Augen blitzte Humor auf, aber auch Verständnis. „Du ziehst los und findest einen

Shifter-Heiler, Junge. Wir sorgen dafür, dass Aleck am Leben bleibt, bis du wieder nach Hause kommst."

* * *

Jasmine Samuelson starrte die Runensteine an, die sie gerade auf ihr blaues Samttuch geworfen hatte, und ihr Herz zog sich zusammen. Sie schob die Steine beiseite, nahm ihr persönliches Tarotdeck heraus – das, das sie benutzte, um für sich selbst und für niemand anderen zu lesen – und legte schnell drei Karten in eine Reihe.

Sie lehnte sich zurück und zog den Atem ein. Jazz nannte diese Legart „Quickie"-Tarot – die erste Karte war ihre Vergangenheit, die zweite ihre Gegenwart und die dritte ihre direkte Zukunft. Das Windspiel draußen vor der Verandatür seufzte, auch wenn es keinen Luftzug gab.

Jede Rune, die sie gezogen hatte, und jede Tarotlegung der letzten paar Tage hatte ihr ziemlich genau dasselbe gesagt. Selbst die Glückskekse, die sie bekommen hatte, als sie neulich Abend chinesisches Essen bestellt hatte, hatten sie gewarnt.

Ein Fremder war auf dem Weg. Wenn er ankam, würde sich Jasmines ganzes Leben ändern. Für immer.

Jazz hatte nichts gegen Fremde – sie verdiente ihr Geld in einem New-Age-Laden in der Stadt und las ständig Personen, die sie nicht kannte, aus der Hand und legte Tarot für sie. Es machte ihr Spaß, auf alle möglichen interessanten Leute zu treffen, die alle möglichen interessanten Probleme hatten.

Sie hatte auch nichts gegen Veränderungen. Das Leben sollte nicht stillstehen.

Wogegen Jazz jedoch etwas hatte, waren düstere Vorhersagen in ihren Karten, dass dieser Fremde sie zu Tode erschrecken und ihr Leben auf massive Weise ändern würde. Das war genug, um dafür zu sorgen, dass sie sich im Geschäft krankgemeldet hatte, alle Klappläden an ihrem Haus am Fluss geschlossen hatte und sich in den Schatten versteckte.

Das Haus umarmte und beschützte sie, voller Magie von Generationen von übersinnlich begabten Männern und Frauen, die bis ins achtzehnte Jahrhundert zurückreichten. Ihr Freund Lucas verstand nicht, warum Jazz ihn nicht bei sich wohnen lassen wollte, aber die Wahrheit war, dass das Haus ihn nicht mochte.

Mit Lucas zusammen zu sein konnte viel Spaß machen, wenn er eine gute Woche hatte, und er hatte sie gedrängt, endlich zusammenzuziehen. Aber das würde bedeuten, dass Jazz entweder das Haus verlassen müsste, das die meiste Zeit ihres Lebens über ihr Heim gewesen war, oder dass Lucas bei ihr einziehen müsste. Sie würde ihm früher oder später ihre Entscheidung mitteilen müssen, was vermutlich bedeutete, dass sie sich trennen würden.

Womöglich war es das, was der Fremde, der kommen würde, bedeutete. Das Ende ihrer Beziehung oder vielleicht, dass Jazz ihr Haus verlassen müsste.

Ist das alles, wovor ich Angst habe?, wies Jazz sich selbst zurecht, als sie aufgelegt hatte, nachdem sie im Laden angerufen hatte, um Bescheid zu geben, dass sie heute nicht kommen würde. *Eine Trennung oder ein Umzug? Jede Menge Leute haben viel Schlimmeres durchgemacht.* Aber dieses Haus aufzugeben wäre nicht nur einfach ein Umzug, und das wusste sie. Jazz' Vergangenheit war hier. Ihre Gegenwart. Ihre Zukunft?

Sie setzte sich wieder an den Esstisch und mischte das Tarotdeck, legte langsam das keltische Kreuz. Sie studierte jede Karte, während sie sie legte, und dann das ganze Bild, als sie fertig war.

Ja, etwas Unheimliches kam. Jazz schob die Karten zusammen, lehnte sich zurück und ballte die Hände nervös zu Fäusten.

Eine Sekunde später klingelte ihr Handy. Jazz blieb fast das Herz stehen, während sie danach griff, aber dann atmete sie erleichtert aus, als sie sah, wer dran war.

„Bree!", rief sie ins Telefon. „Ich kann dir gar nicht sagen, wie froh ich bin, von dir zu hören …"

* * *

Mason klebte das T-Shirt an der Brust, während er auf seinem Weg nach New Orleans hinein auf dem Motorrad durch die feuchte Hitze des südlichen Louisianas fuhr. Früh an diesem Morgen war er über Highways durchs Hinterland von Austin Richtung Houston aufgebrochen, die Kapuzenjacke geschlossen, um sein Halsband zu verbergen. Es war Gestaltwandlern gestattet, innerhalb ihres eigenen Staates zu reisen, solange sie sich nicht zu lange außerhalb ihrer Shiftertown aufhielten, aber Mason wollte nicht, dass es irgendjemandem auffiel, dass ein Wandler auf der anderen Seite von Houston heraus- und weiter die Straße runter nach Louisiana fuhr.

Jetzt klebte die Hitze des Nachmittags an ihm, die Sonne brannte durch dünne weiße Wolken, und die Feuchtigkeit nahm weiter zu. Austin konnte im

Sommer schwül sein, aber nicht so. Das hier war, wie durch Suppe zu fahren.

Mason war auf dem Weg zu Brees Medium, aber mit sehr wenig Informationen darüber, wo er seine Suche beginnen sollte. Laut Sean bezeichnete das Wächternetzwerk nur drei Gestaltwandler auf der Welt als echte Shifter-Heiler. Natürlich gab es keine Namen oder Adressen, auch wenn die Datenbank ausspuckte, dass sie alle männlich waren. Einer war zuletzt irgendwo in den baltischen Staaten gesichtet worden. Ein weiterer schien sich in Südamerika herumzutreiben. Ein dritter zog durch die Vereinigten Staaten und Kanada. Alle drei wanderten, blieben nie lange am selben Ort.

Offensichtlich taten Heiler das. Sie waren schwer aufzuspüren, lebten zurückgezogen und waren angeblich fast so verrückt wie Parias. *Von der Göttin gesegnet* hatte Sean sie genannt, genau wie die Wächter, aber Heiler brachten Personen zurück ins Leben, statt sie in den Tod zu schicken.

Die Heilmagie veränderte ihr Gehirn, hatte Sean weiter erklärt, und sie hielten sich nicht gerne in der Nähe von anderen Gestaltwandlern auf. Oder von überhaupt irgendjemandem. Ein Shifter musste schon wirklich verzweifelt sein, wenn er sich auf die Suche nach einem machte.

Mason umfasste die Griffe des Lenkers fester, und seine fingerlosen Handschuhe dehnten sich. Es war zu heiß für irgendetwas außer dem Muskelshirt, das er unter der Kapuzenjacke trug, aber er hielt den Reißverschluss bis zum Kinn geschlossen.

Die I-10 führte ihn durch heißes grünes Land bis zu den Industriegebieten am breiten Fluss. Dann wand sich der Highway um einen riesigen See, bis er ihn schließlich direkt ins Herz von New Orleans brachte.

Mason folgte Brees Wegbeschreibung zu einem Platz namens Jackson Square, einer Grünfläche mit einer großen Kirche, Gruppen von Touristen und langsam fahrenden, von Pferden gezogenen Kutschen, die besagte Touristen durch die historische Altstadt transportierten. Mason bewegte seine Maschine langsam durch den Verkehr bis zur Decatur Street, betrachtete wie jeder Tourist fasziniert die Häuser der Altstadt mit ihren stuckverzierten Wänden und fein ziselierten Eisengittern an den Balkonen.

Mason bog von der Decatur in eine kleine Gasse ein, stellte das Motorrad ab und ging auf den Laden namens *Inspirations* zu, wo laut Bree ihre Freundin Jasmine arbeitete.

Zwei junge Frauen in Tops und Shorts betraten den Laden zur selben Zeit wie er. Mason riss der ersten Frau den Türgriff aus der Hand und schlüpfte vor ihr in den Laden, um ihn nach Gefahren abzusuchen.

Das Innere des Geschäfts sah ziemlich harmlos aus. Es war klein, enthielt aber viele Regale und Vitrinen, in denen Bücher, Steine in allen Farben, Statuen und Statuetten standen, Flaschen mit Öl, Kartenspiele, Schmuck, Kristalle, Räucherstäbchen sowie Halter und alle möglichen verschiedenen Objekte, deren Funktion Mason komplett unklar war.

Er drehte sich zurück zu den Frauen und trat beiseite, um sie einzulassen, nickte ihnen zu, um sie wissen zu lassen, dass alles sicher war.

Die erste funkelte ihn wütend an. „Ich habe das Gefühl, dass heute niemandem mehr Manieren beigebracht werden. Wie unhöflich."

Die zweite wollte ihrer Freundin schon zustimmen, dann sah sie zu Mason hoch und hielt inne. Ihr Blick wurde weicher, und sie lächelte. Mason hatte dieses Lächeln schon vorher bei menschlichen Frauen gesehen, eines, das sagte, dass, was immer er auch mit ihr anstellen wollte, es ihr nichts ausmachen würde und dass sie hoffte, sie würden irgendwo allein enden.

Also, eine Frau war verärgert, weil er sie beschützen wollte, und die andere wollte mit einem Typen verschwinden, den sie noch nie zuvor getroffen hatte.

Menschliche Frauen waren ernsthaft verrückt.

Mason gab sein Bestes, sie zu ignorieren, und trat an den Tresen. Er sah keine „Shifter unerwünscht"-Schilder, aber er hielt sein Halsband vorsichtshalber trotzdem verborgen.

Die Frau an der Kasse faltete Seidentücher, um sie in einer Auslage zu platzieren. Sie blickte hoch, als Mason zu ihr trat, zuckte zusammen, und ein Tuch glitt ihr aus den Händen.

Mason fing es auf, die Seide weich an seinen rauen Fingerkuppen. „Hallo", sagte er mit leiser Stimme. „Ich suche Jasmine."

Die Frau starrte ihn weiter an, ignorierte das Tuch, das Mason ihr hinhielt. „Ist sie da?", fuhr Mason fort und streckte der Frau das Tuch weiter entgegen.

Sie zuckte zusammen. „Jazz? Nein. Sie ist nicht hier. Nicht heute."

„Wissen Sie, wo sie ist? Ich muss sie finden."

Ein weiteres Zucken. Mason war nicht sonderlich gut darin, das Alter von Menschen zu schätzen, aber die Frau hatte Falten im Gesicht und graue Strähnen im Haar, und sie war sehr schlank. Sie trug eine fließende, luftige Seidenjacke über einem dünnen Shirt, in diesem Klima vermutlich eine sehr sinnvolle Kleidung. Masons Kapuzenjacke erstickte ihn fast.

„Nein", erwiderte die Frau. „Das kann ich Ihnen nicht sagen. Sie gehen jetzt besser."

Sie machte keine Anstalten, ihm das Tuch abzunehmen, und sah tatsächlich fast zu Tode verängstigt aus. Mason hörte, wie die zwei Frauen hinter ihn traten. Die, die gesagt hatte, dass er unhöflich sei, fragte: „Wollen Sie, dass ich die Polizei rufe?"

Das war alles, was Mason jetzt noch brauchte. Wenn er vor der Polizei flüchtete, würden sie ihn jagen, unter Umständen auf ihn schießen und ihm dann die Fleecejacke von seinem blutigen Körper schälen und dabei sein Halsband entdecken. Danach kämen das Shifterbüro, ein Käfig und vielleicht der Tod. Broderick würde als Masons Alpha verhaftet werden, weil er Mason hatte fortgehen lassen, und dann würde Liam abgeführt werden, weil er einen Gestaltwandler nicht in seiner Shiftertown innerhalb des eigenen Staates gehalten hatte.

Wie gingen Liam, James, Ronan, Spike – all die Shifter, die eine menschliche Gefährtin hatten – nur mit ihnen um? Ihre Gefährtinnen sahen sie an und schmolzen dahin. Selbst Nancy, die mit einem Paria zusammen war, um Himmels willen, war bereit, alles zu tun, um ihn zu retten.

Mason räusperte sich und versuchte, seine Lippen zu einem Lächeln zu zwingen. Liam und Sean fiel es leicht, charmant zu sein, aber Mason musste sich richtig Mühe geben. Möglicherweise war es ihr irischer Akzent. Frauen liebten diesen Akzent.

Mason war nicht dumm genug, zu versuchen, einen nachzumachen. Er sagte mit seiner ganz normalen Stimme: „Ich würde gerne dieses Tuch kaufen. Für meine Tante Cora. Sie mag Tücher."

Die Frau hinter dem Tresen entspannte sich ein winziges bisschen, als er seine Tante erwähnte.

„Wollen Sie, dass ich es für Sie einpacke?", fragte sie.

„Nein, nein. Ich werde es einfach …" Mason sah das Stück Stoff an und hatte keine Ahnung, was er damit tun sollte.

Der Mund der Frau verzog sich jetzt zu einem Lächeln. „Ich werde es richtig schön als Geschenk verpacken." Sie kramte in einem Regal unter dem Tresen und zog Seidenpapier und eine Box heraus, tippte dann etwas in ihre Kasse ein. „Das wären dann zweiundachtzig neunundfünfzig."

Mason fühlte ein Knurren seine Kehle hinaufsteigen, unterdrückte es aber. Das war in der Tat ein geringer Preis dafür, diese Leute davon abzuhalten, ihn der Polizei zu übergeben. Er verbarg seine Grimasse hinter einem weiteren Lächeln, zog das Geld aus der Tasche und legte es auf den Tresen.

Einige Minuten später trat er aus dem Laden, mit einer grau-schwarz gestreiften Tasche mit dem Schriftzug *Inspirations,* die eine schmale, in buntes Papier verpackte Box, eine Broschüre über den Laden und als Gratiszugabe ein Räucherstäbchen enthielt.

Während er auf sein Motorrad stieg, sah er die zwei Frauen zusammen mit der von der Kasse am Ausgang stehen und ihn beobachten. Die Tür war geschlossen, aber mit seinem guten Shiftergehör bekam er mit, was sie sagten.

„Sieht er nicht aus wie Orlando Bloom?", fragte die Frau, die ihn unhöflich genannt hatte.

Plötzliche Aufregung war in den Stimmen der anderen zu hören. „Denkst du, er ist es wirklich?" „Ja, sieht nach ihm aus." „Ja, ich wette, das ist er!"

Mason ließ sein Motorrad an, hob die Hand zum Gruß und fuhr langsam aus der schmalen Gasse.

„Ich schwöre euch – das war Orlando Bloom ..."

Mason ließ endlich das Knurren hören, das schon eine Weile in seiner Kehle steckte. Wer auch immer dieser Bloom-Typ war, er tat Mason leid.

Er war gerade dabei, sich wieder in den Verkehr einzureihen, als seine Jacke vibrierte. Mason hielt das Motorrad an, um sein Handy herauszuziehen.

„Was?", schnauzte er hinein.

„So gehst du also ans Telefon?", drang Brees Stimme zu ihm. „Ich habe schon den ganzen Tag versucht, dich anzurufen, Mason, aber ich konnte dich nicht erreichen."

„Ich war auf der Straße. Deine Freundin ist nicht in diesem Laden." Er konnte seine Verärgerung nicht verbergen. „Was mache ich jetzt? Ein Medium anheuern, um *sie* zu finden?"

Bree schnaubte durch die Nase. „Hey, du Klugscheißer, genau deshalb habe ich ja versucht, dich anzurufen. Jazz ist heute zu Hause geblieben, aber ich weiß, wo sie wohnt ..."

* * *

Jazz stand auf der vorderen Veranda ihres Hauses und verfolgte, wie der Motorradfahrer in ihre Einfahrt einbog. Bree hatte sie gewarnt, aber Jazz' Herz schlug wie verrückt, und ihr Blut war ganz kalt, während er langsam unter den großen Bäumen auf sie zukam und das Motorrad genau vor ihrer Veranda zum Stehen brachte.

Der Fremde, der ihr Leben verändern würde.

Nun, niemand konnte fremder sein als ein Gestaltwandler. Jazz hatte geschworen, sich nie wieder mit ihnen einzulassen, aber hier stand sie und hatte zugestimmt, sich mit einem zu treffen, als Gefallen für eine alte Freundin.

Mason McNaughton, hatte Bree gesagt, hieß er. Ein bisschen wild, selbst für einen Shifter, aber er wollte Jasmine anheuern. Er brauchte ihre Hilfe.

Nur ein weiterer Kunde, ermahnte sich Jazz. Sie atmete tief durch, um sich zu beruhigen, und straffte die Schultern, während Mason von seinem Motorrad stieg, die Kapuzenjacke öffnete und zur Veranda kam.

Als er den Fuß auf die unterste Stufe stellte, erzitterte das ganze Haus. Er hielt inne, sah sich schnell um, als wenn er es gefühlt hätte, und richtete den Blick dann wieder auf Jasmine.

Er hatte Wolfsaugen. Grau und stechend, hätten sie auch genauso gut eine flüchtende Beute auf einer mondbeschienenen Steppe verfolgen können. Das Sonnenlicht spielte über sein dunkles Haar, das er sehr kurz trug, und brachte darin goldene Strähnen zum Vorschein.

„Sind Sie das Medium?“, fragte er. Seine Stimme war tief, grollend, und sie hörte seinen Unglauben.

Jazz verschränkte die Arme vor der Brust. „Bin ich. Sind Sie der Shifter?“

Mason ließ den Blick über das Haus wandern, das drei Stockwerke hatte, dann atmete er tief ein, als würde er die Luft testen. „Ich bin Mason. Bree hat Sie angerufen?“

„Sie hat gesagt, Sie wollten mich anheuern.“ Jazz zwang ihre Stimme, einen professionellen Tonfall anzunehmen. *Nur ein weiterer Klient.* „Wenn Sie mir folgen wollen, rede ich mit Ihnen im Pavillon.“

Sie ging forsch auf die offenen Flügel der Vordertür mit den Seitenfenstern aus buntem Glas zu. Dahinter war eine breite Diele, die durch das ganze Haus und bis zur hinteren Veranda führte.

Mason war neben Jazz, bevor sie das Haus betreten konnte. Sie hielt inne, atmete schnell ein, als Masons warmer, harter Körper den Eingang blockierte.

Seine Aura warf sie beinahe um. Jazz hatte einen Anflug davon gesehen, als er auf das Haus zugekommen war, das Tier unter der des Mannes.

Jetzt, wo er direkt neben ihr war, schob Masons Aura alles andere beiseite. Die mentale Wolke um ihn war grau wie seine Augen, aber durchzogen von einem glühenden Gold.

Er sah sie mit diesen Wolfsaugen an, die verrieten, dass er all ihre Schutzwälle einreißen und ihre Seele bloßlegen könnte. Er würde sich nehmen, was er von ihr brauchte, und sie dann erschöpft, keuchend und voller Angst zurücklassen.

Mason sprach kein Wort, aber seine Brauen zogen sich zusammen, als wenn er sich fragte, warum sie dastand und ihn anstarrte. Sein Haar, jetzt, in den Schatten, ganz dunkel, war zerzaust von der Fahrt und sein Körper unter Jeans, T-Shirt und der leichten Fleecejacke massiv. Das Halsband, das der Welt ohne jeden Zweifel mitteilte, dass er ein Shifter war, blitzte an seiner Kehle.

Ohne zu warten, dass Jazz etwas antwortete oder erklärte, trat er ins Haus, sah sich aufmerksam um und hielt eine Hand hoch, als sie versuchte, ihm zu folgen.

„Halt“, sagte er, das Wort kraftvoll. „Hier droht Gefahr.“

Kapitel Drei

„Was?“ Das Medium eilte hinter Mason herein, ohne seinem Befehl zu gehorchen. „Wovon zur Hölle reden Sie?“

Menschen waren so. Sie rannten direkt in die Gefahr und wurden dann böse auf die Gestaltwandler, die versuchten, sie davon fernzuhalten.

Da war etwas Merkwürdiges an diesem Haus. Mason konnte es riechen, eine drohende Kraft, die darauf wartete, wenn nötig zu zerstören, zu beschützen oder abzulehnen, je nachdem, wofür sie sich entschied.

Häuser hatten keine Persönlichkeit, sagte er sich. Obwohl, wenn er jetzt darüber nachdachte, hatte das, in dem er lebte, eine Atmosphäre von Wärme und Unordnung, eine chaotische Art von Gemütlichkeit.

Dieses Haus hier hatte Freude, Schmerz, Trauer, Tod und Leben gesehen und enthielt nun eine Leere, durch die sich eine vage Traurigkeit zog.

„Leben Sie hier ganz allein?“, fragte er Jasmine.

„Ja. Warum?“

Mason blickte die breite Diele entlang. Offen von der Vordertür bis zur Rückseite des Hauses, war sie getäfelt mit poliertem Holz in einem satten Rotton. Vermutlich Mahagoni, aber sehr alt. Zu beiden Seiten befanden sich geschlossene Türen, und eine Treppe führte im rechten Winkel zu dem großen Foyer ins nur schwach beleuchtete Obergeschoss. Trotz der schwülen Hitze draußen füllte eine kühle Brise den Durchgang.

Jasmine war selbst wie eine kühle Brise. Sie hatte schwarzes Haar, das gefärbt aussah, kurz geschnitten, die Enden lagen fedrig auf ihren Wangen. Ein Tanktop zeigte ihren weiblich gerundeten Körper, und der Rock endete auf der Mitte ihrer Oberschenkel, enthüllte ein gutes Stück ihrer langen Beine. Lackierte Zehennägel waren in ihren Sandalen zu sehen, und dieselbe Farbe zierte auch ihre Finger. Eine weitere merkwürdige Sache, die die Menschen taten. Warum sollte irgendjemand seine Klauen bunt anmalen wollen?

Eine farbenfrohe Tätowierung wand sich um ihren linken Arm, eine Blumenranke, die sich über ihren Ausschnitt zog, wo sie direkt am Saum endete. Aber tat sie das wirklich? Eine kleine Ranke verschwand unter ihrem Shirt. Und schlang sich um eine Brustspitze? Mason stellte fest, dass er versuchte, in das Dekolleté ihres Tanktops zu spähen.

Jasmine bemerkte es. Ihr Mund verzog sich. „Zum Pavillon geht es hier entlang." Sie zeigte zur Hintertür und marschierte dann die Diele hinunter in Richtung des hellen Rechtecks an ihrem Ende.

Jasmines Hüften wiegten sich unter dem Rock, ihre Beine erregten Masons Aufmerksamkeit. Ihr Körper war einladend und betörend, aber ihr steifer Gang sagte deutlich: *Ich mag keine Shifter, also berühre mich nicht.*

Okay. Was auch immer. Mason war nicht hier, um Spaß zu haben - sondern um eine Wegbeschreibung zu einem Shifter-Heiler zu bekommen, sodass der durchgedrehte Paria in seinem Haus endlich aufhören würde, zu versuchen, ihn umzubringen.

Er warf einen weiteren Blick die Treppe empor, als er daran vorbeiging, und schaute dann zu der Kassettendecke über ihm. Er hob die Hände zu der Präsenz - was auch immer sie war –, die er dort fühlte. *Frieden. Ich will nur mit ihr sprechen. Ich zahle ihr Honorar, ohne darüber zu streiten, und verschwinde wieder.*

Eine Windböe wehte durch den Korridor und ließ Jasmines Haar tanzen, während sie ins Freie trat. Die Fenster im oberen Stockwerk klirrten, die Treppe knarrte, Türen klapperten in ihren Rahmen, und der Kronleuchter an der Decke begann leise hin und her zu schwingen. Mason fühlte einen Hauch von Emotionen, der ihn berührte, aber er enthielt mehr Amüsement als Ärger.

Das war ganz und ganz nicht richtig. Mason eilte Jasmine hinterher und atmete erst auf, als er es auf die hintere Veranda und in die Helligkeit des Nachmittags geschafft hatte.

Der Pavillon, sah Mason, war kein eigenständiges Gebäude, sondern ein auf der rechten Seite angebauter Teil der Veranda, der ein gutes Stück weit in den Garten ragte. Er war achteckig, und eine Seite war zur Veranda hin geöffnet.

Weiß gestrichene Gitter, Geländer und wofür er mal die Bezeichnung „Gingerbread"-Verzierung gehört hatte, schmückten den Pavillon. Ein Holztisch aus einem vorigen Jahrhundert mit passenden Stühlen stand in der Mitte, und an den Wänden zogen sich niedrige Regale voller Blumentöpfe entlang. Eine Rose, deren rote und rosafarbene Blüten sich gerade zu öffnen begannen, rankte sich um die Außenseite des Gitters. Bücher und kleine Boxen füllten ein weiteres Regal.

In einer Ecke befand sich auf einem Ständer eine Gitarre. Mason betrachtete sie interessiert.

„Spielen Sie?", fragte er.

Jasmine warf der Gitarre einen Blick zu, als wenn sie ihre Existenz bis eben vergessen hätte, dann errötete sie, plötzlich fast schüchtern. „Ein wenig. Nicht sehr gut." Sie schüttelte kurz den Kopf, mit einem Mal ganz geschäftsmäßig.

„Bitte setzen Sie sich, Mr McNaughton. Ich habe Sie erwartet."

Mason wandte seine Aufmerksamkeit von der Gitarre ab. Es war eine klassische Martin, ein großartiges Instrument, vielleicht aus den Fünfzigerjahren des letzten Jahrhunderts. Außerdem in extrem gutem Zustand, auch wenn sie vom Spielen abgenutzt war, wovon der Klang allerdings nur profitiert haben würde. Diese Gitarre war geliebt worden.

Er schaute wieder zurück zu Jasmine. Sie hatte blaue Augen, dunkel, wie die Tiefen eines Sees.

„Warum?", fragte er skeptisch. „Haben Sie meinen Besuch in Ihrer Kristallkugel gesehen?"

Sie verzog das Gesicht. „Sehr lustig. Ich hab alle Witze über medial Begabte schon gehört - glauben Sie mir. Die ganz Schlauen fragen, warum ich nicht schon längst im Lotto gewonnen habe oder warum ich nicht auf den Superbowl wette. Ich meinte, dass ich wusste, Sie würden kommen, weil Bree es mir gesagt hat. Aber, ja, ich habe in den Karten und jedem anderen Hilfsmittel, das ich benutzt habe, gesehen, dass ich einen ungewöhnlichen Besucher haben würde." Jasmines Lippen wurden schmal, als wenn die Dinge, die sie gesehen hatte, ihr nicht gefallen hätten. „Wobei brauchen Sie also meine Hilfe?"

Mason nahm auf einem der Stühle Platz, während Jasmine sich an die andere Seite des Tisches setzte. Sie nahm einen der fein geschnitzten Holzkästen vom Regal, zog ein blaues Samttuch heraus, das farblich zu ihren Augen passte, und breitete das Tuch sorgfältig über die Mitte des Tisches.

Mason legte die Hände auf die Kanten der hölzernen Tischplatte. Als er das tat, vibrierte der Verandaboden unter seinen Füßen, und die Windspiele bewegten sich, obwohl sich die Brise komplett gelegt hatte. Seine Nackenhaare stellten sich auf.

„Sind Sie sicher, dass niemand anderes hier ist?" Er schnüffelte kurz, konnte aber nur Rosen, altes Holz und Jasmine wahrnehmen, die ein wenig nach … Jasmin roch.

„Ich bin mir sicher“, erwiderte Jasmine. Sie legte eine Hand, mit der Innenseite nach oben, auf den Stoff. Für einen Shifter bedeutete diese Geste Offenheit. Sie zeigte, dass sie keine Gefahr war und dass man ihr trauen konnte. Für Menschen … Wer zur Hölle wusste das schon? „In dem Haus gibt es viele Geister, aber ich bin die einzige *Person*, die gerade hier lebt.“

„Geister“, wiederholte Mason. „Genau.“

„Ich meine damit nicht, dass Gespenster die Korridore rauf- und runterwandern oder Skelette im Keller stöhnen. Ich meine das Haus selbst. Es ist alt und hat viel mitgemacht. Leben, Sterben, Sklaverei, Krieg, Glück, Traurigkeit, Verlassenheit, Vernachlässigung. Ich habe es nach dem Tod meiner Großmutter letztes Jahr geerbt, und auch wenn mir alle geraten haben, es zu verkaufen oder es in ein Hotel umzuwandeln, habe ich beschlossen, hierzubleiben und mich darum zu kümmern.“ Jasmine blickte an Mason vorbei die Länge der Veranda entlang und auf die vielen Fenster des Hauses, die mit dunkelgrünen Läden versehen waren. „Das Haus scheint mit meiner Entscheidung glücklich zu sein.“

Mason folgte ihrem Blick, betrachtete das Haus, dann die Nebengebäude – eine Garage, etwas, was nach einer Art Werkstatt aussah, ein kleines Stück Garten, einige winzige Hütten, eine dicke Hecke und mehrere riesige Bäume. Hinter den Bäumen konnte er Industriegebäude erkennen und den auffälligen gelben Arm eines Krans. Das Haus mochte früher einmal ein Herrenhaus auf einer großen Farm am Fluss gewesen sein, aber die Welt hatte sich weitergedreht. Jetzt war der Landsitz eine winzige

Insel mitten im industriellen Herzen des Mississippis.

„Mein Haus wurde nie gefragt, ob es uns mag“, sagte Mason und wandte sich wieder zum Tisch zurück. „Uns wurde einfach gesagt, wir würden dort leben. Das Haus musste sich damit abfinden.“

Jasmines Mundwinkel zuckten, wodurch ihr Gesicht weicher wirkte. „Und mag es Sie jetzt?“

Mason zog die Schultern hoch. „Ich weiß nicht. Es ist hoffnungslos überfüllt. Außer mir wohnen da noch Broderick, Corey, Derek, Tante Cora und jetzt Aleck, Nancy und Joanne. Nancy und Joanne sind beide schwanger, also werden bald auch noch zwei Junge dort herumlaufen.“

Jasmines Augen wurden groß, aber er entdeckte auch eine gewisse Sehnsucht in ihrem Blick. „Ich weiß nicht, ob ich mir das wirklich vorstellen kann. Ich brauche sehr viel Ruhe und Zeit allein, ohne andere Menschen, oder ich werde irgendwie verrückt. Zu viel mentale Rückstände.“

Sicher, sagte der ungläubige Teil von Mason. Der Shifter in ihm erkannte an, dass es hier ruhig war. Friedlich. Die industrielle Welt auf der anderen Seite der Bäume drängte sich nicht herein, als wenn es eine Art Schutzschild um diesen Ort gäbe. Hier konnte er sich ausruhen. Atmen.

„Ich brauche Ihre Hand“, erklärte Jasmine und bewegte ihre Finger.

Mason sah auf ihre offene Handfläche, die auf dem Stoff wartete. „Wofür? Ich möchte nur, dass Sie mir helfen, einen Kerl zu finden.“

„Ja, ich weiß. Aber ich muss etwas über Sie wissen, bevor ich Ihre Fragen beantworten kann.“

„Warum?“ Mason betrachtete sie misstrauisch.

Jasmine warf ihm einen ungeduldigen Blick zu. „Das ist Teil meines Arbeitsprozesses. Wenn Sie das nicht wollen, können Sie zurück zum *Inspirations* fahren und sich einen Termin bei jemand anderem geben lassen. Ich werde trotzdem vierzig Dollar von Ihnen fordern müssen, weil Sie meine Zeit verschwendet haben."

Mason runzelte die Stirn. „Sind Sie zu all Ihren Kunden so zickig?"

„Nur zu denen, die das, was ich tue, nicht zu schätzen wissen und mich nerven", erwiderte Jasmine knapp. „Ich mach das hier als Gefallen für Bree – hauptsächlich, da sie mir leidtut, weil sie mit einem Shifter zusammenleben muss. Also legen Sie jetzt entweder Ihre Hand auf den Tisch, oder verschwinden Sie." Mason erinnerte sich spontan an seine Unterhaltung mit Seamus vom Vortag zurück, als Mason sich über ihn lustig gemacht hatte, weil er sich von Frauen herumkommandieren ließ. Und auch noch von menschlichen.

Er seufzte tief, zog seinen rechten Handschuh aus und legte seine Hand offen auf den Tisch. Jasmine nahm sie und drehte sie um.

Ihre Fingerspitzen waren glatt und kühl, während sie damit diagonal über seine Handfläche fuhr. Ihre Berührung war leicht, kitzelnd, fast erotisch. Masons Herzschlag beschleunigte sich, und seine Haut wurde warm. Schweiß bildete sich auf seiner Oberlippe. Es war ganz schön heiß an diesem Nachmittag.

„Interessant." Jasmines Stimme verlor ihre Schärfe, während sie sich tiefer über seine Hand beugte. Mason blickte auf den oberen Teil ihres Kopfes, bemerkte, dass ihr Haar an den Wurzeln schokoladenbraun war, was jedoch in dem Schwarz verschwand. Eine hübsche Farbe. Es gab eigentlich keinen Grund, sie zu überdecken.

„Was ist interessant?“, erkundigte er sich.

„Sie arbeiten viel mit Ihren Händen. Schwere Arbeit.“ Ihre Fingerspitzen bewegten sich zum Ansatz seines Daumens und zu den Schwielen dort. „Aber das hier ...“ Sie strich über die Linie, die sich in der Mitte seiner Handfläche nach unten zog. „Die Art, wie sich diese Linie krümmt, zeigt Kreativität. Sehr viel. Genau wie Ihre Aura.“ Sie warf einen Blick in die Luft über seinem Kopf, als wenn sie dort etwas sehen würde. „Womit verdienen Sie Ihr Geld?“

„Ich arbeite in einem Lagerhaus“, antwortete Mason bereitwillig. „Ich schiebe Paletten herum. Ich bin ein Gestaltwandler. Mir ist es nicht erlaubt, besonders kreative Arbeit zu machen, aber der Vorarbeiter schätzt die körperliche Stärke von Shiftern.“

Jasmine warf ihm einen ruhigen Blick zu. „Sagen Sie gar nicht: ‚Sie sind das Medium. Finden Sie es heraus‘?“

„Ich glaube, dass übersinnliche Fähigkeiten totaler Quatsch sind“, erwiderte Mason, ohne eine Miene zu verziehen. „Ich habe nicht die Zeit, hier zu warten, bis Sie es erraten. Wegen der Kreativität: Ich stelle Zupfinstrumente her.“

Jasmines Augenbrauen zogen sich zusammen. „Zupfinstrumente?“

„Genau. Ich bin Gitarrenbauer. Ich stelle auch Spieluhren her. Meist verziere ich sie selbst – mit Holzintarsien. Mein Bruder fertigt die Zahnräder und Zylinder.“

Jasmines Lippen öffneten sich überrascht. „Wirklich? Das ist … cool."

Mason zuckte die Achseln. „Meine Familie macht das schon seit Generationen. Wir verkaufen Spezialanfertigungen, um uns etwas dazuzuverdienen."

„Ist das der Grund, warum Sie mich zu meiner Gitarre befragt haben?"

Mason nickte. „Es ist eine Martin. Eine 00-18 – ich würde sagen, aus dem Jahr 1958 oder 59."

Jasmine drehte den Kopf und sah das Instrument an. „Sie hat meiner Großmutter gehört. Sie war wirklich gut. Sie hat mir beigebracht, ein paar Sachen zu spielen."

„Sie hat sich gut um das Instrument gekümmert", sagte Mason.

„Das hat sie. Genau wie um das Haus. Und um mich. Sie hat mich nach dem Tod meiner Eltern aufgenommen, als ich ein Teenager war." Jasmine wandte sich abrupt wieder dem Tisch zu, ihre Wangen gerötet. „Eigentlich sollten wir über Sie sprechen."

„Das ist Teil meines Arbeitsprozesses", erklärte Mason ruhig. „Also, können Sie mir helfen, diesen Typen zu finden, oder nicht?"

Jasmine faltete ihre Finger in ihre Hand und berührte Mason kein weiteres Mal. Zu schade. Ihm hatte diese sanfte Liebkosung gefallen, die Art, wie sein Blut sich unter ihren Fingerspitzen erwärmt hatte.

„Nach wem suchen Sie?", fragte sie.

Mason zuckte die Achseln. „Ich habe keine Ahnung. Er ist ein Shifter, und er lebt entweder in

Kanada oder den Vereinigten Staaten. Ich weiß nicht, wo, und ich kenne auch seinen Namen nicht."

Jasmine starrte ihn an. „Nun, das ist nicht sehr hilfreich. Wissen Sie wenigstens, wie er aussieht?"

„Nope. Hab den Mann noch nie gesehen. Ich weiß nicht einmal, welche Art Shifter er ist."

Jasmine rieb sich den Nasenrücken. „Halt, stopp, Moment. Sie wissen nicht seinen Namen oder wie er aussieht, nur dass er sich irgendwo in den USA oder Kanada aufhält. Und Sie erwarten, dass ich in eine Kristallkugel blicke und ihn finde?"

Mason ließ die Schultern hängen. „Ja, ich weiß, es hört sich dumm an. Es *ist* dumm. Aber Bree hat gesagt, Sie könnten jeden finden. Also, tun Sie etwas. Finden Sie ihn."

Jasmine legte ihre Hände auf den Tisch. „Wenn Sie denken, dass es so eine schlechte Idee ist, warum sind Sie dann gekommen? Sie glauben nicht, dass ich es schaffen kann, oder?"

„Nein, tu ich nicht." Mason sah keinen Grund, ihr die Wahrheit vorzuenthalten. „Ich bin hier, weil Bree ganz aufgeregt war und mich zu Ihnen schicken wollte, weil ich verzweifelt genug bin, den halben Weg durch Texas und fast den ganzen Weg durch Louisiana zu fahren, um festzustellen, ob Sie mir helfen können, und weil ich im Moment nicht daheim sein möchte. Ihr unheimliches Haus voller merkwürdiger Geräusche ist nicht so unheimlich, wie mitten in der Nacht aufzuwachen, während ein stinkender Felid einem die Eingeweide rausreißt."

Mason ließ eine Hand auf seinen Unterleib fallen. Auch wenn die Wunden dank Andrea und Masons eigenem Metabolismus fast vollkommen verheilt waren, konnte er sich noch gut an den Schmerz erinnern. Verdammter Felid.

Jasmines blaue Augen weiteten sich. „Ich habe Schmerzen in Ihrer Aura gesehen – und ein Trauma. Ist es das, was Ihnen passiert ist?“

„Ja, genau. Ich bin fünfhundert Meilen gefahren, damit ich heute Nacht schlafen kann, ohne mir Gedanken darüber machen zu müssen, dass ich aufwache und ohne Vorwarnung um mein Leben kämpfen muss.“

„Oh.“ Jasmine fuhr sich mit der Zunge über die Unterlippe. „Also, wo werden Sie unterkommen?“

„Weiß ich noch nicht“, erwiderte Mason gereizt. „So weit habe ich noch nicht gedacht. Es gibt hier irgendwo eine Shiftertown, richtig?“

„Südwestlich von hier. Auf dem Weg nach Thibodaux. Es wird aber einige Zeit dauern, da rauszufahren, und es wird schon lange dunkel sein, bevor Sie ankommen.“ Jasmine sah wieder seine Hände an, von denen eine immer noch in einem Handschuh steckte. „Aber Gestaltwandler sollten eigentlich nicht in fremde Shiftertowns gehen, oder?“ Sie zögerte kurz. „Sie können natürlich hierbleiben.“

Mason betrachtete überrascht ihr leicht gerötetes Gesicht. Machte sie ihn an? Einige menschliche Frauen, wie die Groupies, würden alles tun, um mit einem Shifter zu schlafen, auch wenn Mason nie darauf eingegangen wäre. Er hatte gespürt, dass die ruhigere der Frauen in dem New-Age-Laden heute mehr als willig gewesen wäre.

Jasmine sah nicht so aus wie die Frauen, die sich Mason und seinen Brüdern in den Shifterbars genähert hatten, die nur ein Abenteuer für eine Nacht suchten. Mason lehnte immer ab, weil ihm ihre selbstsüchtige Art nicht gefiel. Jasmine hingegen wirkte bei ihrem Angebot nervös, als wenn sie sich verpflichtet fühlte, ihm Gastfreundschaft anzubieten, aber hoffte, dass er Nein sagen würde.

Unter seinem ruhigen Blick errötete Jasmine nur noch tiefer. „Es gibt ein Bett in der Werkstatt da drüben." Sie winkte mit einer Hand in Richtung eines der Nebengebäude. „Ich muss hier alles gut in Ordnung halten, wenn ich es weiter als historische Stätte aufgeführt haben und von Touristen dafür Geld nehmen möchte, dass sie es besichtigen dürfen, also schlafen dort manchmal die Handwerker, wenn sie Dinge restaurieren."

„Mit anderen Worten, Sie sind einfach nur höflich", stellte Mason fest.

„So bin ich erzogen worden", erwiderte Jasmine kühl. „Wenn Sie außerhalb Ihres Heimatstaates erwischt werden, werden Sie verhaftet, richtig? Ich möchte wirklich gerne mehr über Sie herausfinden und feststellen, ob ich Ihnen helfen kann. Ich bin interessiert." Sie presste die Lippen aufeinander. „Auf professionelle Weise, meine ich. Keine Sorge, ich werde meine Tür abschließen."

Mason lachte auf. „Ich bin nicht an einer menschlichen Frau interessiert, Süße. Und ich möchte mich auch nicht in Ihrem merkwürdigen Haus aufhalten, glauben Sie mir." Die Dielen unter seinen Füßen vibrierten wieder, als wenn das Haus ihn auslachte.

„Es mag Sie", bemerkte Jasmine überrascht. „Das Haus, meine ich. Es mag nicht jeden."

„Oh, klasse", brummte Mason. „Ein Haus, das mich okay findet."

„Es benimmt sich normalerweise nicht so schlecht. Aber heute ist es aus irgendeinem Grund schräg drauf.“

Jasmine sagte die Worte leichthin, doch Mason erkannte, dass sie sich Sorgen machte. Sie wusste verdammt genau, warum das Haus heute nervös war, aber sie würde es ihm nicht verraten.

Die Sonne stand schon tief im Westen, und der Gedanke, durch die heiße Stadt und den ganzen Verkehr zu fahren, um die nächste Shiftertown zu finden, wo die Gestaltwandler ihn ohnehin nur mit Misstrauen betrachten würden, auch wenn sie ihn aufnehmen würden, schien nicht sehr verlockend. Mason konnte in der Holzwerkstatt schlafen – er mochte Holzwerkstätten –, Jasmine am Morgen zum Dank Frühstück machen und dann weiterfahren und seine Suche nach dem Heiler fortsetzen.

„Klar, ich bleibe“, erklärte er. „Wenn Sie etwas für mich auf der Gitarre spielen. Ich würde gerne hören, wie sie klingt.“

Jasmine sah ihn überrascht an, wandte sich dann dem Instrument zu, um es zu betrachten. „Wenn Sie Gitarren herstellen, warum spielen Sie sie dann nicht für mich?“

„Weil ich das nicht besonders gut kann“, stellte Mason fest. „Ich weiß, wie ich das Holz bearbeite, einen schönen Klang hinbekomme, kann ein paar Noten und Akkorde spielen. Das ist alles. Ich bin kein Musiker.“

„Das bin ich auch nicht“, antwortete Jasmine leicht verlegen. „Ich warne Sie. Ich kenne nur das, was mir meine Großmutter beigebracht hat.“

Mason zuckte die Achseln. „Egal. Klimpern Sie einfach ein bisschen oder so was. Ist mir egal.“

Sie würde ablehnen. Mason wusste nicht, warum er wollte, dass sie für ihn spielte, aber er wollte es plötzlich mit allem, was er hatte. Eine Frau, sexy in ihrer enthüllenden Kleidung, die ihre Finger über eine herrliche Gitarre gleiten ließ, ihre Berührung so leicht, wie sie es auf seiner Hand gewesen war … Oh, Moment. Plötzlich wusste Mason genau, warum er sie spielen hören wollte.

Jasmine wirkte unsicher, aber sie griff nach der Martin. Sie legte sich den Riemen über die Schulter, strich sich den Rock glatt und platzierte das Instrument auf ihrem Schoß.

„Meine Großmutter mochte alten Jazz." Sie lächelte bei der Erinnerung, während sie die Saiten mit der linken Hand niederdrückte und mit der rechten leicht anschlug. „Darum hat sie mich immer Jazz genannt."

Jazz war zu kurz und frech für diese Frau, beschloss Mason. Er zog Jasmine vor – langsamer, subtiler.

„Sie mochte auch den Blues", fuhr Jasmine fort. „Sie hat Albert King geliebt. So kann ich auf keinen Fall spielen." Sie lachte leise.

Mason schaute zu, wie sie sich von einer vorsichtigen, nervösen und zurückhaltenden Frau, die ihm misstraute und sich wünschte, er würde gehen, in eine nostalgisch gestimmte, lächelnde und entspannte verwandelte – einfach indem sie eine alte Gitarre zur Hand nahm und über die Saiten strich. Es war erstaunlich, was Musik und Instrumente mit Leuten anstellten.

Jasmine schlug einen a-Moll-Akkord, zupfte mit ihrem kleinen Finger einige einzelne Noten auf der H-Saite und begann zu singen.

Mason hatte keine Ahnung, was das für ein Lied war. Es war langsam und süß, träge wie der Fluss, der an ihnen vorbeifloss - oder wie der Fluss gewesen war, bevor die Werften und großen Tanker ihn so verändert hatten. Das Lied handelte von einer Frau, die im Mondlicht wartete, hoffte, dass ihr Geliebter kommen würde, obwohl sie wusste, dass er sie betrogen hatte. Traurig, melancholisch und wunderschön.

Jasmine kämpfte mit den Akkorden und schüttelte den Kopf, während sie weitersang. Ihre Stimme, wenn auch nicht geschult oder ganz tonrein, war ein voller Alt, dem man gerne zuhörte. Mason stellte sich vor, wie sie nachts klingen würde, wenn sie sich ihm zuwandte und ihren Kopf auf seine Schulter legte.

Er schob das Bild abrupt beiseite. Was zur Hölle dachte er sich eigentlich? Er war nicht hier, um zu verführen, etwas, wobei er ohnehin nicht viel Übung hatte. Er brauchte Informationen. Er bezweifelte, dass Jasmine ihm helfen konnte, aber er war ganz bestimmt nicht hier, um sie ins Bett zu zerren und dann am nächsten Morgen schnell wieder zu verschwinden.

Er würde sich mit Jasmine Zeit lassen wollen, aber Zeit hatte er im Moment nicht. Vielleicht könnte er, wenn das alles hier hinter ihm lag - wenn er den Heiler gefunden hatte, Aleck wieder in Ordnung war und er sein Leben zurückhatte -, noch einmal auf einen Besuch herkommen. Jasmine würde die Martin für ihn spielen und ihm mehr über dieses bizarre alte Haus erzählen.

Mason stellte fest, dass er sich näher zu ihr lehnte, während sie mit dem Lied fortfuhr. Sie roch tatsächlich nach Jasmin, süß und stark. Er beobachtete, wie sich ihre Hand geschmeidig auf dem Gitarrenhals bewegte, die Akkorde jetzt sicherer. Die Gitarre hörte sich so gut an, wie Mason es vermutet hatte – tief und weich, ihr Klang gereift wie der beste Wein.

Jasmines Stimme passte dazu. Masons drängende Eile verschwand, seine Aufgabe trat in den Hintergrund. Er könnte hier draußen in der Abendbrise sitzen, während die Dämmerung anbrach, und ihr für immer zuhören …

Der Boden erbebte. Die Fenster schepperten, und die Windspiele klirrten, ein rüder Missklang zur Musik der Gitarre.

Irgendwo im Haus wurde eine Tür zugeschlagen, und eine Stimme brüllte: „Jazz? Wo bist du?"

Mason sprang auf die Füße, alle Instinkte in Aufruhr. Er war so von Jasmines Musik eingelullt gewesen, dass er die Ankunft des anderen Menschen weder gespürt noch gerochen hatte. Das war ihm noch nie passiert. Nie. Nicht seit dem Tag, an dem sein Vater erschossen worden war.

Mason drehte sich um, um sich der Gefahr entgegenzustellen, als ein Mann durch die Hintertür und auf die Veranda gestürmt kam. Er hatte dunkles Haar, war groß und bewegte sich schnell. „Jazz?"

Der Mann sah Mason und blieb jäh stehen, die Hände zu Fäusten geballt. Die Wut eines Mannes, in dessen Territorium jemand unbefugt eingedrungen war, ließ sein Gesicht rot werden.

„Wer zur Hölle ist das?", wollte er barsch wissen. Er sprach mit Jasmine, wandte den Blick aber nicht von Mason.

„Lucas.“ Jasmine war auf den Füßen, die Gitarre in der Hand, Angst in ihrem Duft. „Er ist ein Kunde.“

„Kunde?“ Lucas funkelte sie wütend an. „Na klar ist er das. Du triffst Kunden im Laden.“

„Ich hab mich krankgemeldet. Er hatte einen Notfall …“

Jasmine verstummte, als Lucas weiter auf den Pavillon zustürmte. Mason trat ihm in den Weg. Ein Knurren formte sich in seiner Kehle, und er fühlte, wie seine Augen sich in die eines Wolfes verwandelten.

Der Mann starrte ihn an, aber entweder verbarg die Dunkelheit Masons Gesicht und Halsband, oder Lucas war nicht intelligent genug, um Angst zu haben. Er schlug mit einer Faust nach Mason.

Mason fing die Hand mitten in der Bewegung ab, lenkte sie ohne Probleme zur Seite weg. Jasmine schrie entsetzt auf, und er wollte verdammt sein, wenn sie sich nicht zwischen ihn und Lucas stürzte. Göttin, sie versuchte, ihn zu beschützen.

„Er ist ein Kunde!“, schrie sie Lucas an. „Lass ihn in Ruhe. Ich brauche das Geld.“

„Wenn du bei mir leben würdest, würdest du kein Geld brauchen“, brüllte Lucas zurück. „Also was bietest du ihm an, wenn du hier draußen im Dunkeln sitzt und wie eine Hure singst?“

Bevor Mason Jasmine beiseiteschieben konnte, um ihn aufzuhalten, riss Lucas ihr die Martin aus der Hand und zertrümmerte sie am Geländer des Pavillons.

Kapitel Vier

Jazz schrie auf. Die geliebte Gitarre ihrer Großmutter lag in Stücken da, einige auf dem Boden der Veranda, andere in den Blumenbeeten darunter. Lucas blinzelte, als wäre er über sich selbst erstaunt, dann biss er wieder die Zähne aufeinander.

„Lucas, du Bastard!" Jazz' Herz schmerzte, während ihre Wut nur noch zunahm.

Lucas war sofort selbst wieder auf hundertachtzig. „Gib nicht mir die Schuld dafür, du betrügerische kleine …"

Die Worte brachen ab, als sowohl Jazz als auch Lucas sich plötzlich des Raubtiers auf der Veranda neben ihnen bewusst wurden.

Masons Augen waren so hellgrau geworden, dass sie fast weiß aussahen, strahlten geradezu aus den Schatten. Sein Körper vibrierte, und aus seinem Mund kam ein kaum kontrolliertes Knurren. Er hielt

Lucas mit seinem intensiven Blick gefangen, der besagte, dass der Schakal in seinem Sichtfeld gerade etwas sehr, sehr Dummes getan hatte.

Lucas, der Mann, den Jazz anfangs für so attraktiv gehalten hatte, der sie förmlich umgeworfen hatte, als er vor einem Jahr in den Laden gekommen war, schien beinahe außer sich vor Angst. Jazz erkannte, dass sich Lucas' wahres Wesen zeigte, während er Mason anstarrte – Lucas war ein ziemlich schwacher Mann, der andere kontrollierte, um sich selbst besser zu fühlen. Sie hatte das tief in ihrem Herzen gewusst – ihre übernatürlichen Sinne hatten es ihr verraten –, aber sie hatte in ihrer Einsamkeit beschlossen, diese Signale nicht zur Kenntnis zu nehmen.

Jetzt gab es keine Möglichkeit mehr, Lucas' selbstgefällige Arroganz zu ignorieren oder seine Angst. Seine Aura bekam eine hellbeige Farbe, flackerte.

Mason andererseits war stark durch und durch. Seine Aura hatte Jazz beinahe überwältigt, war solide, unverändert, ohne jede Regung von Furcht. Mason könnte jetzt einfach den Arm ausstrecken, eine Hand um Lucas' Hals legen und ihm das Genick brechen, und tief in seinem Herzen wusste Lucas das auch.

Lucas' Stimme war ein unsicheres Flüstern. „Ist er … ein Shifter?"

Jazz antwortete nicht. Mason blieb ganz ruhig stehen, und Lucas atmete bebend ein. „Er *ist* ein Shifter. Er darf mich nicht bedrohen. Ich rufe …"

Das Handy, das sich Lucas aus der Hosentasche zerrte, wurde ihm von kräftigen Fingern abgenommen. Ein Zudrücken, und das Gerät war nur noch ein Haufen aus Plastik und

Elektronikschrott, der auf den Holzboden der Veranda fiel.

„Verschwinde", sagte Mason, seine Stimme so rau und kehlig, dass es ein Schock war, sie aus einem menschlichen Mund zu hören. „Komm Jasmine nie wieder nahe."

Lucas starrte ihn einen Moment an. Sein Mund öffnete und schloss sich tonlos, dann machte Mason ein Schritt nach vorne, und Lucas drehte sich herum und floh.

„Ich ruf die Bullen!", schrie er, während er rannte. „Du bist tot, Shifter."

„Nein!" Jazz machte zwei Schritte hinter ihm her, bemerkte dann, dass sie von einem kräftigen Arm um die Taille zurückgehalten wurde. Sie wirbelte zu Mason herum, der nur wenige Zentimeter von ihr entfernt stand. Seine Wärme umgab sie. „Lassen Sie mich gehen. Ich muss ihn aufhalten. Sie dürfen nicht verhaftet werden. Ich weiß, was dann mit Shiftern passiert."

Masons Augen verwandelten sich zurück von denen eines wütenden Wolfes, während er Jasmine überrascht ansah. „Das ist schon in Ordnung. Ich werde weit weg sein, bevor sie kommen."

„Nein." Jasmine griff nach seinem Arm, und Mason wirkte noch überraschter. „Ich meine, Sie können noch nicht gehen. Ich muss Ihnen doch helfen, diesen … wer auch immer es ist, den Sie suchen, zu finden."

„Nicht, wenn es Sie in Gefahr bringt", erwiderte Mason.

Argumente, die Jazz gerade über die Lippen kommen wollten, verstummten, als sie hörte, wie

Lucas aufschrie. Aus dem Inneren des Hauses kam ein lautes Knarren, dann ein Stöhnen.

Jazz und Mason wechselten einen Blick und eilten hinein, Mason vorneweg.

Alles war still in der nun dunklen Halle, nur eine sanfte Brise strich durchs Haus. Jazz konnte sehen, dass Lucas' Pick-up nicht weit entfernt von Masons Motorrad draußen geparkt war, aber Lucas war nirgends zu entdecken.

„Lucas?", rief sie zögerlich.

Keine Antwort. Mason trat zur Treppe und sah hinauf. „Gibt's hier drinnen Licht?"

„Natürlich." Jazz schaltete alle Lampen an, und sie erfüllten die Halle mit ihrem hellen Schein. Der Kronleuchter am oberen Ende der Treppe erstrahlte. „Helfen Sie mir, ihn zu finden."

Sie begann, Türen zu öffnen. Die Räume im Erdgeschoss enthielten Möbel, die entweder von Anfang an im Haus gewesen waren – gut erhaltene Erbstücke oder restaurierte Schätze aus dem Keller – oder handgemachte Repliken. Diese Räume waren für die Museumstour, um zu zeigen, wie das Leben auf einer Plantage im späten achtzehnten Jahrhundert ausgesehen hatte.

Jazz lebte im ersten Stock. Ihre Großmutter hatte dort oben eine Küche einbauen lassen, sodass die untere Etage im Original erhalten blieb, aus der Zeit, als noch in einem anderen Gebäude gekocht worden war, um die Brandgefahr und Gerüche vom Haupthaus fernzuhalten. Die Originalküche war jetzt ein Museum und wurde als Teil der Besichtigungstour durch das Haus gezeigt.

Lucas war in keinem der Zimmer im Erdgeschoss. Jazz machte überall Licht und sah in jede Ecke des

Salons, des Esszimmers, der Bibliothek, des Musikzimmers und des Gästezimmers. Sie eilte zurück in die Eingangshalle, wo Mason aufmerksam die breiten polierten Dielen betrachtete.

Er presste einen Fuß auf ein Brett, das sich auf den Trägern darunter bewegte. „Die hier sind lose."

„Ich weiß", erwiderte Jazz. „Ich lasse sie immer reparieren, aber sie lösen sich wieder. An Besuchstagen werden sie mit einem Seil abgesperrt. Es ist ohnehin direkt unter dem Kronleuchter."

Mason wandte den Blick nach oben zu dem großen schmiedeeisernen Gebilde, das seit über hundert Jahren an genau dieser Stelle hing. Der Kronleuchter war in dieser ganzen Zeit nicht ein einziges Mal runtergefallen, selbst wenn Stürme das Haus geschüttelt hatten. Dennoch wählte er genau diesen Moment, um zu schaukeln.

Mason machte einen respektvollen Schritt zurück, aber er studierte die Dielen noch einmal. „Was ist da drunter?"

„Der Unterboden", erklärte Jazz, die jeden Zentimeter des Gebäudes kannte. Wenn man sich um die Restaurierung eines alten Hauses kümmerte, kannte man es hinterher ziemlich genau. „Darunter der Keller. Kein unterirdischer - dafür sind wir zu nah am Fluss. Sie haben das Haus höher gebaut, um den Platz darunter als Lagerraum zu nutzen. Der Rübenkeller ist genau da drunter." Sie zeigte auf die erste Stufe der Treppe.

Masons Blick war immer noch auf den Boden gerichtet, und Jazz wurde klar, dass er schnüffelte. Wie ein Hund. Nun ja, ein Wolf war eine Art von Hund, richtig? „Kann man irgendwie da runter?", erkundigte er sich.

„Ja, der Zugang ist dort drüben.“ Jazz zeigte mit der Hand zum Ende der Diele, wo eine Tür am hinteren Eingang zu einer kleinen Treppe führte.

Mason ging an ihr vorbei, griff nach der Klinke der Kellertür und drückte sie runter. „Sie ist abgeschlossen.“

„Sollte sie eigentlich nicht sein“, erwiderte Jazz überrascht. Sie nahm die Schlüssel aus einer der Schubladen des Duncan-Phyfe-Tisches in der Halle und kam zu ihm herüber. „Ich sperre sie normalerweise nur an Besichtigungstagen ab.“

Sie durchsuchte den Bund mit den Schlüsseln, fand den richtigen und steckte ihn ins Schlüsselloch. Er ließ sich nicht drehen. Sie zog ihn wieder heraus und starrte ihn an. Nein, das war der richtige. Sie versuchte es noch einmal. „Verdammt, was ist los mit dem Ding?“

Mason drehte sich abrupt um und ging zurück zur Haupthalle mit der Treppe. Jazz gab ihre Versuche mit dem Schloss auf und folgte ihm.

Als sie ankam, stand Mason über den losen Dielen, sah den ganzen Weg zum Kronleuchter und zur Decke hoch, die sich dreieinhalb Stockwerke über ihnen befand. „Hey“, begann er, wobei er vorsichtig sprach. „Wenn er verschwindet und Jasmine verhaftet wird, weil sie ihm angeblich etwas angetan hat, wird sie hier nicht mehr wohnen können.“

Jazz starrte ihn an. „Sie behaupten, dass Sie nicht an übersinnliche Fähigkeiten glauben“, sagte sie. „Aber Sie sprechen mit einem *Haus*?“

Mason zuckte die breiten Schultern. Seine Kapuzenjacke war jetzt ganz offen und gestattete ihr einen Blick auf ein Stück Haut im Ausschnitt seines

Muskelshirts. „Mit meinem Bruder hat einige Zeit ein Schwert geredet. Warum nicht ein ganzes Haus?"

Es gab ein Grollen, ein Knarren von Holz, und dann hörte Jazz einen gedämpften Schrei. „Hey!", brüllte Lucas. „Holt mich hier raus!"

Mason fiel auf die Knie und begann die Dielen hochzureißen. Sie lösten sich einfach, mühelos auseinandergenommen von seinen großen Händen.

In dem engen Raum zwischen dem Boden und dem Unterboden fanden sie Lucas auf dem Bauch liegend, die Arme ausgestreckt. Er bewegte die Finger, als wollte er sich seinen Weg nach draußen graben. Seine Augen waren geschlossen, und er schrie weiter.

Mason griff nach unten, schloss einen Arm um den anderen und zog ihn hoch. Lucas landete auf den Füßen, die Augen noch immer geschlossen, die Finger zuckend, bis Mason ihn schüttelte.

„Hör auf. Es ist alles in Ordnung."

Lucas öffnete langsam die Lider. Er sah die Dielen an, danach Jazz und Mason, und seine Knie knickten ein.

Mason fing ihn auf, bevor er zu Boden fiel. Stoisch hob er Lucas hoch, der nur halb bei Bewusstsein war und vor sich hin brabbelte, legte ihn sich über die Schulter und verließ so mit ihm das Haus. Jazz verfolgte durch die offene Vordertür, wie Mason Lucas in den Fahrersitz seines Pick-ups bugsierte, dann zurücktrat und etwas zu ihm sagte.

Jazz versuchte, die Dielen wieder an ihren Platz zu legen, aber sie waren schwer, und sie ließ sie fallen. Mason hatte sie bewegt, als würden sie nichts wiegen. Sie würde Handwerker rufen müssen, um den Boden reparieren zu lassen – schon wieder.

Plötzlich müde, ging sie zurück auf die Veranda. Sie stieg die Treppe hinunter und sammelte alle Bruchstücke ihrer geliebten Gitarre zusammen, begab sich dann zurück zum Pavillon und setzte sich, legte die Überreste des Instruments auf den Tisch. Der Hals war abgebrochen und das Ober- und Unterteil zertrümmert. Die Saiten hingen lose von den Wirbeln, und die Brücke baumelte, getrennt vom Korpus, am Ende der Saiten.

Tränen brannten ihr in den Augen.

„Verdammt."

„Hey."

Mason stand vor ihr. Jazz hatte nicht gehört, dass er zurück durchs Haus gekommen war, nicht einmal seine Schritte auf der Veranda. Er sah sie mit Augen an, die grau wie Sturmwolken waren. Der Wolf wich zurück.

„Er ist weg", fuhr Mason fort. „Er wird Sie nicht mehr belästigen."

„Er war mein Freund!", sagte Jazz laut und wurde wütend. „Okay, er ist ein Idiot. Meine Freunde sagen alle, dass ich einen schrecklichen Männergeschmack habe, und sie haben recht." Ihre Kehle schmerzte. „Warum hat er das getan?" Sie berührte die Gitarre, die jetzt zerstört und praktisch tot war.

Mason hockte sich vor ihr auf die Fersen. Er war ein großer Mann, sodass sein Kopf selbst in dieser Position auf einer Höhe mit ihren Schultern war. Er legte seine Finger neben ihre auf die Überreste des Instruments. „Ich bin Gitarrenbauer. Ich kann das für Sie reparieren. Sie wird dann nicht mehr so viel wert sein, aber Sie werden sie spielen können."

„Es ist mir egal, wie viel sie wert ist." Jazz funkelte ihn an. „Sie hat meiner Großmutter gehört.

Ich habe diese Gitarre geliebt.“ Sie seufzte. „Es tut mir leid. Ich weiß, dass Sie nur versuchen, mir zu helfen …“

„Es muss Ihnen nicht leidtun“, sagte Mason mit harter Stimme. „Es ist die Schuld von diesem Idioten, nicht Ihre. Geben Sie sich nicht die Schuld für die Dummheit anderer Leute.“

Jazz öffnete den Mund, um etwas zu erwidern, aber die Worte erstarben ihr auf den Lippen, als Mason sich zu ihr vorlehnte, direkt in ihren persönlichen Raum. Gestaltwandler taten das, das wusste Jazz. Ihnen fiel körperlicher Kontakt sehr viel leichter als Menschen, und es war ihnen häufig gar nicht bewusst, wenn sie Menschen zu nahe kamen. Offensichtlich war enger Kontakt gut für Shifter. Er half, sie zu beruhigen, und ließ sie wissen, dass sie nicht allein waren.

Jazz war definitiv allein. Masons Anwesenheit war schön, ließ die Einsamkeit etwas in den Hintergrund treten. Vor langer Zeit war dieses Haus voller Leben gewesen, Menschen waren die ganze Zeit hinein- und herausgelaufen, Kinder hatten gespielt, das Haus war erfüllt gewesen von Stimmen und Gelächter. Einer von Jazz’ Vorfahren war Abolitionist gewesen, als es noch nicht in Mode gewesen war, und er hatte seinen Sklaven die Freiheit geschenkt und die Sklavenquartiere an Farmer vermietet, hatte so die Aura menschlichen Unglücks verringert, die diesem Ort hätte anhaften können.

Aber es war einsam. Nun, da ihre Großmutter gestorben war, füllten die Touristen und Jazz’ Freunde die Leere des Hauses nur unzureichend.

Mason betrachtete sie genau, seine Augen umrandet von dunklen Wimpern, die zu seinem zerzausten Haar passten. Seine Lippen waren fest in seinem ausdrucksstarken Gesicht, seine Wangen bedeckt mit dunklen Stoppeln, die die lange Anreise aus Austin verrieten.

Jazz wurde klar, dass sie ihn küssen wollte. Sie versuchte, diesen Drang zu unterdrücken, aber es gelang ihr nicht. Er roch nach Staub und Abgasen – der Geruch der Straße –, nach Wärme und dem Stoff seiner Jacke.

Keine Gestaltwandler mehr, ermahnte sie sich streng. *Diesen Herzschmerz brauche ich nie wieder.*

Ihr Körper hörte nicht auf sie. Shifter waren so – man fühlte sich unweigerlich von ihnen angezogen, wie sehr man sich auch bemühte, ihnen zu widerstehen. Sie durchbrachen Schutzwälle, bevor sie auch nur errichtet werden konnten. Jazz lehnte sich vor und küsste ihn leicht auf den Mund.

* * *

Mason zuckte zusammen. Jasmines Mund war warm und weich, ihre Lippen süß und verführerisch. Ihr Atem strich über seine Wange, ihr Haar war weich wie Seide auf seiner Haut.

Masons Körpertemperatur, ohnehin schon hoch, stieg weiter. Der sanfte Druck ihrer Lippen stellte Dinge mit ihm an, ließ jeden Muskel hart werden. Er blieb ganz still, zwang sich, sie nicht zu nehmen und an sich zu ziehen.

Menschliche Groupies hatten ihn schon vorher geküsst, hatten gewollt, dass er über sie herfiel. Jasmine wollte … etwas anderes. Mason war sich nicht sicher, was, aber ein schneller Sprung in die

Kiste war nicht das, was sie im Sinn hatte. Er musste kein Medium sein, um das zu erkennen.

Bevor er sich noch überlegen konnte, wie er reagieren sollte, zog Jasmine sich zurück, das Gesicht knallrot.

„Oh, Scheiße, tut mir leid. Ich weiß nicht, warum ich das getan habe. Ich bin nur so aufgewühlt. Ich …“

Mason legte ihr eine Hand um den Hinterkopf und zog sie zu sich, brachte sie zum Schweigen. Ihre Lippen waren geöffnet, und er nutzte das, ließ seine Zunge dazwischengleiten. Er zog ein weiteres Mal an ihr, und Jasmine verlor die Balance und stolperte gegen ihn.

Hitze umfloss ihn, umarmte ihn wie eine Geliebte. Mason strich mit der Hand über Jasmines Rücken, bemerkte den BH unter ihrem dünnen Shirt. Er stoppte seine Finger an ihrer Taille, da er wusste, dass sie sich zurückziehen würde, wenn er seine Hand auf ihren Hintern legen würde. Und er war noch nicht bereit, sie gehen zu lassen. Er wollte, dass dieser Kuss andauerte.

Jasmines Herzschlag beschleunigte sich, während ihre Brüste sich gegen ihn pressten, ihr Puls unter seinen Fingerspitzen raste. Sie schmeckte frisch wie klares Wasser, roch nach den Blumen, die sich um die Säulen der Veranda wanden. In ihr zu sein würde tiefe Befriedigung bringen und eine Ruhe, die Mason nicht gekannt hatte seit … Nun, er hatte so etwas noch nie gekannt.

Mason war Wildheit, und Jasmine war Frieden. Er spreizte seine Hände auf ihrem Rücken und zog sie näher.

Jasmine hob abrupt den Kopf, unterbrach den Kuss, auch wenn sie nicht versuchte, sich der Umarmung zu entziehen. „Nein. Du bist atemberaubend und alles, Mason, aber ich sollte das nicht tun."

Masons Haut war fieberheiß, sein Mund nicht glücklich, dass die seidige Kühle ihrer Lippen verschwunden war. „Was tun?", fragte er, seine Stimme rau.

„Dich einfach benutzen." Jasmine strich ihm mit dem Finger über die Lippen. „Ich bin aufgebracht und suche Bestätigung und Trost. Das ist nicht fair dir gegenüber."

Nicht fair ihm gegenüber? Wovon zur Hölle sprach sie?

Jasmine legte ihm sachte die Hände auf die Arme und machte sich frei. „Ich tue das immer. Ich will nur ein wenig die Einsamkeit lindern, und dann bin ich auf einmal mit einem totalen Idioten verlobt und komme erst wieder zu Sinnen, wenn ich die Hochzeitseinladungen adressiere."

Mason starrte sie an, die Hitze in seinem Körper noch lange nicht erloschen.

„Du scheinst ein wirklich netter Typ zu sein", fuhr Jasmine fort, legte ihre Finger auf seine Brust – was nur bewies, dass sie absolut keine Ahnung von Shiftern hatte. Keiner von ihnen war „nett". „Ich will dir nicht wehtun."

Jetzt hätte Mason am liebsten gelacht. Er beugte sich zu ihr, legte seine Hand auf ihre.

„Hör zu, Süße", sagte er mit einer harten Stimme. „Wenn ich dich küsse, dann weil ich dich küssen will. Nicht weil du aufgebracht oder allein bist, sondern weil du in der Dämmerung hübsch aussiehst und ich dich schmecken möchte. Hat mit nichts anderem was zu tun, und du kannst mir gar nicht wehtun."

„Ich habe dir *bis jetzt* noch nicht wehgetan", erwiderte Jasmine. „Aber ich werde es, wenn ich dir sage, dass wir nicht heiraten, oder wenn ich dich unter den Dielen in meinem Haus begrabe - oder du mit mir Schluss machst, weil du eine Frau findest, mit der du zusammen sein möchtest und die nicht ein verrücktes Medium in einem unheimlichen alten Haus ist."

Mason hörte ihr verwirrt zu, beendete dann ihren Wortfluss, indem er ihren Mund berührte. „Das ist mir alles völlig egal. Ich bin hergekommen, damit du mir hilfst, einen Shifter-Heiler zu finden, und jetzt werde ich deine Gitarre reparieren. Wenn wir uns dabei auch noch küssen, dann ist das so. Okay?" Er drückte sich von ihr weg. Sein Herz hämmerte, der Paarungswahn, der in jedem Shifter lauerte, flackerte schon spürbar an den Rändern seines Verstands. *Die Gitarre*, sagte er sich. *Konzentrier dich auf die Gitarre.*

Er atmete tief aus und zwang sich, sich von Jasmine abzuwenden. „Also lass mich das Ding mal ansehen."

* * *

Jazz beobachtete betäubt, wie Mason die zerbrochenen Stücke der Martin vor sich ausbreitete, seine starken Finger sanft, als er das Holz berührte.

Seine Hände waren auf Jazz' Körper genauso sanft gewesen. Sie konnte ihre Berührung immer noch auf ihrem Rücken fühlen.

Sie konnte auch immer noch die Hitze seines Kusses spüren. Die Knie hatten ihr beinahe nachgegeben, und sie war gegen seine Brust gesunken. Er war wärmer als ein menschlicher Mann, der Stoff seines Shirts und seiner Jacke enthielt alle möglichen Arten von Hitze.

Jetzt schlüpfte Mason aus seiner Jacke, nicht länger beunruhigt, dass er als Gestaltwandler erkannt werden könnte. Das Verandalicht fiel auf seine Arme, die von seinem Shirt enthüllt wurden, und glitzerte auf dem silbern-schwarzen Halsband um seine Kehle.

Er beugte sich über die Gitarre. Seine Finger bewegten sich fast zärtlich, als er die Saiten entfernte und zur Seite legte. „Der Hals ist noch heil. Das ist gut. Er ist nicht verbogen. Ich kann hier ziemlich viel retten, aber einige Teile muss ich neu zuschneiden. Sie wird hinterher genauso aussehen, aber ich kann nicht garantieren, dass sie genauso klingen wird. Aber sie wird gut klingen", fügte er schnell hinzu, als wenn er befürchtete, dass Jazz sich deswegen Sorgen machen könnte. „Ihre Stimme wird jedoch anders sein." Sein Ton war voller Bedauern. Er blickte die Gitarre an, wie er einen Freund ansehen würde, der krank oder verletzt war.

„Wenn du sie reparieren könntest, wäre das wunderbar", erwiderte Jazz. „Ich sag dir was – du reparierst meine Gitarre, und ich helfe dir, den Heiler zu finden, und dann sind wir quitt."

Mason wirkte wieder skeptisch. Er hatte sich ohne Angst mit ihrem Haus befasst, nicht infrage gestellt, dass es Lucas absichtlich gefangen und terrorisiert hatte, aber er hatte offensichtlich überhaupt kein Vertrauen in ihre Fähigkeiten.

Als er nicht antwortete, sprach Jazz weiter. „Ich werde es dir beweisen. Ich werde dir alles erzählen, was man über Mason McNaughton wissen kann.

Wenn ich bei irgendetwas falschliege, bezahle ich dir, was immer fair ist für das Reparieren der Gitarre, sage Auf Wiedersehen, und das war's." Sie streckte ihm eine Hand hin. „Deal?"

Kapitel Fünf

Mason starrte auf die Hand, die Jazz ihm hinhielt, als wäre er sich nicht ganz sicher, was er damit tun sollte. Er blickte ihr in die Augen, seine eigenen ganz ruhig. Dann legte er die letzte Saite hin und schlug ein.

„Deal."

Jazz hielt sich davon ab, irgendein Geräusch zu machen, während seine Aura sie umhüllte, seine Wildheit spürbar. Es war, als wollte sie sich mit einem ungezähmten Tier anfreunden und täte so, als hätte sie keine Angst, wenn sie es berührte. Mason hielt sie mit seinem Blick gefangen, beschwichtigte sie.

Sie atmete scharf ein und entwand ihm ihre Finger.

„In Ordnung." Sie gab ihm mit einer Handbewegung zu verstehen, er solle sich setzen, während sie in den Regalen nach etwas suchte.

Mason wandte sich wieder der Gitarre zu, als sei er überhaupt nicht interessiert an dem, was Jazz da gerade machte, aber sie sah im Licht des aufgehenden Mondes das Glühen in seinen Augen, während er sie beobachtete.

Sie stellte Votivkerzen in Ständern auf das Geländer der Veranda und ein paar auch ein gutes Stück entfernt von den Bruchstücken der Gitarre auf den Tisch und zündete sie an. Als Nächstes musterte sie ihre Tarotkarten und wählte die drei aus, von denen sie dachte, sie würden am besten funktionieren.

Dann kamen die Steine. Jazz arbeitete gerne mit Steinen und Kristallen, hatte eine besondere Verbindung zu ihnen. Das konnten nicht alle übersinnlich Begabten - manche bevorzugten Weihrauch, Windspiele oder Kerzen als Hilfsmittel, aber bei Jazz verstärkten Steine ihre Fähigkeiten. Außerdem gefielen ihr die Farben und Formen.

Mason richtete seinen Blick darauf, als sie sie hinlegte - Obsidian, Tigerauge, Bernstein und ein Rauchquarz in der Farbe seiner Augen. Die Kerzenflammen flackerten in einer leichten Brise, dann brannten sie hell und hoch.

„Ich habe gar nicht deine Hand zu Ende gelesen", bemerkte Jazz. „Aber das mache ich nachher. Ich hatte recht mit der kreativen Ausprägung der Kopflinie. Die ist nicht zu übersehen."

„Mhm", sagte Mason. Schließlich legte er die Gitarrenstücke beiseite und wandte sich dem zu, was sie da tat.

Wenn er sich konzentrierte, dann tat er das vollkommen. Keine halben Sachen. Masons Wolfsblick ruhte auf ihr, das Raubtier in ihm nicht weit entfernt. Jazz' Blut erhitzte sich, aber sie richtete ihre Aufmerksamkeit wieder auf ihre Aufgabe.

„Ich werde dir mehrmals die Karten legen", erklärte sie rasch. „Einmal ganz traditionell, aber außerdem habe ich noch Muster, die ich selbst entwickelt habe. Ich habe festgestellt, dass mehrere verschiedene Arten von Legungen hilfreicher dafür sind, gewisse übersinnliche Blockaden auszuräumen, die du unter Umständen hochgefahren hast, ob nun absichtlich oder unabsichtlich."

Mason beobachtete sie nur - ein Wolf, der darauf wartete, dass das Kaninchen begriff, dass es das nächste Opfer war.

Jazz hielt ihm den ersten Satz Karten hin, versuchte, ihre Nervosität loszuwerden. „Hier, misch die. Wenn du fertig bist, mach es genauso mit denen hier." Als Mason das erste Deck nahm, legte Jazz die anderen zwei vor ihn.

Mason bewegte die Karten zwischen den Fingern, fächerte den Stapel auseinander und schob ihn wieder zusammen. Das Mondlicht fiel durch die Blätter der Rosenranken, und in den Schatten sahen seine Augen wie Silber aus.

Als er fertig war, legte er das Deck vor sie auf den Tisch, nahm den nächsten Stapel. Während er mischte, wieder langsam und bedächtig, strich Jazz das Seidentuch glatt, das sie auf dem Tisch ausgebreitet hatte, und stellte die Kerzen und die Kristalle drum herum.

Mason war auch mit dem zweiten Stapel fertig und nahm sich den dritten. Jazz wartete, bis er auch den gemischt und mit dem gleichen ungeduldigen Geräusch vor sie gelegt hatte.

„Wir werden mit dem Grund anfangen, aus dem du zu mir gekommen bist." Jazz zwang ihre zitternden Finger zur Ruhe, während sie eine Karte oben vom ersten Deck nahm und umdrehte. „Ritter der Stäbe. Hm, nicht sonderlich überraschend."

Mason lehnte sich vor, zog die Brauen zusammen. „Warum? Was heißt das?"

Jazz berührte die Karte, die einen Ritter zu Pferde zeigte, der anscheinend gar nicht bemerkte, dass er einen Stab seitlich vor sich hielt. „Die erste Karte dreht sich um dich und darum, warum du hier bist. Du bist hergekommen, damit ich dir helfen kann, jemanden zu finden. Der Ritter der Stäbe kann eine Reise bedeuten. Du suchst etwas, aber du kennst dein Ziel nicht genau, weißt nicht, wohin du dich wenden sollst. Es geht auch um dich persönlich. Du warst unruhig und wolltest von zu Hause fort, musstest etwas unternehmen, um die Situation zu verändern – du traust niemandem sonst zu, es richtig zu machen. Du bist tapfer, aber ein bisschen unüberlegt und wagemutig." Jazz gestattete sich ein Lächeln. „Wie sich gezeigt hat, als du Lucas hochgehoben hast wie einen Sack Kartoffeln und ihn hier herausgetragen hast. Vielen Dank dafür übrigens. Ich hatte schon überlegt, wie ich elegant mit ihm Schluss machen könnte, ohne dass es einen furchtbaren Streit gibt."

Mason nickte ihr zu. „Kein Problem."

Jazz bemerkte einen Schimmer von Humor in seiner Stimme und fragte sich, was er wohl zu Lucas gesagt hatte, bevor dieser so überstürzt weggefahren war.

Sie konzentrierte sich wieder auf die Karten. „Jetzt lass uns herausfinden, wie deine Suche ausgehen wird …“ Sie drehte eine weitere Karte um und legte sie über Kreuz auf den Ritter. „Oh“, sagte sie mit leichter Bestürzung.

„Oh?“ Mason richtete seine Aufmerksamkeit wieder auf sie. „Was oh?“

„Diese Karte ist der Turm.“ Jazz deutete auf das Bild eines Turms, der gerade einstürzte und es dabei Ziegelsteine regnen ließ. Sie sprach rasch weiter, versuchte, ihre Stimme fröhlich klingen zu lassen. „Was unter Umständen eine positive Karte sein kann, weißt du, wenn man sie richtig deutet.“

„Ich habe keine Ahnung, was das soll“, knurrte Mason. „Erst sagst du, ich bin ein Ritter, aber ich muss einen Turm angreifen, der bereits einstürzt? Das ist doch totaler Quatsch.“

Jazz verkniff sich ihre nächsten Worte. Sie hatte mit ihm gesprochen, wie sie das mit einem Kunden im Laden tun würde, Leuten, die einen Rat wollten, aber nicht notwendigerweise schlechte Neuigkeiten. Der Turm konnte so ausgelegt werden, dass er so was wie ein Durchbruch war, aber ihrer Erfahrung nach meinte die Karte meistens eine negative Kraft.

„Es heißt, deine Reise wird schwierig werden“, gestand sie. „Dass du am Ende vielleicht nicht finden wirst, was du suchst.“

„Es ist doch bereits schwierig“, wandte Mason mit harter Stimme ein. „Aber zu Hause zu bleiben war noch schwieriger. Es ist mir im Grunde genommen egal, was ich tun muss, um das Problem zu lösen.“

Das stimmte. Jazz las Wut in ihm, Frust, ja sogar eine gewisse Hilflosigkeit. Er war kein Mann, der diese Gefühle mochte, und er rang mit ihnen. Seine Aura verriet ihr das.

„Lass uns weitermachen“, erwiderte sie und bemühte sich um einen beschwichtigenden Tonfall. Sie legte die nächste Karte auf die beiden ersten. „Ah, nicht schlecht. Die Acht der Stäbe. Die sagt dir, dass du nach vorne schauen musst, deinen nächsten Zug machen, solange du es kannst - warte nicht. Der Turm weist darauf hin, dass der Weg schwierig sein wird, aber die Acht der Stäbe zeigt, dass dies eine günstige Zeit für deine Aufgabe ist.“

„Ach ja?“ Die Worte klangen ausdruckslos, nicht wirklich wie eine Frage. „Was sonst noch?“

„Lass uns einen Blick auf deine Vergangenheit werfen“, erklärte Jazz, als sie die nächste Karte umdrehte. „Der Page der Stäbe - hm, du bekommst hier eine Menge Stäbe, ein weiterer Hinweis darauf, dass du deine Aufgabe unverzüglich weiterverfolgen musst. Der Page verrät mir, dass du in der Vergangenheit jede Menge Unterstützung hattest, Loyalität von denen aus deiner Umgebung.“

Mason schnaubte abfällig. „Ernsthaft? Du warst noch nie in einer Shifter-Familie, oder? Versuch mal, der Jüngste in einem Rudel unvorstellbar nerviger Wölfe zu sein. Alphas, die dich unablässig daran erinnern, dass du am unteren Ende der Hierarchie stehst. Selbst der verrückte Paria glaubt, er wäre dominanter als ich. Oder er würde es zumindest, wenn er nicht völlig durchgeknallt wäre. Meine Brüder sind nur dann loyal, wenn sie was von mir wollen.“

Er sprach mit Überzeugung, aber Jazz las etwas aus seinem Tonfall heraus, das mit seinen Worten nicht übereinstimmte. Er log nicht - er meinte alles, was er sagte –, aber da war mehr an seiner Situation, als er sich anmerken ließ. Vielleicht glaubte er wirklich, dass ihn alle behandelten, als wäre er das wertloseste Mitglied seiner Familie, aber Jazz bereitete es Schwierigkeiten, sich vorzustellen, dass ihn irgendjemand als unwichtig abtat. Mason beherrschte jeden Kubikzentimeter Raum um sich herum auf eine Weise, die es Jazz schwer machte, zu glauben, er würde nicht alle anderen auf ihre Plätze verweisen.

„Wie auch immer“, sagte sie und legte rasch die nächste Karte unter die überkreuzten. „Ah. Der Magier. Das dachte ich mir schon. Der passt genau zu dir.“

Mason betrachtete die Karte. „Ich bin wie ein Magier, obwohl ich gar nicht an Magie glaube?“

„Du glaubst schon daran“, widersprach Jazz. „Du glaubst nur nicht an mich.“ Sie bedachte ihn mit einem Lächeln, auch wenn sein mangelndes Vertrauen ihr einen Stich versetzte. „Der Magier sagt mir, dass du jemand bist, der die Sache in die Hand nimmt. Du bist auch kreativ und erfinderisch, und du wirst tun, was immer du kannst, um zu Ende zu bringen, was du zu Ende bringen musst. All das hier …“, sie wies mit der Hand auf die umgedrehten Karten, „hat dich veranlasst, dich auf diese Mission zu begeben, die kein anderer unternehmen wollte.“

„Sie haben nicht wirklich versucht, mich aufzuhalten“, erwiderte Mason stirnrunzelnd. „Ich glaube, sie waren einfach nur froh, dass ich die Klappe gehalten habe und gegangen bin.“

Wenn das stimmte, dann hielt Jazz keine großen Stücke auf die Shifter, die ihn weggeschickt hatten.

Mason hatte wenigstens seinen Hintern hochbekommen und versucht zu helfen.

Jazz drehte die nächste Karte um. „Stärke", sagte sie und zeigte darauf. „Wieder keine Überraschung. Deine Aura hat eine Menge Kraft. Das ist es auch, was dir helfen wird, diese Suche erfolgreich abzuschließen, dir gegen die vielen Hindernisse, auf die der Turm verweist, beistehen wird." Sie berührte die überkreuzten Karten. „Alles in allem ist das hier bis jetzt ein gutes Blatt. Es verrät mir, dass dir, obwohl der Weg schwer sein wird, alles an dir am Ende helfen wird, zu triumphieren."

Sie lehnte sich zurück, zufrieden und bereit, die letzten vier Karten umzudrehen und die Legung zu vervollständigen.

Doch Masons starke Hand auf ihrem Handgelenk ließ sie innehalten. „Genug davon. Kannst du mir helfen, den Typen zu finden, oder nicht?"

Jazz' Herz klopfte schneller, sowohl vor Ärger als auch von der heißen Welle des Verlangens, die sie bei seiner Berührung überrollte. „Das könnte ich vielleicht, wenn du mich zu Ende machen lässt", sagte sie hastig. „Es könnte uns Aufschluss darüber geben, wo wir anfangen sollen zu suchen."

Masons Griff lockerte sich nicht. „Es sind Karten. Pappstücke, die jemand in einer Fabrik hat bedrucken lassen. Sie bedeuten überhaupt nichts." Er ließ Jazz los und fuhr mit der Hand über das Tuch, brachte das Gelegte heillos durcheinander. „Wenn du mir nicht helfen kannst, repariere ich deine Gitarre und verschwinde dann wieder."

Jazz verlor die Geduld. Sie war schon zuvor von Leuten lächerlich gemacht worden, die nicht an das Übersinnliche glaubten und bei den Lesesitzungen die ganze Zeit verächtlich dreinschauten. Aber Mason brachte sie auf die Palme. Nur weil er sexy war - und ja, zugegeben, sie hatte den Kuss wirklich genossen –, hieß das nicht, dass sie hier sitzen und sich von ihm beleidigen lassen würde. Sie war das verdammt beste Medium in New Orleans. Sie hatte die wahre Gabe, und alle, die etwas davon verstanden, wussten das.

„Okay“, beschied sie ihm knapp. Sie schob die Karten beiseite, streckte die Arme aus und nahm sein Gesicht zwischen die Hände. „Ich werde dir sagen, was ich weiß. Du bist arrogant und restlos von dir überzeugt, auch wenn ich kein Medium sein muss, um das zu erkennen. Du bist der Jüngste in deiner Familie, was heißt, dass deine Brüder stets glauben, du wärst unbedarft, und dir daher nur Routinearbeiten überlassen. Deswegen hast du dich ganz auf dein Kunsthandwerk besonnen, damit du dich besser fühlst und eine gewisse Kontrolle über dein Leben hast. Du hast dein Können so sehr perfektioniert, dass deine Brüder dich nun darum beneiden, aber das sagen sie dir nicht oft. Du hast deine Mutter vor noch nicht allzu langer Zeit verloren, und es hat dir sehr wehgetan, aber du hast mit niemandem darüber reden können. Sie ist an Kummer gestorben, weil dein Vater vor einer Weile bei einem tragischen Vorfall umgekommen ist … Oh.“ Jazz’ Stimme verlor sich, und ihre Verärgerung löste sich unter dem Schock auf. „Er wurde erschossen. Oh, Mason, es tut mir so leid.“

Mason zuckte zurück. „Nichts davon ist ein großes Geheimnis. Bree hätte dir das alles erzählen können.“

Jazz schüttelte den Kopf, und Mitleid drückte ihr das Herz ab. „Das hat sie nicht getan. Sie hat mir deinen Namen gesagt und dass du ein Shifter aus Austin bist, der jemanden sucht. Das mit deiner Mutter und deinem Vater tut mir wirklich sehr leid."

Sie hatte sich die gesamte Geschichte zusammengereimt aus seiner Aura und dem eisigen Schmerz, der sie praktisch angefallen hatte. Aber das war bedeutungslos. Er hatte getrauert. Vielleicht hatten seine Brüder gar nicht begriffen, wie sehr er gelitten hatte.

Denn sie hatte gesehen, dass Mason beim Tod seines Vaters dabei gewesen war. Er war ungefähr neun Jahre alt gewesen, noch ein recht kleines Junges. Doch dieser Augenblick hatte ihn von einem fröhlichen Kind, das ein bisschen zu sehr von sich selbst eingenommen war, in einen fassungslosen, einsamen Jungen verwandelt, in dem alles ein einziger Schmerz war. Er litt immer noch darunter, das konnte Jazz erkennen. Sie wusste aus eigener Erfahrung, dass manche Leute glaubten, Kinder besäßen nicht genug Verständnis, um echte, tiefe Trauer über einen Verlust zu empfinden, Bestürzung und Leere, aber das stimmte nicht.

Mason schaute sie bloß an. In ihm war Wut, aber nicht notwendigerweise auf sie.

Jazz legte ihre Hand auf seine und drückte sie leicht. „Es tut mir leid", wiederholte sie mit leiser Stimme.

Masons Hand zuckte, aber er zog sie nicht weg. Seine Wut loderte auf, erstarb dann jedoch nach und nach, bis sie nur noch glimmende Glut war. Er räusperte sich. „Danke."

Das „Danke“ fiel ihm schwer. Mason war Mitgefühl nicht gewohnt, das begriff sie allmählich. Als seine Vergangenheit und Gegenwart vor ihrem geistigen Auge vorbeigezogen waren, hatte Jazz gesehen, dass seine Brüder und seine Tante ihren Schmerz bewältigt hatten, indem sie nicht darüber sprachen. Sie waren zusammengeblieben, ihre Nähe war offensichtlich, aber seine Brüder gehörten nicht zu den Männern, die über ihre Gefühle redeten.

Mason und Jazz saßen eine Weile schweigend da, während der Mond höherstieg und eine leichte Brise die Rosenranken rascheln ließ. Die Luft wurde kühler, was nach der Hitze des Maitages eine willkommene Erleichterung war.

Sie blieben dort, bis Mason sachte seine Hand wegzog und sich zurücklehnte. „Der Shifter, den ich suche, möchte offenbar nicht gefunden werden“, sagte er, als ob nicht gerade das Geheimnis seines Schmerzes aufgedeckt worden wäre. „Soweit ich es verstehe, verstecken sich Heiler gerne. Ich weiß nicht, ob es so ist, weil sie es müssen, oder ob sie Weicheier sind.“

Jazz versuchte zu lächeln. „Also durchforsten wir zwei Länder nach einem Weichei-Shifter?“

Mason gab einen Laut von sich, der vielleicht ein Lachen war. „Nach einem von der Göttin gesegneten Weichei-Shifter.“

„Von der Göttin gesegnet?“ Jazz hob die Augenbrauen. „Hmm. Möglich, dass wir damit arbeiten können. Du bist schließlich selbst ein bisschen von der Göttin gesegnet.“ Jazz streckte eine Hand aus und strich ihm mit einem Finger über die Wange. „Das habe ich gesehen, als ich dich gelesen habe.“

Mason wurde ganz still. Seine Verärgerung erlosch vollends zu kühler Asche, aber eine neue Hitze trat in seinen Blick.

Seine Bartstoppeln waren rau unter Jazz' Fingerspitzen. Mondlicht spiegelte sich in seinen Augen, die wieder auf sie gerichtet waren, sein Gesicht war gerötet.

„Meine Familie hat Wächter-Vorfahren“, sagte Mason leise, lehnte sich absichtlich etwas zurück, um außerhalb ihrer Reichweite zu sein. „Darum hat ein abgebrochenes Stück eines Schwertes auch zu meinem Bruder gesprochen, und vermutlich kann ich darum dein Haus verstehen. Aber ich bin todmüde. Ich werde noch schauen, was ich mit dem hier in deiner Werkstatt tun kann, dann hau ich mich hin. Morgen suchen wir dann den Shifter-Heiler.“

Er schob scharrend seinen Stuhl zurück und stand auf, nahm die zerbrochene Gitarre.

Jazz starrte ihn überrascht an. Vor einem Moment noch hatte er ungeduldig von ihr verlangt, dass sie die Wahrsage-Utensilien wegräumte, in die Luft blickte und die genaue Adresse des Mannes samt Anfahrtsbeschreibung herbeizauberte. Jetzt sah er sie an und wartete darauf, dass sie ihm den Weg zur Werkstatt zeigte.

Rasch erhob sie sich, weil es sie irgendwie beunruhigte, wenn er so über ihr aufragte. Sie würde an ihm vorbeigehen müssen, um die Schlüssel vom Tisch in der Diele zu holen, und er stand wie eine Mauer da. Sein massiger Körper schien den Pavillon restlos auszufüllen.

Aber er trat rasch zur Seite, als sich Jazz mit einem schnellen „Entschuldigung“ an ihm vorbeizwängte, wobei sie darauf achtete, ihn nicht zu berühren. Sie schnappte sich die Schlüssel aus der Schublade im Tisch, knipste an den Schaltern neben der Hintertür die Außenbeleuchtung an und kam wieder nach draußen.

Mason hatte die Veranda bereits verlassen und wartete auf sie auf dem Weg, der zu den Nebengebäuden führte. Jazz hielt ihm die Schlüssel hin, und Mason nahm sie.

Hastig riss sie die Hand zurück und deutete in die Dunkelheit. „Man muss hier entlang, dann nach links, hinter ein paar Bäumen. Es gibt kein Licht, bis man reinkommt. Vielleicht hole ich dir besser noch eine Taschenlampe."

Mason schloss seine Hand um die Schlüssel, die leise klirrten. „Shifter können im Dunkeln sehen." Er begann sich abzuwenden, aber dann fuhr er wieder herum und machte zwei Schritte nach vorn, überwand die kurze Distanz zwischen ihnen.

Seine Augen waren shifterweiß geworden. Sie richteten sich mit einer Intensität auf sie, die sie nie zuvor erlebt hatte. Selbst der Shifter, mit dem Jazz vor Jahren ausgegangen war, hatte sie nie so angesehen.

Ohne Vorankündigung schlang Mason seinen Arm um ihre Taille, zog sie an sich und bedeckte ihre Lippen mit seinen.

Der Kuss war hart, unnachgiebig. Jazz versteifte sich, auch als ihr Körper in Flammen aufzugehen schien. Sie nahm nichts mehr wahr als die Empfindungen, die sein Mund auf ihrem auslöste, seine Hand in ihrem Nacken, die ganze Länge seines Körpers an ihrem, die Berührung seiner Finger auf ihrer Haut. Sie wollte in der Dunkelheit stehen, das Haus hinter ihr hell erleuchtet, und ihn küssen und nie wieder aufhören, seinen Körper an sie gepresst, von seiner Kraft gehalten.

Als Mason sich von ihr löste, traf die Kälte sie wie eine eisige Welle. Sein Atem strich über ihre Lippen, brachte sie zum Prickeln. Er starrte sie ein paar Sekunden lang an, und dann ließ er sie so plötzlich los, wie er sie gepackt hatte.

Jazz wankte etwas, fing sich aber, als Mason einen Schritt zurückwich.

„Ich wollte dich beim ersten Mal auch küssen", erklärte er mit leiser Stimme. Er betrachtete sie einen Moment länger, dann drehte er sich wortlos um und verschmolz mit den Schatten. Seine Stiefel knirschten auf dem Kiesweg.

Zwischen dem einen und dem nächsten Schritt war er Jazz' Blicken entschwunden. Er war da, und dann war er fort. Ein leises Wolfsknurren kam aus der Dunkelheit, dann hörte sie die Werkstatttür zufallen.

Erst jetzt atmete Jazz aus, und es hörte sich in der Dunkelheit laut an. Bei der Göttin, er war ein verdammt guter Küsser.

Aber er war ein Shifter, erinnerte Jazz sich. Shifter waren faszinierend und zogen einen in ihren Bann, ehe man es verhindern konnte. Und später brachen sie einem das Herz, woraufhin man zu viel Eiscreme aß und beim Mardi Gras mit seinen Freunden zu viel Alkohol trank, bis man nach einem Blackout aufwachte und sich nicht mehr daran erinnern konnte, wie man hinten auf der Ladefläche eines Pick-ups gelandet war, ohne BH und mit nur einem Strumpf. Bis zum heutigen Tag hatte Jazz keine Ahnung, warum nur der eine gefehlt hatte.

Aber als sie sich umdrehte und die Stufen zu ihrem Haus emporstieg, konnte sie nicht leugnen, dass die Spätfrühlingsnacht ohne Mason viel kälter und leerer war.

* * *

Mason stand noch eine Weile in der Mitte der Werkstatt, nachdem er die Lichter eingeschaltet hatte, knurrte vor sich hin und fluchte dabei.

Verdammt, warum musste sie so warm und sexy sein? Verlockend und sinnlich? Warum musste sie dunkelblaue Augen haben und ein Lächeln, das die ganze Welt erleuchtete, sosehr sie damit auch geizte?

Seine Kostprobe von Jasmine war nicht genug gewesen. Er wollte seine Finger in ihr Haar schieben, jede braune Strähne in dem Schwarz finden. Er wollte die Befriedigung kennenlernen, ihr die Kleider abzustreifen, ihre Haut zu berühren, ihren Busen zu streicheln, während er sie küsste. Er wollte herausfinden, ob ihr Tattoo tatsächlich um ihre Brust herumlief, und es dann mit der Zunge nachfahren.

Es hatte ihn jedes Quäntchen Kraft gekostet, heute Nacht von ihr wegzugehen. Sie hatte ihm gesagt, dass sie die Kraft in seiner Aura spürte, in den Karten, die sie für ihn aufgedeckt hatte. Nun, diese Kraft war das Einzige, was ihn davon abgehalten hatte, sie in das Haus und nach oben in ihr Bett zu tragen.

Er hatte sich selbst überrascht. Obwohl Shifter instinktiv nach Sex verlangten, hatte Mason bislang noch nicht sehr viel Erfahrung. Er hatte nie zuvor eine Frau angesehen, vor allem eine Menschenfrau, und sich so lebhaft – in allen Herzklopfen verursachenden Details – vorgestellt, mit ihr zusammen zu sein.

Allerdings kam es darauf nicht an. Jasmine mochte keine Shifter. Das hatte sie zwar nicht gesagt, aber Mason konnte es erkennen – ihre Körpersprache hatte ihm ihr Unbehagen in seiner Nähe praktisch entgegengeschrien, sobald er sie auf der Veranda hatte stehen sehen. Sie hatte die Küsse genossen, aber sie hatte die Schuld für den ersten Kuss auf sich genommen, hatte geglaubt, ihre eigene Schwäche wäre schuld gewesen.

Dabei war an ihr nichts schwach. Jasmine hatte Mason angeschaut und ihm alles über ihn erzählt. Sicher, sie hätte viel über seine Vergangenheit von Bree oder irgendjemand sonst in der Austin-Shiftertown erfahren können – jeder in einer Shiftertown wusste alles über die anderen. Aber Jasmine hatte Sachen gesagt, die Mason nie im Leben jemand anders anvertraut hatte.

Er erinnerte sich an den entsetzlichen Tag, als sein Vater gestorben war, als er sich binnen einer Sekunde von einem unschuldigen Welpen in einen völlig verkorksten Shifter verwandelt hatte. Jasmine hatte es verstanden – das hatte er in ihren Augen gelesen. Voodoo-Zauber hin oder her, sie holte ans Tageslicht, was Mason empfunden hatte, und wusste genau, was er durchgemacht hatte. Sie hatte gesagt, sie hätte ebenfalls ihre Eltern verloren, aber es war mehr als das gewesen.

Ihr Mitgefühl weckte in Mason den Wunsch, sie an sich zu ziehen, sie die ganze Nacht zu halten, am Morgen neben ihr aufzuwachen. Aber wenn er ins Haus ginge und hoch in ihr Schlafzimmer, würde sie vielleicht wütend werden und das Mitgefühl verschwinden. Ihr Misstrauen Shiftern gegenüber könnte am Ende zurückkehren, und Mason brauchte ihre Hilfe.

Außerdem wusste Mason, dass er nicht imstande sein würde, es zu ertragen, wenn sie ihn mit dem Abscheu anblicken würde, den Groupies zeigten, wenn er vorschlug, dass sie irgendwohin gehen und einander kennenlernen könnten und nicht nur schnellen Sex auf dem Parkplatz haben. Für Groupies hatten Shifter den Reiz des Verbotenen. Sie waren keine Typen, mit denen sie wirklich Zeit verbringen wollten.

Mason knurrte weiter vor sich hin, während er sich für die Nacht fertig machte. Er verließ die Werkstatt und ging um das Gebäude herum zu seinem Motorrad auf der Rückseite, schaute sich nach möglichen Gefahren um, während er das tat. Seine Maschine parkte er vor der Tür und nahm seine kleine Reisetasche mit Klamotten.

Wieder in der Werkstatt, ließ er die Tasche auf das schmale Bett in der Ecke fallen und wandte sich dann der Gitarre zu.

Ein Verbrechen. Dieser Lucas war ein absolutes Arschloch. Was für ein Mensch zerstörte absichtlich eine Gitarre wie diese? Ein kleines Kunstwerk?

Mason biss die Zähne zusammen, während er die Einzelteile vor sich ausbreitete. Der Hals war einigermaßen in Ordnung, aber der Korpus war völlig zerstört. Die Zargen waren okay, was gut war, aber der Boden und die Decke mussten ersetzt werden. Mason konnte das tun, und danach wäre das Instrument so gut wie neu, aber es würde nie wieder die Persönlichkeit einer fünfzigjährigen Martin-Gitarre haben.

Und hier konnte er ohnehin nicht viel tun. Sie waren hier gut ausgestattet – er blickte voller Bewunderung zu der Drehbank, dem Bandschleifer und mehreren verschiedenen Arten von Dekupiersägen. Aber Mason brauchte seine eigene Werkstatt mit der Auswahl exotischer Hölzer, die er auf genau die richtige Dicke schleifen konnte, und seine Handwerkzeuge, die er kannte wie gute Freunde. Und – das musste er zugeben – er wollte Broderick dabeihaben, der etwas mehr Erfahrung als er besaß und ihm Tipps geben konnte, wie er die Gitarre am besten reparieren konnte.

Er fand ein paar Holzschachteln und Luftpolsterfolie und begann das Instrument einzupacken – den Korpus in eine Schachtel, den Hals in eine andere. Er würde die Einzelteile mit zurück nach Austin nehmen und die Gitarre reparieren, nachdem er den Heiler gefunden hatte.

Während er alles verstaute, legte Mason nacheinander seine Kleidungsstücke ab. Es war heiß hier drinnen, die Luft in dem kleinen Raum stand förmlich, und die hellen Lichter halfen auch nicht. Er zog sich alles aus außer seinen Boxershorts. Schweiß lief ihm über den Oberkörper. Er hätte es darauf ankommen lassen sollen, Jasmine zu fragen, ob sie im Haupthaus einen Raum für ihn hätte. Vielleicht einen mit Klimaanlage oder wenigstens mit Deckenventilator.

Nein, nein, wenn er rüberginge, würde er die Treppe hochlaufen wollen, Jasmines Schlafzimmer finden und sich zu ihr legen. Er fragte sich, ob das Haus ihn das tun lassen würde. Oder würde es ihn die Stufen runterwerfen? Oder ihn ermutigen, bei ihr zu bleiben?

Der Kasten war einfach unheimlich.

Masons Gedanken mussten sich zu sehr mit der Gitarre und Jasmine befasst haben, weil er die Schritte nicht hörte, bis die Tür schon weit aufgerissen war. Er hatte nicht abgesperrt, hatte sich keine Sorgen gemacht, dass irgendjemand eindringen könnte, mit dem er nicht fertigwerden würde.

Bis er in die wütenden Augen von Lucas blickte, Jasmines frischgebackenem Exfreund, und auf die halb automatische Waffe, die er in den Händen hielt. Mason besaß die Geistesgegenwart, die Schachteln mit den Gitarrenteilen auf dem Tisch ganz nach hinten zu schieben und sich zu Boden zu werfen, gerade als Lucas das Feuer eröffnete.

Kapitel Sechs

Jasmines übersinnliche Instinkte warnten sie vor dem Eindringling, lange bevor sie die Schüsse hörte. Sie war sofort hellwach, schweißgebadet, und ihr war heiß von einem sehr erotischen Traum, in dem Mason eine Rolle spielte, zusammen mit einer Badewanne und einer Reihe von Duftölen. Alles war still.

Etwas war nicht in Ordnung. Das Haus war angespannt, und die Muskeln in Jasmines Körper waren es ebenfalls, während ihr Verstand sich bemühte, Realität von Fantasie zu unterscheiden.

Mason war dort draußen allein in der Werkstatt, einem relativ neuen Gebäude, das nichts mit dem Haus zu tun hatte. Der Schutz des Hauses reichte bis zu der alten Küche und den Sklavenquartieren, und das war es. Alles, was nach 1920 erbaut worden war, war auf sich allein gestellt.

Jazz sprang aus dem Bett, zog sich Shorts und ein Top an, schlüpfte in ihre Sneakers und stürmte die Treppe hinab. Sie war gerade unten angekommen, als sie die Pistolenschüsse hörte.

Mason.

Sie rannte durch das Foyer, nahm sich den Baseballschläger, den sie hinter der Kellertür aufbewahrte, und lief zum Hintereingang.

Sie hatte lange genug in diesem Teil von Louisiana gelebt, um nicht einfach jedes Mal, wenn sie Schüsse hörte, aus dem Haus zu stürzen – sie hatte gelernt, abzuwarten und zu sehen, ob ihre Nachbarn auf Schlangen oder Alligatoren oder aufeinander schossen. Aber Mason war dort draußen, allein und verletzlich. Sie hätte ihn im Haus übernachten lassen sollen, das wusste Jazz, aber sie hatte sich selbst nicht zugetraut, sich von ihm fernzuhalten. Shifter waren ihr Kryptonit.

Als sie die Verandastufen hinabeilte, sich in den Schatten hielt, kam eine Gestalt aus der Richtung der Werkstatt auf sie zugerannt. Jazz starrte sie mit offenem Mund an. Lucas.

Hinter ihm folgte ein riesiger Wolf, eine Kreatur, geboren aus Schatten und Mondschein. Er war hinter Lucas her, und das silbrige Licht schimmerte auf seinem Fell und seinen Shifteraugen.

Jazz ging die Stufen rückwärts wieder hoch. Lucas drehte sich auf dem Weg um und feuerte wild, verfehlte den Wolf weit. Kugeln gruben sich in die Erde, und die Schüsse hallten laut durch die Nacht.

Der Wolf sprang vorwärts, Funken um seinen Hals wie einen Ring aus Feuer. Lucas hechtete auf die Veranda, bemerkte Jazz nicht einmal.

Jazz holte mit dem Baseballschläger aus. Sie traf damit nicht Lucas, sondern seine Waffe, die über den Holzboden schlitterte. Sie ging los, und Jazz schrie auf.

Lucas' Augen wurden groß, als ihm endlich bewusst wurde, dass sie dort stand, aber er rannte weiter ins Haus, hielt nicht an, um sich zu bücken und die Waffe aufzuheben. Der Wolf setzte ihm nach, raste durch die Hintertür, ihm dicht auf den Fersen. Jazz, die immer noch den Baseballschläger umklammerte, stürzte ihnen hinterher.

Lucas war im Foyer an der Treppe, an der praktischerweise die Lichter angegangen waren, als Jazz hinuntergerannt war. Er umklammerte einen Treppenpfosten, konnte nicht aus dem Haus, weil der Wolf ihm den Weg versperrte. Lucas warf dem Tier einen Blick voll blanker Panik zu, dann drehte er sich um und stürmte die Stufen hoch.

Dieses Mal gab es keinen Zweifel an der Beteiligung des Hauses. Mit einem Geräusch wie ein gewaltiges Gähnen teilte sich die Treppe in der Mitte. Lucas stürzte schreiend in den Zwischenraum, bevor sich die Stufen mit einem Schnappen wieder zusammenfügten.

Jazz und der Wolf standen blinzelnd an der Treppe, die glatt und nahtlos geschlossen vor ihnen lag, als wäre nichts geschehen.

Doch Lucas war nicht tot. Jazz hörte ihn schreien, seine panischen Rufe gedämpft. Unter der Treppe befand sich ein winziger Raum – zugänglich durch eine verborgene Tür auf der Rückseite, die Jazz stets verschlossen hielt, damit kein Tourist sich dort hinein verirrte und am Ende nicht wieder von allein herausfand.

Sie wandte sich dem Wolf zu, der sie betrachtete, leise knurrte, wobei sich seine Lefzen hoben. Er war ein wunderschönes Tier, das Fell auf seinem Rücken von einem dunkleren Grau, das zu seiner Brust hin langsam heller wurde. Ein schwarzes V lief über seine Stirn zu seiner Schnauze.

Die harten Augen in diesem Gesicht waren fest auf sie gerichtet und ließen sie nicht los. Das Halsband hatte aufgehört, Funken zu sprühen, aber es lag unübersehbar um seinen Hals, umschloss seine Kehle. Jazz' Shifter-Exfreund hatte ihr gesagt, Feenzauber sorgte dafür, dass sich das Halsband beim Gestaltwandeln weitete und wieder zusammenzog.

„Mason?", fragte Jazz und umfasste den Baseballschläger fester. „Bist du das? Gutes Wölfchen."

Der Ausdruck auf seinem Gesicht wurde entschieden genervt. Er schüttelte sich, eigentlich eine typische Hundebewegung, und dann begann der Wolf sich zu verformen und zu wandeln.

Das Fell wich zurück, glatte Haut nahm seinen Platz ein, während gleichzeitig Krallen und Pfoten zu Händen und Füßen wurden. Mason erhob sich auf die Hinterbeine und wurde menschlich, seine Vorderläufe muskulöse Arme. Seine Schnauze schrumpfte, bis das Gesicht wieder Masons attraktive Züge mit dunklen Bartstoppeln aufwies.

Seine Augen veränderten sich als Letztes. Sie blieben auf Jazz gerichtet, das sehr helle Grau verdunkelte sich langsam zu dem Regenwolkengrau von Masons menschlicher Gestalt.

„Wölfchen?", fragte er mit einem Shifterknurren.

Einzig die Stimme und seine Augen erinnerten Jazz daran, dass er innerlich ein Tier war. Der Rest von ihm war purer Mann und sonst nichts. Nackt und muskulös in ihrer Diele.

Was für Kleider auch immer er getragen hatte, sie waren verschwunden. Mason stand splitterfasernackt und völlig schamlos vor ihr, die Hände in die Hüften gestemmt, während er wieder zu Atem kam.

„Alles okay mit dir?", erkundigte er sich und schaute betont zu dem Baseballschläger, den sie immer noch hoch erhoben hielt.

„Ja, ich …" Jazz brach ab, als sie bemerkte, was die Wandlung von Masons Körper bisher verborgen hatte. Er hatte überall auf seiner Schulter Blut, genau wie auf seinem einen Arm und an seiner Seite. „Bist du in Ordnung?" Sie ließ den Schläger fallen und eilte zu ihm. „Hat er dich erwischt?"

„Nur gestreift", antwortete Mason beiläufig, als Jazz bei ihm ankam. „Nicht der Rede wert. Shifter heilen schnell."

Das sagte er, aber zur gleichen Zeit wankte er. Jazz legte ihm eine Hand auf den Arm und spürte, dass seine Haut heiß und feucht war.

„Nichts ist in Ordnung mit dir", verkündete sie nachdrücklich. „Setz dich hin."

Mason wandte sich um und begann in Richtung Hintertür zu gehen. „Das wird schon wieder. Ich brauche nur ein wenig Ruhe."

Jazz blickte ihm mit offenem Mund hinterher, und sein Anblick von hinten, das Spiel der Muskeln unter der glatten nackten Haut, war auf keinen Fall zu verachten.

Aber er wollte einfach in sein Bett zurück, als wäre nichts geschehen. *Ich wurde angeschossen und dein Freund von deinem Haus gefressen, aber egal. Zeit für ein Nickerchen.*

Jazz folgte direkt hinter ihm. Sie musste laufen und holte ihn erst ein, als er schon die Hälfte des Weges zur Werkstatt zurückgelegt hatte. Der Mann war schnell.

„Du bist verletzt", erklärte Jazz. „Was ist los? Ist da immer noch eine Kugel in dir?"

Mason drehte sich um und schaute sie an. Unter den Bäumen war das Mondlicht viel schwächer, überzog seine Haut mit einem Muster aus hellen und dunklen Flecken. „Mein Halsband ist losgegangen", ließ er sie wissen. „Darum geht's mir nicht gut. Aber wie gesagt, das wird wieder."

Besorgt trat Jazz vor ihn und legte ihm die Hand auf den Unterarm. Seine Haut fühlte sich bereits kühler an, aber immer noch klamm. „Ich weiß, du bist allmächtig und kennst keinen Schmerz, aber du hast Blut verloren und bist von deinem Halsband geschockt worden. Du musst jetzt mal eine Pause einlegen."

Masons Blick senkte sich, und er wurde still. Er holte tief Luft, und sein Brustkasten weitete sich, seine Wimpern warfen Schatten auf seine Wangen, während er auf ihre Hand sah.

Jazz fühlte seinen Puls, stark und gleichmäßig, aber schnell. Die Haut an seinem Handgelenk war kühl, ihre Fingerspitzen ruhten auf dem drahtigen Haar auf seinen Unterarmen. Dunkles Haar bedeckte auch seine Brust und verjüngte sich wie ein Pfeil über seinen Bauch hinweg bis unter seinen Nabel, in die Schatten.

Jazz hob ihre Hand, strich leicht über Masons Arm. Wieder konnte sie sich nicht zurückhalten. Aus irgendeinem Grund, den sie sich nicht erklären konnte, wollte sie nah bei ihm sein, in seiner Wärme. Distanz konnte ihr gestohlen bleiben.

Mason bedeckte ihre Finger mit seinen. Behutsam schob er ihre Hand fort, schaute ihr ins Gesicht.

Jazz löste sich verlegen von ihm. „Entschuldigung", sagte sie. „Ich hab's ja schon erwähnt, ich kann mir nicht trauen. Ich werfe mich einem Typen an den Hals, und das Nächste, was ich weiß, ist, dass er in meinem Haus auf Leute schießt oder sich mit einer Shifterin, die er, wie er Stein und Bein schwört, nie zuvor bemerkt hat, einfach auf und davon macht und mich am Boden zerstört zurücklässt."

Masons Brauen zogen sich zusammen, und Jazz schloss den Mund. Das hatte sie ihm gar nicht erzählen wollen.

Er betrachtete sie weiter stirnrunzelnd, als versuchte er herauszufinden, was sie eigentlich wollte. Dann hob er jäh den Kopf und suchte die Dunkelheit mit den Augen ab.

Auch Jazz war alarmiert. Ihre übersinnlichen Wahrnehmungen verrieten ihr erneut, dass Gefahr drohte.

„Polizei", sagte Mason. Er legte den Kopf schief, lauschte angestrengt. Jazz hörte nichts, aber das Gehör von Shiftern war dem von Menschen weit überlegen.

Mason wandte sich bereits ab und ging zu der Werkstatt. Als Jazz ihn eingeholt hatte, hatte er sich schon Unterwäsche angezogen und griff nach seiner Jeans und seinem Shirt. Jazz erhaschte einen schönen Blick auf sein Hinterteil in den engen Boxershorts, ehe er die Jeans hochzog und zuknöpfte, sich das Shirt über den Oberkörper streifte.

Er schlüpfte in seine Jacke, bedeckte sein Halsband wieder, dann schnappte er sich die Reisetasche und zwei Holzschachteln.

Mason lief an Jazz vorbei und zur Tür hinaus. Sie lehnte sich gegen den Türrahmen, beobachtete, wie er die Reisetasche und die Schachteln in den Satteltaschen des Motorrades verstaute.

Natürlich ging er. Entweder hatte Lucas die Polizei gerufen, noch ehe er hier herausgekommen war, oder Nachbarn hatten die Schüsse gehört und einen Notruf abgesetzt. Jazz' Nachbarn waren selbst nicht zimperlich, was Waffen betraf, aber sie würden sich Sorgen machen, wenn sie mitbekämen, dass auf *ihrem* Grundstück geschossen wurde, und würden sichergehen wollen, dass mit ihr alles in Ordnung war.

Inzwischen konnte auch Jazz die Sirenen hören. Die Polizei würde Lucas eingesperrt in ihrem Haus vorfinden, er würde schreckensstarr eine zusammenhanglose, unverständliche Geschichte erzählen, und Mason würde die Schuld zugeschoben werden. Mason war Shifter. Er würde verhaftet und vermutlich getötet werden. Das nämlich geschah Shiftern, die Menschen etwas antaten.

Mason richtete sich auf, nachdem er die Satteltaschen gesichert hatte, und blickte sie an.

„Komm mit mir", sagte er.

Jazz blinzelte verwirrt. „Was?"

„Komm mit mir." Seine Stimme war leise und rau, er sprach schnell. „Lucas wird dich und dein verrücktes Haus beschuldigen. Und mich. Und ich brauche immer noch deine Hilfe."

Jazz starrte ihn weiter an. „Aber ich ..." Die Worte „kann nicht" erstarben ihr auf der Zunge.

Es gab eine Million Gründe, weshalb sie nicht mit ihm mitgehen konnte. *Ich kann mein Haus nicht verlassen. Ich kann meinen Job nicht aufgeben oder meine Klienten. Ich kann nicht einfach alles stehen und liegen lassen und mit einem Shifter mitgehen, den ich erst heute kennengelernt habe, bloß weil er hübsche Augen und einen großartigen Körper hat.*

Die Sirenen wurden lauter. Ja, die waren definitiv hierher unterwegs.

Ihr Herz klopfte schneller. Jazz hatte den größten Teil ihres Lebens in diesem Haus verbracht, in dieser ruhigen Straße am Fluss. Fabriken waren in der Nähe entstanden, und die Schönheit der Landschaft hatte gelitten, aber es war alles, was sie kannte, was ihr vertraut war. Das und die Fahrt auf der Straße nach New Orleans jeden Tag, zu Freunden, anderen Menschen, Touristen, ihrem Leben.

Sooft sie auch ihre Kunden ermutigte, ihrem Hang zur Abenteuerlust nachzugeben und Neues auszuprobieren, Jazz selbst tat das nie.

Das Haus hinter ihr bedeutete Sicherheit, Komfort. Mason hingegen das Unbekannte. Gefahr. Unsicherheit.

Sie hatte keine Zeit, eine Tarotkarte zu ziehen oder Runen zu werfen, um zu entscheiden, was sie tun sollte. Zum ersten Mal in ihrem Leben musste sich Jazz auf ihr eigenes Urteil verlassen.

Sie atmete tief ein, und ihr war leicht schwindlig. Es war verrückt, aber sie spürte plötzlich Freiheit in sich aufblühen, sich in ihrer Brust ausbreiten und jeden Teil von ihr von innen erleuchten. Sie fühlte sich, als schwebte sie, wäre ganz leicht, wollte lachen.

„Okay, was soll's?", rief sie atemlos. „In Ordnung, ja. Ich komme mit dir."

In Masons Augen flackerte etwas. Sie konnte nicht erkennen, ob er sich über ihre Entscheidung freute oder nicht. Er wandte sich einfach seiner Maschine zu.

„Warte", sagte Jazz. „Ich brauch meine Sachen. Aus dem Pavillon – in der großen Samttasche."

Mason betrachtete sie einen Moment, ohne zu blinzeln, dann machte er auf dem Absatz kehrt und lief zur Veranda. Er bewegte sich so rasch, dass Jazz ihn ein paarmal in den Schatten aus den Augen verlor, ihn aber gleich wieder fand, ein Mann, der mit der Anmut eines Athleten rannte.

Binnen Sekunden war Mason zurück, hatte ihre Tasche mit den Karten, Steinen, Kräutern und anderen Dingen, die sie zum Wahrsagen brauchte. „Das hier?"

Als Jazz nickte, verstaute er rasch ihre Ausstattung in seinen Satteltaschen, dann schwang er sich auf sein Motorrad und griff nach dem Anlasser. „Komm. Gibt es hier eine wenig befahrene Straße, auf der wir wegkommen?"

Jazz zögerte einen Moment, schlang die Arme um sich. Hinter ihr lag der Schutz des Hauses ihrer Großmutter, Mauern, die niemals zulassen würden, dass ihr etwas zustieß. Vor ihr befanden sich Mason, ein Shifter, den sie kaum kannte, und die leere Straße. Dunkelheit, Unsicherheit.

Ach, um Himmels willen. Wenn ich jetzt nicht gehe, werde ich es niemals tun.

Mason beobachtete sie ungeduldig. Wenn sie zu lange zögerte, würde ihm nichts anderes übrig bleiben, als ohne sie zu fahren. Er musste hier fort sein, bevor die Polizei ihn fand und ihn in einem Käfig abtransportierte.

Jazz breitete die Arme aus, als wollte sie sich dem Wind überlassen. Sie kam zu ihm und der Maschine und kletterte hinter ihm auf den Sitz, stützte sich an Mason ab.

Der hatte die Maschine schon angeworfen, und das große Motorrad schnurrte unter ihr. Jazz schlang die Arme um Mason, fand ihre Balance, wie ihr Exverlobter es ihr vor Jahren gezeigt hatte. Mason fuhr an und bog vorsichtig in die Straße ein, zu der Jazz ihn dirigierte, blieb so langsam, dass er nicht zu viel Lärm machte.

Streifenwagen kamen von allen Seiten auf die Einfahrt des alten Hauses, blieben mit heulenden Sirenen und blitzenden roten Lichtern davor stehen. Jazz und Mason entfernten sich über die alte Straße, und Jazz fuhr ihrer Zukunft mit fest geschlossenen Augen entgegen.

* * *

Mason hielt sich nördlich. Er hatte sich ausgerechnet, dass man, wenn die Polizei Lucas befreit hatte – falls das Haus das gestattete – und ihm eine zusammenhängende Geschichte entlockt hatte, zunächst im Osten von New Orleans nach ihnen suchen würde oder im Westen, im Umfeld der Megacity Houston. Doch er lenkte seine Maschine nach Norden, aus dem Bayou-Land hinaus und fort vom Fluss.

So fuhren sie stundenlang, nordwestlich nach Shreveport und danach nach Westen über die Grenze nach Texas hinein. Sobald er erst einmal wieder auf texanischem Boden war, würde er wenigstens nicht mehr automatisch schon allein deswegen verhaftet werden, weil er ein Shifter außerhalb seines Bundesstaates war, selbst wenn die Polizei ihn befragte, warum er auf einer abgelegenen Schnellstraße mitten in der Nacht mit einer wunderschönen Frau unterwegs war.

Jasmine klammerte sich an ihm fest, und ihre Wärme an seinem Rücken linderte den Schmerz seiner Verletzung und von den Schockwellen des Halsbandes. Mason hatte gewöhnlich einen ziemlichen Kater, wenn sein Halsband losgegangen war, aber wenn Jasmine ihn hielt, verging die Übelkeit viel schneller als sonst. Und ebenso jegliches Unwohlsein von der Kugel, die ihn gestreift hatte.

Mason hätte bis in die frühen Morgenstunden weiterfahren können, nach Süden und nach Austin, aber Jasmine war erschöpft. Schon früh auf dem Trip hatte er ihr seine Jacke gegeben, da er wusste, sie war es nicht gewohnt, den rauen Fahrtwind auf ihrer zarten Haut zu spüren. Die Nacht war dunkel genug, dass man sein Halsband nicht sehen konnte, und die kühle Brise fühlte sich für ihn gut an.

Auf der Straße hatte er keinen Polizisten gesehen außer denen, die auf Streife ihre gewohnten Runden fuhren, ohne Lichter oder Sirenen, oder Geschwindigkeitskontrollen durchführten, bei denen Mason dafür sorgte, dass sie nicht auffielen. Entweder suchte die Polizei an den falschen Orten nach ihnen, oder sie hatten Lucas' Geschichte über

Wölfe und Treppen, die ihn verschluckten, als Wahnvorstellungen eines Irren abgetan.

Am wenig belebten Rand einer dunklen Stadt in Texas bog Mason auf den Parkplatz eines eingeschossigen Motels ab. Es war ungefähr drei Uhr morgens, und das Büro mit der Rezeption war dunkel und abgesperrt.

Mason parkte die Maschine und klopfte an die Bürotür, aber niemand öffnete. Vermutlich war der Manager heimgegangen oder schlief, weil es hier zu ruhig war, als dass er viele Gäste haben würde.

Nur ein paar Wagen standen vor dem winzigen Motel. Mason machte Jasmine ein Zeichen, beim Motorrad zu warten, während er an den Türen vorbeiging, lauschte und die Luft schnupperte auf der Suche nach Gerüchen, um herauszufinden, welche Zimmer frei waren.

Als er an die letzte Tür kam, winkte er Jasmine zu sich. Sie war bereits vom Motorrad gestiegen und rieb sich verstohlen den Hintern, während sie zu ihm an die Tür trat.

Mason berührte das Schloss, ein ganz gewöhnliches, für das man einen Schlüssel brauchte. „Ich kann das hier knacken“, erklärte er, „aber es wäre mir lieber, wenn man es danach wieder abschließen könnte. Eine dünne Kette hält ja niemanden auf.“

Jasmines Finger lagen auf seiner Schulter. „Das ist in Ordnung. Lass mich. Kannst du meine Tasche holen, bitte?“

Mason brummte, kehrte zum Motorrad zurück und schob es zur Tür. Er holte den Samtbeutel aus den Satteltaschen und fragte sich, was sie wohl daraus brauchte.

Jasmine öffnete die Verschnürung oben an der Tasche und begann darin zu suchen. Das Licht über der Tür beleuchtete lauter verschiedene Sachen – Karten, Steine, Säckchen, Bücher … Mason hatte nie begriffen, wie Frauen so viel Kram mit sich rumschleppten. Frauenhandtaschen mussten so wie die Zeitmaschine aus dieser britischen Science-Fiction-Serie sein – innen größer als von außen.

Jasmine zog ein Räucherstäbchen und ein Feuerzeug heraus. Sie zündete das eine Ende des Stäbchens an, blies sachte dagegen, bis es glühte, und sandte eine winzige Wolke ins Schloss. Sie flüsterte ein Wort, das Mason nicht kannte, und wartete reglos.

Einen Moment lang oder zwei geschah nichts. Gerade als Mason den Vorschlag wiederholen wollte, dass er die Tür aufbrechen könne, hörte er ein leises Klicken. Jasmine lächelte, drückte die brennende Spitze des Stäbchens an der Betontürschwelle aus und drehte den Türknauf.

Mason fasste sie am Arm, ehe sie hineingehen konnte. Jasmine warf ihm einen überraschten Blick zu, wie es die Frauen bei *Inspirations* auch getan hatten, als er an ihnen vorbeigestürmt war, aber er schob sie beiseite und betrat das Zimmer, suchte es nach möglichen Gefahren ab.

Er blickte ins Badezimmer, aber seine Nase hatte ihm bereits verraten, dass der Raum einige Zeit nicht benutzt worden war. Nachdem er sich überzeugt hatte, dass alles in Ordnung war, schaltete er das Licht ein und winkte Jasmine hinter sich herein. Sie schloss die Tür und blickte sich um, rieb sich die Arme, die in den Ärmeln seiner Jacke steckten. Ihr Blick fiel auf das Bett – es gab nur eines.

„Das ist eine Shiftersache, oder?“, erkundigte sie sich und blieb in der Mitte des Zimmers stehen. „Ein Gebäude immer zuerst zu betreten und zu sichern.“

„Jap.“ Mason ließ seine Reisetasche und ihren Samtbeutel auf den Tisch fallen, dann schloss er ab und legte die Kette vor die Tür. „Es ist eine Shiftersache. Wie hast du das übrigens gemacht? Ich meine das Türöffnen.“

Jasmine zuckte die Achseln, die Hände eng an ihren Seiten. „Meine Großmutter hat mir das beigebracht. Es ist ein ziemlich einfacher Zauberspruch.“

„Ich dachte, du wärst ein Medium, keine Hexe“, sagte Mason und öffnete seine Reisetasche. Morgen früh würden sie ihr eine Zahnbürste und was sie sonst noch brauchte, kaufen.

„Die Gabe ist die Gabe, egal, wie man sie nennen möchte“, erklärte Jasmine mit schwacher Stimme. „Das Problem ist, es ist Luftmagie, aber ich bin am besten mit Erdmagie. Jede andere Sorte kostet mich Kraft. Da ist nur ein Bett.“

Sie wankte leicht, während sie die letzten Worte sprach, dann knickten ihr die Knie ein, und sie brach zusammen.

Mason war da, um sie aufzufangen. Er hob sie auf seine Arme, ihre Wärme und ihr blumiger Duft waren noch immer wahrnehmbar, trotz der langen Fahrt.

Jasmine blickte aus halb geschlossenen Augen zu ihm hoch, versuchte, sich zu wehren, gab aber auf. „Da ist nur ein Bett“, wiederholte sie, die Worte undeutlich.

„Ich weiß“, antwortete Mason.

Kapitel Sieben

Jazz wachte von dem Sonnenlicht auf, das ihr durch die nicht ganz geschlossenen Jalousien mitten ins Gesicht fiel. Blinzelnd öffnete sie die Augen, fragte sich, was aus ihrem schönen, weichen Bett geworden war, und dann begriff sie, dass sie sich nicht in ihrem eigenen Schlafzimmer befand.

Sie lag mit dem Gesicht nach oben unter einer dünnen Zudecke auf einer harten Matratze, und über ihr war eine Decke mit Wasserflecken. Das Dach war offenbar an einigen Stellen undicht.

Die Matratze bog sich links von ihr tief durch, und sie wandte den Kopf in die Richtung.

Mason schlief auf dem Rücken oben auf der Decke, die Arme über dem Gesicht, und trug nichts als ein T-Shirt und eng sitzende Boxershorts. Sein Brustkasten hob und senkte sich unter seinem gleichmäßigen, tiefen Atem, und ein leichtes Schnarchen drang aus seinem Mund.

Jazz richtete sich vorsichtig auf ihre Ellbogen auf, um ihn zu betrachten. Mason war ein großer Mann, der einen erheblichen Teil des angeblichen Kingsize-Betts für sich beanspruchte. Sein Körper war groß, schlank und muskulös und selbst in dieser entspannten Pose im Schlaf überall hart.

Er war ein wunderschöner Wolf gewesen, aber auch in dieser Gestalt war er schön. Jazz ließ ihren Blick von seinem Gesicht, auf das das Sonnenlicht fiel, das sie geweckt hatte, zu dem keltischen Knoten an seiner Kehle wandern.

Das Halsband zähmte die Shifter, behaupteten die Menschen. Jazz hatte das nie wirklich geglaubt.

Hier war sie, auf einem Bett mit einem Mann, der angeblich ein wildes Tier war, verrückt und außer Kontrolle, theoretisch nur durch sein Halsband im Zaum gehalten.

Aber sie hatte Mason gelesen – seine Aura, seine Vergangenheit. Dieses wilde Tier liebte, lachte, trauerte. Er hatte Jazz von dem Moment an beschützen wollen, als er ihr begegnet war, er sprach von seinen Brüdern mit schroffer Zuneigung, und er liebte seine Tante. Die Gitarre hatte er mit fähigen Händen behutsam angefasst und sich nicht über Jazz lustig gemacht, als sie versucht hatte, darauf zu spielen, sondern ihr interessiert zugehört.

Wenn alle Shifter wie Mason wären, würden sie nicht so gefürchtet werden.

Andererseits …

Sie wurde sich eines Paars grauer Augen bewusst, die auf sie gerichtet waren. Mason hatte den Arm gesenkt, während Jazz ihre Musterung hin zu seinem festen Bauch und der überaus eng sitzenden Unterwäsche fortgesetzt hatte.

„Hi", brummte er, als sie rot wurde. „Geht es dir gut?"

Jazz zog die Decke auf ihrer Brust höher, obwohl sie sich gestern Nacht T-Shirt und Shorts übergestreift hatte. „Ich bin nur hungrig. Wo sind wir eigentlich?"

Mason zuckte die Achseln, und unter der Bewegung wackelte das ganze Bett. „Ich will verdammt sein, wenn ich das weiß." Er ließ seinen Blick durch das Zimmer wandern, als würde ihm das einen Hinweis darauf geben, wo sie sich befanden, dann legte er sich wieder hin. „Wir werden uns hier eine Weile ausruhen. Du brauchst das. Und dann fahren wir weiter nach Austin."

„Austin?", erkundigte sie sich überrascht. „Warum? Ich dachte, wir würden nach eurem Heiler suchen."

Mason rollte sich vom Bett und kam auf die Füße. „Ich kenne ein Haus, wo du bleiben kannst, während wir herausfinden, wie wir ihn aufspüren. Ein Haus, das Menschen nicht einfach verschluckt", fügte er hinzu, während er sich abwandte.

Ein aufrecht stehender Mason mit dem Rücken zum Bett war kein schlechter Anblick. Die graue Unterhose schmiegte sich an seinen Hintern, und sein Rücken war muskulös.

Sich ihrer Musterung nicht bewusst, reckte sich Mason und gähnte, wie es zu seinem Wolf passte. „Ich werde duschen und dann etwas zu essen auftreiben."

Jazz setzte sich auf und verfolgte, wie er durchs Zimmer ging, innehielt, um sich Klamotten aus seiner Reisetasche zu nehmen. „Sollte ich mich nicht um das Essen kümmern?“, fragte sie. „Du bist ein Shifter. Am Ende jagst du den Leuten Angst ein, und dann müssen wir wieder Hals über Kopf weg.“

Mason drehte sich zu ihr um, seine Kleider in den Händen zusammengeknüllt, die Brauen finster zusammengezogen. „Allein gehst du nirgendwohin. Vermutlich bist du im Umkreis von vielen Meilen der köstlichste Leckerbissen, und die Göttin allein weiß, wer da draußen ist und nur auf dich wartet.“

Jazz blinzelte verwirrt. Sein Beschützerinstinkt war wieder zurück, stärker als je zuvor.

„Wow“, sagte sie und bemühte sich um einen leichten Ton. „Ich glaube nicht, dass mich irgendjemand vorher schon mal als Leckerbissen bezeichnet hat.“

„Dann sind das alles Idioten“, erklärte Mason. „Du bleibst hier, während ich dusche, und gehst nirgendwohin.“

Jazz hob die Hände. „Keine Sorge. Ich weiß sowieso nicht, wie man dein Motorrad fährt, höchstens, wie man hintendrauf sitzt.“

Mason beobachtete sie einen Moment länger, als rechnete er insgeheim damit, dass sie fortlief, sobald er ihr den Rücken kehrte. Schließlich drehte er sich aber doch um und marschierte ins Badezimmer.

„Leckerbissen“, wiederholte Jazz. „Das gefällt mir.“

Mason schloss die Tür, und seine finster gerunzelte Stirn und sein ansehnlicher Körper entschwanden ihren Blicken.

* * *

Mason weigerte sich, das Zimmer zu verlassen und sich ums Essen zu kümmern, bevor Jazz fertig geduscht hatte, und dann wies er sie an, hinter ihm abzusperren und *niemandem* außer ihm aufzumachen.

Jazz verspürte leichte Sorge, als Mason das Motorrad startete und davonfuhr – Sorge um ihn. Sicher, er hatte sie in einem Motelzimmer irgendwo im Nirgendwo allein zurückgelassen, ohne ein Transportmittel, aber dummerweise hatte Jazz in unbekannten Situationen selten Angst – dummerweise, weil sie dadurch manchmal in die Klemme geriet.

Sie war ziemlich erfindungsreich. Es gab hier ein Telefon, sodass sie ihre Freunde in New Orleans anrufen könnte und bitten, herzukommen und sie abzuholen – sobald sie herausgefunden hatte, wo sie eigentlich war. Sie könnte auch mit einigen ihrer Freunde mittels Wasserlesen in Kontakt treten, allerdings war das nicht immer zuverlässig. Außerdem erschöpfte sie Wassermagie noch mehr als Luftmagie.

Während eines Sommers, als sie noch in der Highschool gewesen war, waren Jazz und ihre Großmutter mit einem heruntergewirtschafteten Kleinbus überall im Süden herumgefahren, hatten in kleinen Städten entlang des Weges Karten gelegt und Auren gelesen. Damit hatten sie etwas Geld verdient, und sie hatten erstaunliche Leute getroffen. Das konnte Jazz immer noch tun, vielleicht sogar ein anderes Medium in dieser Stadt oder der näheren Umgebung finden, das über ein Transportmittel verfügte.

Alles im Leben ist eine Gelegenheit, hatte ihre Großmutter immer gesagt. *Nachteile können in Vorteile verkehrt werden. Sieh dich nur um, und halt die Augen nach allen Möglichkeiten auf.*

Jazz war sich nicht sicher, was für Möglichkeiten sich hier boten, aber sie verspürte einen Stich, als sie sich an die Stimme ihrer Großmutter erinnerte. Sie fehlte ihr so sehr.

Kurze Zeit später kehrte Mason mit Fast-Food-Frühstück zurück, ohne dass ihm irgendwelche Missgeschicke zugestoßen waren. Jazz machte sich hungrig darüber her, verschwendete keinen Gedanken an Kalorien, Fett- oder Salzgehalt.

Mason aß langsam und bedächtig, ganz anders, als sie sich vorgestellt hätte, wie ein Wolf essen würde. Jazz versuchte, sich etwas zu bremsen, aber es war viele Stunden her, dass sie das letzte Mal Nahrung zu sich genommen hatte, und sie war wirklich hungrig.

Als sie fertig waren, räumte Mason den Abfall zusammen und brachte ihn nach draußen, um ihn wegzuwerfen. Jazz wischte den Tisch mit einem der dünnen Handtücher aus dem Badezimmer ab und öffnete ihre Samttasche, gerade als er wieder reinkam.

„Wir können genauso gut gleich anfangen", erklärte sie. „Kannst du mir irgendetwas über diesen Heiler verraten?"

Mason setzte sich schwer auf den Stuhl auf der anderen Seite des Tisches, während Jazz ihre Runensteine hervorholte, sie in die Hand nahm. „Nichts, was ich dir nicht bereits erzählt habe."

„In Ordnung." Jazz holte Luft und konzentrierte sich. „Heiler. Hat die Magie der Göttin in sich. Könnte irgendwo in zwei Ländern sein. Vielleicht."

Mason nickte nur, aber mit einem Anflug von trockenem Humor.

Jazz versuchte, sich auszumalen, wie ein Shifter-Heiler aussehen könnte, aber ihr fiel einfach nichts ein. Sie stellte sich einen Mann mit Halsband vor und einer verschwommenen Aura um ihn, warf die Runensteine auf das Tuch.

„Hmm“, sagte sie.

Mason stützte sich mit den Händen auf der Tischkante ab und lehnte sich vor. „Was?“

„Es ist ein Wirrwarr.“ Jazz deutete auf die Steine, die in alle möglichen Richtungen gefallen waren. „Die Runen für Störung und Hindernisse sind die auffälligsten. Sie blockieren mich.“

Sie tat die Steine zurück in ihren Stoffbeutel, schüttelte ihn und hielt ihn Mason hin. „Zieh einen Stein.“

Masons Brauen rückten zusammen, während er seine Finger in die Tasche schob und einen herausfischte. Er drehte ihn um, sodass Jazz das Symbol erkennen konnte, das aussah wie der kleine Buchstabe t.

„Großartig.“ Jazz rümpfte die Nase. „Das bedeutet Einschränkung oder wieder eine Blockade. Entweder legt mir hier das Universum Steine in den Weg, oder dieser Heiler möchte nicht gefunden werden. Metaphysische Blockaden aufzubauen ist in etwa das Gleiche, wie das Handy auf ‚Nicht stören – unter keinen Umständen und nie‘ zu stellen.“

Mason ließ den Stein zurück in den Beutel fallen. „Woher sollte er wissen, dass wir nach ihm suchen? Ich habe das schließlich nicht der ganzen Welt kundgetan. Nur den Shiftern, die es betrifft. Und wenn die eine Ahnung hätten, wie man ihn findet, sodass sie ihn warnen könnten – dann würde ich ihn nicht suchen müssen. Ich würde sie einfach zwingen, mir zu verraten, wo er ist.“

Jazz stellte sich vor, wie Mason die Shifter in einer Reihe aufstellte und sie finster anstarrte, bis sie nachgaben und ihr Wissen mit ihm teilten. Sie erwiderte: „Wenn dieser Shifter, so wie du es sagst, die Magie der Göttin hat, dann könnte er mühelos Schutzzauber weben, damit die Leute seinen Aufenthaltsort nicht herausbekommen. Und vielleicht weiß er noch nicht mal, dass er das tut.“

Mason legte den Beutel hin, sodass die Steine darin klackernd aneinanderstießen. Er verschränkte die Arme. „Wie durchdringt man die Blockaden? Oder – wie wäre es, wenn wir diesen Hokuspokus sein lassen und ihn wirklich zu finden versuchen?“

Jazz warf ihm einen verärgerten Blick zu. „Hey, stelle ich etwa deine Fähigkeit, Sachen durch ihren Geruch aufzuspüren, infrage? Für mich ist es höchst befremdlich, zuzuschauen, wie du schnupperst und aufgrund dessen herausfindest, was was ist. Nun, das hier ist meine Art des Schnupperns.“ Sie beugte sich vor, die Hände auf dem Tisch. „Ich kann ihn so finden, Mason. Ich muss es nur immer weiter versuchen.“

Mason brummte tief in seiner Kehle. „Wie du willst. Wenn es nicht funktioniert, stehe ich nicht schlechter da als vorher.“

„Es wird funktionieren.“ Jazz nahm den Beutel mit den Runen, schloss die Augen und zog eine. *Störung*. Wie passend. „Das heißt nur, dass ich mich etwas mehr anstrengen muss, sonst nichts.“

Sie steckte die Runen wieder zurück in die große Tasche und öffnete die kleine Schachtel mit den

Steinen. Die Aura eines jeden Steins umgab sie, als sie sie hochnahm – das beschwichtigende Feuer des Türkises, die Energie des Tigerauges, die Weisheit des alten Bernsteins.

„Was hast du mit denen vor?“, wollte Mason wissen, klang eher neugierig als skeptisch.

„Sie werden mir helfen, mich dem Universum zu öffnen.“ Jazz platzierte jeden Stein auf ihrem Tuch, arrangierte sie zu einem Halbkreis, bei dem sie selbst den Mittelpunkt bildete. „Wie schon erwähnt, kann ich am besten mit Erdmagie arbeiten. Die Steine – Elemente und Verbindungen der Erde selbst – werden mir ermöglichen, mich zu fokussieren. Ebendiese Steine existieren seit Urzeiten, also lange bevor irgendeiner von uns hier war. Und sie sind noch da, sind es weiterhin.“ Sie deutete auf die blauen, die gelbgoldenen und die schwarzen Gesteinsbröckchen, die im Sonnenlicht glitzerten. „Und sie werden auch weiterhin fortbestehen, nachdem wir längst gegangen sind. Wenn mir irgendetwas helfen kann, durch die magische Blockade zu dringen, dann sind es die Gebeine der Erde.“

Mason antwortete nicht. Er schwieg, während Jazz jeden Stein einzeln berührte, seine Kraft in sich aufnahm. Er war so leise, dass sie kaum bemerkte, wie er atmete, und als er wieder sprach, zuckte sie zusammen.

„Du hattest beinahe einen Gefährten?“, fragte er. „Du hast erwähnt, dass du Hochzeitseinladungen geschrieben hast.“

Jazz wurde rot, während sie nach der Apachenträne griff – dem Obsidian, der aus durchscheinendem schwarzen Glas bestand. Sie erinnerte sich, ihm gestern von ihren Fehlentscheidungen vorgejammert zu haben. „Jap. Ich war zwanzig. Als ich in New Orleans aufs College ging, habe ich einen Typen kennengelernt und mich in ihn verguckt. Ich dachte, es wäre die wahre Liebe. Er war ein Biker, und ich wusste, er stand in dem Ruf, ein Bad Boy zu sein. Doch das hat nur dafür gesorgt, dass ich ihn umso dringender haben wollte. Ich konnte mein Glück gar nicht fassen, als er mich gebeten hat, ihn zu heiraten. Er sagte, er würde es ganz mir überlassen - ich sollte alles so arrangieren, wie immer ich es wollte – und einfach an der Kirche auftauchen, und dann würden wir für den Rest unseres Lebens zusammen sein. Genau das Richtige, um meine romantische Seite anzusprechen."

Masons Finger hatten sich verkrampft, seine Augen waren hellgrau geworden. „Also, was ist passiert? Hast du seinen Mist schließlich noch durchschaut?"

„Genau. Ich habe einen Spiegel benutzt und zu unserem gemeinsamen Leben befragt, und da war er. Im Bett mit einer meiner Brautjungfern, beide nackt. Er sagte zu ihr, wie viel Spaß sie beide haben würden, wenn er erst das Haus meiner Großmutter und ihr Geld in die Finger bekäme." Jazz berührte einen Amethyst, um den Stich, den die Erinnerung ihr versetzte, zu lindern. „Ich glaube, das Haus hat mir geholfen, das herauszufinden. Ich habe einen antiken Spiegel im Schlafzimmer meiner Großmutter verwendet - zuvor hatte ich nie irgendetwas so klar bei einer Spiegelbefragung erkennen können." Sie stieß ein kurzes Lachen aus, aber diese Vision hatte wehgetan. Hölle, hatte das wehgetan.

„Idiot“, brummte Mason. „Wenn ein Mann sich eine Gefährtin nimmt, dann betrügt er sie nicht. Und es ist völlig egal, wie viele Frauen um ihn herumscharwenzeln. Und wegen Geld mit jemandem zusammen zu sein, das ist einfach nur … dumm. Es war sehr klug von dir, ihn fortzuschicken.“

Seine Entrüstung begann Jazz von innen zu wärmen, aber sie rief sich zur Ordnung. „Es ist lieb, dass du das sagst, aber erzähl mir nicht, Shifter würden nicht betrügen.“ Wieder verspürte sie einen schmerzlichen Stich, und sie nahm den Amethyst fest in die Hand. „Eine Weile habe ich einen Shifter gedatet. Ich weiß, was passiert.“

Mason rührte sich nicht, zuckte mit keinem Muskel, aber Jazz spürte, wie er aufmerkte. „Was für einen Shifter? Wovon redest du?“

„Ein Felid.“ Mehr Schmerz aus Jazz’ Vergangenheit drängte nach oben, machte sich in ihrer Brust breit. Dale war nicht so muskulös wie Mason gewesen, aber genauso geschmeidig – ein Berglöwen-Shifter mit hellbraunen Augen. „Er war aus der New-Orleans-Shiftertown. Ich dachte, ich befolge mal den Rat meiner Freundin Bree und besuche eine Shifterbar. Ich dachte, er wäre toll.“

Dale war ein bisschen wild gewesen, unvorhersehbar, aber beschützend, wie Mason. „Doch letzten Endes hat sich gezeigt, dass er einfach ein weiterer Bad Boy war. Ich muss eine Gabe dafür haben, sie zu finden. Wir hatten eine wunderbare Zeit, aber eines Tages kam er zu mir und hat mir gesagt, er hätte einen Gefährtenbund geschlossen – was auch immer das heißen soll – und dass er mich nicht länger treffen kann.

Das war's. Schluss. Aus heiterem Himmel. Und das Nächste, was ich weiß, ist, dass er mit dieser Felidfrau zusammen ist, von der er mir geschworen hatte, er würde sie nicht mal mögen. Inzwischen sind sie seit ungefähr sieben Jahren ein Paar, und sie haben Kinder. Junge, denke ich, heißt das bei euch."

Jazz schlug mit der Hand, die den Amethyst hielt, auf den Tisch, dann entschuldigte sie sich stumm bei dem Edelstein. Denn der hatte keine Schuld. Genau genommen gab er sich sogar größte Mühe, dass es ihr besser ging.

Mason wirkte bei dieser Geschichte nicht so wütend wie eben. „Wenn sich der Gefährtenbund bildet, dann gibt es nichts, was ein Shifter dagegen tun kann." Er klang weniger verurteilend, sondern fast verständnisvoll. „Es ist ein mystischer Bund, der einen Shifter mit einem anderen vereint. Man muss einfach mit dem anderen zusammen sein, komme, was wolle. Es bereitet körperliche Schmerzen, wenn man das nicht ist."

Jazz versuchte, ihr Temperament zu zügeln. „Woher willst du das wissen? Hast du diesen Bund auch mit irgendwem?" Das wäre mal wieder typisch bei ihrem Glück – nein, ihrer Gabe dafür, sich jedes Mal nach dem falschen Typen zu sehnen.

„Meine Eltern hatten einen Gefährtenbund", erklärte Mason leise. „Als mein Vater erschossen wurde …" Er sprach nicht weiter, seine Stimme brach. Er räusperte sich. „Meine Mutter ist an dem Tag gestorben. Nicht körperlich – sie lebte noch weitere zwanzig Jahre. Aber in ihr war nur noch Leere. Keine Hoffnung, keine Freude, kein Leben. Manche Shifter können sich von einem beendeten Gefährtenbund erholen und einen neuen mit einem anderen knüpfen. Aber das ist schwer. Die Trauer reicht tief."

„Oh." Jetzt kam sie sich dumm vor. Sie hatte darauf herumgehackt, wie Dale sie gekränkt hatte, während Mason seine Mutter wegen des Gefährtenbunds hatte leiden sehen. „Mist. Mason, das tut mir so leid." Sie fasste über den Tisch nach seiner Hand. „Ich vergrabe mich so tief im Metaphysischen, dass ich manchmal die echten Menschen und das echte Leben vergesse. Aber das ist keine Entschuldigung dafür, dumm und gedankenlos zu sein."

Mason zog die Brauen zusammen, und seine Finger schlossen sich fester um ihre. „Wenn du dich weiter so zerfleischst, dann werde ich …"

Jazz hielt inne. Sein Griff war hart, seine Finger warm. „Was wirst du?", fragte sie, und ihr Puls beschleunigte sich. Die Stelle zwischen ihren Beinen wurde warm.

„Ich weiß nicht", antwortete Mason leise. „Aber es wird rau werden."

Jazz hätte beinahe gesagt: *Ist das ein Versprechen?* Aber sie zwang sich, den Mund zu halten. Ihr Hang, sich zu gefährlichen Männern hingezogen zu fühlen, würde sie eines Tages noch einmal in ernste Schwierigkeiten bringen. Man musste sie sich nur jetzt anschauen, weit weg von zu Hause, in einem billigen Motel mit Mason, einem Shifter, der nur gerade so gezähmt war. Verspürte sie Besorgnis oder Angst, wie es jeder vernünftige Mensch tun würde?

Nein, was im Moment durch ihre Adern strömte, war reine Erregung.

Sie entriss Mason ihre Hand und begann wieder die Steine zu ordnen, versuchte dabei, ruhiger zu werden.

„Was ist mit Lucas?“, wollte Mason wissen. „Warum er?“

„Lucas? Das weiß ich selbst gar nicht so recht.“ Der Obsidian, den Jazz gerade rückte, war glatt, kühl und nahm ihre Aufregung auf. „Er sah gut aus, und ich war einsam … Ich habe es einfach so laufen lassen, ohne nachzudenken. Das geht ganz leicht, und plötzlich ist man in einer Beziehung, ohne sich die Mühe zu machen, innezuhalten und zu entscheiden, was man da überhaupt tut. Und dann merkt man auf einmal, er ist gemein und kleinlich, und deine Freunde denken, dass du eine Närrin bist. Das Haus mochte ihn auch nicht, was mich von Anfang an hätte misstrauisch machen sollen.“ Jazz seufzte, fragte sich, warum sie ihm all das erzählte. Aber es war leicht, mit Mason zu reden, der schwieg und sie aufmerksam ansah.

Mason runzelte die Stirn. „Geh nicht wieder mit irgendjemandem aus, der sich nicht um dich kümmert, Jasmine. Du brauchst jemanden, der dich für das schätzt, was du bist.“

Genau, als ob solche Typen an jeder Ecke zu finden wären. „Das sagt sich für dich so einfach“, entgegnete Jazz leicht verärgert. All diese heilenden Steine um sie herum, und sie war angespannt und schnippisch. „Du bist großartig. Ich wette, Frauen stolpern übereinander bei dem Versuch, mit dir zusammen zu sein.“

Masons Augen flackerten. „Nur, weil sie mit einem Shifter schlafen wollen.“

Sie hörte die Bitterkeit in seiner Stimme. Er sprach nicht weiter, fügte nichts mehr hinzu. Es reichte auch so.

„Nun, dann wissen sie gar nicht, was ihnen entgeht“, versetzte Jazz hitzig. „Jede Frau könnte sich glücklich schätzen, dich zu haben.“

Ein weiteres Flackern. Jazz fragte sich, wie viele Frauen ihm das schon gesagt hatten, kurz bevor sie wieder zurück in ihre sicheren, Shifter-freien Viertel in der Stadt fuhren. Für sie war mit Mason zusammen zu sein ein wildes Abenteuer, eine Kostprobe der Gefahr. Nichts Permanentes. Jazz hatte jede Menge Frauen in Shifterbars genau das sagen hören. Und schließlich war er ein Shifter.

„Es tut mir leid“, sagte Jazz leise. „Ich versuche dir hier nicht nach dem Mund zu reden, damit du dich besser fühlst, das schwöre ich. Mit wem auch immer du den Gefährtenbund bildest, sie kann sich wahrhaft glücklich schätzen. Das glaube ich fest.“

Mason knurrte wortlos. „Wenn ich nicht den Heiler finden kann, dann lebe ich am Ende gar nicht lange genug, um einen Gefährtenbund zu formen.“

Jazz hob die Hände. „Ich weiß. Ich weiß. Ich versuche es ja. Aber jemanden aufzuspüren geht nicht so schnell, vor allem, wenn derjenige nicht gefunden werden möchte.“

„Du hast doch schon früher Leute gefunden“, beharrte Mason. „Wie hast du das denn da gemacht?“

Jazz hörte auf, mit den Steinen herumzuspielen, und holte eine kleine Bronzeschüssel aus ihrer Tasche, zusammen mit einem Salbeistab. „Wenn ich nach jemandem suche, dann bitte ich um einen Gegenstand, der demjenigen etwas bedeutet, damit ich ihn in der Hand halten kann und ein Gespür für seine Aura bekomme. Im Fall des kleinen Mädchens war es ein Stoffhund, den sie liebte. Ich ging damit nach oben in mein Haus und benutzte ihn, um mithilfe einer Menge Kerzen und Kristalle ihre Aura zu finden. Wie ein Radiosignal zurück zu seiner Quelle zu verfolgen. Ich habe sie ziemlich rasch entdeckt. Wie sich herausstellte, hatte ihr ältester Stiefbruder sie entführt, um bei ihrer Mutter Lösegeld zu erpressen. Was für ein Mistkerl." Sie schnitt eine Grimasse, als sie sich an die dunkle Aura des jungen Mannes erinnerte, an seine Arroganz.

„Man hat sie in einem Versteck im Apartment ihres Stiefbruders gefunden", erzählte Jazz weiter. „Der Stiefbruder wurde verhaftet, und das kleine Mädchen konnte zu seiner Mutter nach Hause zurück. Für den Mann, den ich gesucht habe, ist es nicht so gut ausgegangen. Er war bereits ermordet worden, bevor die Polizei die Suche auch nur begann. Wenigstens konnte ich ihnen verraten, wo seine Leiche lag." Jazz seufzte. „Dann hat die Polizei mich verdächtigt, dass ich etwas mit seinem Tod zu tun hätte, weil ich ihn gefunden habe, nachdem das niemand anderem gelungen war. Glücklicherweise konnte ich beweisen, dass ich von dem Typen nie zuvor was gehört hatte, ihn nie gesehen hatte, nie in seiner Nähe gewesen war. Aber das ist, was passiert. Die Leute glauben nicht an meine Gabe. Sie denken, es sei ein Trick."

Mason sagte nichts. Er hatte sie mehr oder weniger derselben Sache beschuldigt, aber er nahm ihre Spitze nur mit einem ruhigen Blick zur Kenntnis.

Jazz räusperte sich. „Was ich sagen will: Es wäre einfacher, diesen Heiler zu finden, wenn ich etwas hätte, das ihm gehört. Aber ich gebe mein Bestes."

Mason nickte. „Danke."

Bei dem Aufblitzen echter Dankbarkeit in seinen Augen wurde Jazz ganz warm, und sie errötete. Der Rauch von dem Salbei, den sie angezündet hatte, stieg ihr in die Nase, und sie musste husten. Sie grinste Mason an, fächelte den Rauch beiseite und machte weiter.

Jasmine versuchte den ganzen Tag lang, den Heiler zu finden. Sie starrte in Kristalle, sie wedelte Rauch darüber, sie ließ sich von Mason Karten holen, streute Kristallsalz darauf, beugte sich vor, um in den Wirbeln zu lesen. Sie bedeckte den Tisch mit ihren Kristallen, Karten, Kerzen und kleinen Glocken, sogar einer Schüssel mit Wasser, und sagte, sie könne genauso gut alles zusammenmischen – Luft, Erde, Feuer und Wasser. Sie zog Bücher und Aufzeichnungen zurate, schrieb Wörter hin und Runen, zeichnete Diagramme, mit denen Mason gar nichts anfangen konnte.

Irgendwann sagte sie ihm, es würde viel besser funktionieren, wenn er nicht dasitzen und sie beobachten würde. Mason schnaubte verärgert, stand aber auf und verließ das Zimmer.

Er erzählte Jasmine nicht, dass es ein Vergnügen war, ihr zuzusehen, wie sie anmutig mit den Händen den Rauch verteilte oder über den Steinen Muster in die Luft malte, sodass sich die Blumen und Ranken auf ihrem Arm in einem sinnlichen Rhythmus bewegten. Wie sehr es ihm gefiel, ihrer leisen Stimme zuzuhören, wenn sie Beschwörungen sprach, ihr

Gesicht zu betrachten, während sich ihre Augen schlossen, die Wimpern auf ihrer Haut lagen.

Mason hätte hier sitzen und sie den ganzen Tag lang beobachten können. Er genoss es, still zu sein und sich an ihrer Schönheit zu erfreuen.

Aber er verstand, dass er sie nervös machte, daher ging er und ließ sie in Ruhe - soweit er sie eben in Ruhe lassen konnte. Er verbarg sein Halsband unter seiner Jacke und begab sich zur Rezeption, wo er für die Nacht bezahlte, die sie bereits hier verbracht hatten, und für die nächsten beiden. Der Manager, ein Mann etwa halb so groß wie Mason, schien sich nicht sonderlich daran zu stören, dass sie sich Zutritt zu dem Zimmer verschafft hatten, um dort zu schlafen, wirkte jedoch leicht erstaunt, dass er sich die Mühe machte, zu bezahlen. Mason beglich die Rechnung und schwang sich auf seine Maschine, um mehr Essen zu kaufen.

Jasmine aß schweigend, als er zurückkehrte. Sie wirkte entmutigt. Mason machte ihr keine Vorhaltungen, ließ sie einfach mit dem fortfahren, was sie tat.

Später an dem Nachmittag hielt er ein Nickerchen, aber Jasmine hörte weder auf, noch machte sie eine Pause. Sie würde sich noch völlig verausgaben, dachte Mason, als er aufwachte und sie immer noch über den Tisch gebeugt sah. Sie erschöpfte sich mit hanebüchenem übersinnlichen Quatsch, an den Mason nicht glaubte, um ihm zu helfen.

Was für eine Frau tat das?

Mit wem auch immer du den Gefährtenbund bildest, sie kann sich wahrhaft glücklich schätzen, hatte Jasmine mit diesem kleinen Lächeln auf ihrem Gesicht gesagt, und ihre Stimme hatte aufrichtig geklungen.

Mason hatte ihr das Gleiche sagen wollen. Aber zur selben Zeit hatte sein Wolf ihn gedrängt, die Männer zu finden, die ihr wehgetan hatten, und sie auseinanderzunehmen – den Shifter-Felid eingeschlossen, wer auch immer es war. Ihm war aufgefallen, dass sie darauf geachtet hatte, seinen Namen nicht zu nennen.

Der Mistkerl hätte ihr die Sache mit dem Gefährtenbund von Anfang an erklären sollen. Er konnte aus dem Nichts entstehen, die Klauen in einen schlagen und einfach nicht mehr loslassen. An dem Punkt musste ein Shifter sich dem Gefährtenbund unterordnen, egal, wem er dabei wehtun musste. Jasmines Shifter hätte ihr davon erzählen sollen, bevor die Beziehung ernster geworden war. Groupies wussten davon, aber Mason erkannte, dass Jasmine, was Shifter betraf, unbedarft war.

Aber andererseits war der Typ ein *Felid*. Die verdammten Katzen dachten immer, sie wären besser als alle anderen. Die Bastarde. Sie wuschen sich das Gesicht mit ihrer eigenen Spucke.

„Oh!"

Plötzlich setzte sich Jasmine auf, ihr Ruf hallte laut im Zimmer wider. Sie starrte in den Rauch, der aus der Schale voll Salbei vor ihr aufstieg. Die Kerzen flackerten, das Licht brach sich in den glitzernden Steinen und auch in der Schüssel Wasser neben ihrem Ellbogen.

Mason sprang vom Bett und stellte sich hinter sie. „Was?"

„In dem Rauch." Jasmine zeigte darauf. „Da ist er. Ich kann ihn erkennen. Genau da. *Sieh doch!*"

Kapitel Acht

Jasmines Finger wies auf den dünnen Rauchschleier, der von dem Salbei aufstieg.

Mason lehnte sich über ihre Schulter. Er musste fast niesen, aber er beherrschte sich, während er dorthin spähte, wohin sie zeigte.

Doch er sah nur Salbeirauch, die flackernden Flammen der Kerzen dahinter, das Glitzern von Quarz und farbigen Steinen und das dunkelblaue Samttuch, auf dem alles lag. Mason wollte sich gerade aufrichten und sagen, dass er überhaupt nichts erkennen könnte, als der Rauch plötzlich undurchsichtig wurde.

Das matte Grau verbarg, was er vor einer Sekunde noch erblickt hatte, und in der Mitte des Rauches entdeckte Mason ein Paar Augen. Sie waren schwarz und wild, und der Zorn in ihnen drang direkt bis ins Zimmer mit Mason und Jasmine.

Die Augen befanden sich in dem harten Gesicht eines Mannes, das von zwei dünnen Zöpfen aus reinweißem Haar eingerahmt wurde. Um seinen Mund und auf seinem Kinn war ein Goatee, und seine Barthaare waren so dunkel wie seine Augen. Diese Augen schauten Mason an, und die Wut in ihnen war nicht zu übersehen.

Er war ein Shifter, das wusste Mason in diesem Moment ohne jeden Zweifel. Der Mann hatte das Aussehen, das Auftreten und die Ausstrahlung, obwohl Mason nicht erkennen konnte, was für ein Shifter er war.

Mason bemerkte auch, dass er kein Halsband trug.

Der Mann fauchte. Er streckte seine riesige Hand aus und wedelte den Rauch fort.

Die Schwaden teilten sich, als ob ein Windhauch sie auseinandergerissen hätte, und das Bild verschwand. Mason und Jasmine blickten wieder auf die Überreste des Salbeis, das Kerzenlicht und die herumliegenden Steine.

Einen Moment lang saß Jasmine verblüfft da, dann nahm sie eine der Landkarten, kippte die Schüssel mit dem glühenden Salbei darauf aus.

Mason schrie überrascht auf, als die Karte Feuer fing. Er wollte danach greifen, aber Jasmine fiel ihm in den Arm und hielt ihn davon ab.

Vor ihren Augen fraß sich eine Feuerspur durch die Karte und noch weiter, formte eine Linie, die rasch nordwestlich lief. Die Karte rutschte auf den Teppich, der sogleich zu schwelen begann.

Mason schüttelte Jasmines Hand ab, sprang zu den Flammen und trat sie aus. Der Rauch von dem Feuer erhob sich in einer einzigen schwarzen Säule, die sich in zwei Hälften teilte – die eine kehrte zurück in die Schüssel, und die andere umgab Jasmine, als wollte sie sie umarmen.

Jasmine lächelte breit. Sie drückte die Hände an ihr gerötetes Gesicht, während der Rauch sich auflöste. „Du hast ihn gesehen, richtig?"

Mason nickte. „Ja, ich hab ihn gesehen. Aber die Karte ist verbrannt, bevor sie uns einen Ort verraten konnte."

„Das ist egal." Jasmine strahlte ihn weiter an. „Ich kenne die Richtung. Er ist jedenfalls nicht im kontinentalen Teil der Vereinigten Staaten. Die Spur hat sich schnurstracks nach Nordwesten bewegt. Er ist im Nordwesten Kanadas oder in Alaska."

Sie sah so glücklich aus, so erfreut, so wunderschön mit ihren leuchtenden Augen. Mason musste einfach auf sie zugehen, sie in die Arme nehmen und auf den Mund küssen.

Jasmine erwiderte den Kuss bereitwillig, feierte ihren Erfolg. Sie schlang die Arme um ihn, zog ihn näher, lächelte an seinem Mund.

Mason drückte sie an sich und vertiefte die Liebkosung, und während er das tat, veränderte sich etwas in ihnen beiden. Ein Funke glomm in Masons Blut auf, und Jasmines Körper wurde in seinen Armen weich, schmiegte sich an ihn, war ganz nachgiebig.

Mason fuhr mit seinen Händen um ihre Taille und unter ihr locker sitzendes Shirt zu der glatten Haut auf ihrem Rücken. Ihr Top war eines dieser hauchdünnen Dinger, die Frauen so gerne trugen, wo Stoffbahnen den BH ersetzten und Bänder alles zusammenhielten. Diese Bänder begann Mason aufzuziehen, und der Stoff wurde schlaff.

Jasmine wehrte sich nicht. Sie presste sich nur noch enger an ihn, und ihre Arme schlossen sich fester um seinen Hals, um ihn zu ihr herunterzuziehen.

Mason mochte alles an ihr, jede Rundung ihres Körpers, von ihren Hüften über ihre schmale Taille bis zu dem Gewicht ihrer festen Brüste. Er nahm eine in die Hand, die weiche Haut und die fest gewordene Spitze ein köstlicher Kontrast.

Mason knabberte an ihrer Wange, während er sie so hielt, knurrte dabei leise. Jasmine atmete scharf ein, aber sie rieb sich an ihm, strich über seinen Rücken und legte ihre Hände auf seinen Po.

Das Leben war zerbrechlich. Mason hatte diese Lektion schon in jungen Jahren gelernt. Er hatte gelernt, Momente wie diesen zu genießen, wann immer sie sich boten - der Klang eines schönen Instrumentes, das Licht, das den Texas-Himmel in leuchtendes Gold verwandeln konnte, der Geschmack dieser Frau, die ihn begehrte.

Mason rieb mit seinem Daumen über ihre Brustspitze, mochte es, wie sie noch fester wurde, genau wie auch er immer härter wurde. Er drängte sie rückwärts zum Bett, und Jasmine lachte leise, als sie gegen die Matratzenkante stieß und das Gleichgewicht verlor.

Er ließ sie sanft darauf sinken und schob sich über sie. Dann zog er ihr Shirt hoch, entblößte ihre Brüste. Wie er es sich gedacht hatte, wand sich eine der tätowierten Ranken um ihre Brust und lief in einem kleinen Kreis um die Spitze aus, unter der eine winzige Blüte hervorragte.

Mason fuhr das Ende der Ranke mit der Zunge nach, presste einen zarten Kuss auf die Blume. Jasmine gab einen sinnlichen Laut von sich und strich ihm mit einem Fuß übers Bein, wobei ihre Sandale ihn am Oberschenkel kratzte.

Da klingelte plötzlich ein Handy. Das schrille Geräusch durchschnitt die Luft, und Jasmine zuckte unter ihm zusammen.

Mason, dessen Lippen dicht über der tätowierten Ranke waren, knurrte: „Ignorier es."

Jasmine hatte bereits ihre Finger in seiner Tasche und holte das Telefon heraus. „Vielleicht ist es wichtig", erklärte sie atemlos.

Mason knurrte wieder, nahm ihr aber das Klapphandy ab und schaute auf die Nummer. Sein Bruder Broderick.

„Was?", ging er ran.

„Hast du ihn schon gefunden?" Brodericks barsche Stimme war so laut, dass sie in jede Ecke des Zimmers drang. Jasmine wand sich unter Mason hervor, setzte sich auf und zog ihr Oberteil runter.

„Nein", beschied ihm Mason knapp. „Ich hab ja erst gestern mit der Suche angefangen."

„Das weiß ich, aber Alecks Zustand verschlechtert sich. Es kann sein, dass wir ihn am Ende doch töten müssen."

Mason gefiel der Tonfall in Brodericks Stimme nicht. „Warum?", verlangte er zu wissen. „Was hat er diesmal getan?"

„Er hat Tante Cora angegriffen." Broderick wurde still, seine Verärgerung war unverkennbar. „Er hat sie schwer verletzt. All das ist meine verdammte Schuld."

„Nein, ist es nicht." Mason stand auf, entfernte sich voller Bedauern von Jasmines weichem Körper. „Es ist die Schuld von seinem Shifter-Anführer, der nicht verhindern konnte, dass er zum Paria wird." Er machte eine Pause. „Wie schlimm sind ihre Verletzungen?"

Masons Herz pochte laut, während er auf Brodericks Antwort wartete. Tante Cora hatte sich nach dem Tod seines Vaters um ihn gekümmert – um die ganze Familie –, als es ihrer Mutter immer schlechter gegangen war. Tante Cora hatte sich Masons am meisten angenommen, weil sie wusste, ein Junges brauchte so viel Liebe und Sicherheit, wie es nur bekommen konnte. Tante Cora war länger seine Mutter gewesen als seine echte.

Broderick klang zutiefst unglücklich. „Es ist schlimm. Ich weiß nicht, ob sie es überlebt." Seine Stimme brach, dann sprach er weiter. „Andrea hat getan, was sie konnte. Tante Cora hat Joanne vor Aleck beschützt …"

Er konnte nicht weitersprechen, und in seinem plötzlichen Schweigen lagen Wut und Sorge.

„Dann brauchen wir auf jeden Fall den Shifter-Heiler", erklärte Mason. „Ich komme nach Hause. Vielleicht haben wir eine Spur, und ich brauche alle Ressourcen, die uns zur Verfügung stehen, um sie weiterzuverfolgen."

* * *

Mason fuhr schneller nach Austin rein, als er es auf dem Hinweg verlassen hatte. Jasmine klammerte sich an seinen Rücken, während er am späten Nachmittag des nächsten Tages von dem abgelegenen Highway auf die Straße abbog, die zur Shiftertown führte. Er wollte Jasmine direkt in das sichere Haus bringen, das er eigentlich dafür vorgesehen hatte, aber sie hatte darauf bestanden, ihn erst nach Hause zu begleiten.

„Ich muss alles sehen", erklärte sie. „Wo du lebst, wer dort mit dir lebt, den Mann, den du heilen willst …"

Mason war sich nicht sicher, warum, aber er widersprach nicht lange. Er hatte das Gesicht im Rauch erblickt, genau wie Jasmine – sie hatten ihre Beobachtungen verglichen und waren sich einig. Welche Göttinnenmagie auch immer das bewirkt hatte, sie hatte *jemanden* gefunden.

Als Mason in die Auffahrt des großen Hauses einbog, entdeckte er drei Shifter auf der Veranda, die dort nicht hingehörten – Liam Morrissey, seinen Vater Dylan und einen Hünen von einem Mann, der Tiger genannt wurde.

„Was zur Hölle?", fragte Mason, während er Jasmine von der Maschine half. „Wo ist Broderick?"

Während er alles, was sie brauchten, aus den Satteltaschen nahm und die Stufen zur Veranda hochging, hörte er drinnen eine Frau weinen und Joannes Stimme, die versuchte, sie zu trösten.

Mason mochte diese Felide in seinem Territorium nicht. Es war egal, dass Liam der Shiftertown-Anführer war oder dass Dylan mehr Alpha war als jeder andere Shifter im Hill Country und in ganz Südtexas oder dass Tiger die beiden anderen, ohne sich groß anstrengen zu müssen, ausschalten könnte.

Tiger antwortete, ehe Liam dazu kam. „Sie wollen ihn in einen Käfig sperren."

Der Abscheu und der Zorn in seiner Stimme waren nicht zu überhören. Tiger hatte die ersten vierzig Jahre seines Lebens, seine gesamte Jugend und die Zeit seines Übergangs eingeschlossen, in einem Käfig verbracht. Liam hatte Tiger heute hinzugeholt, um seiner Entscheidung, Aleck wegzusperren, Nachdruck zu verleihen, aber Mason konnte erkennen, dass Tiger mit dieser Lösung nicht glücklich war.

„Seine Gefährtin hat darum gebeten", erklärte Liam mit ruhiger Stimme. „Ihr ist klar geworden, dass Aleck zu weit weg ist, als dass wir ihn noch erreichen können. Sie weiß, dass er am Ende als Nächstes ihr etwas tut oder ihrem ungeborenen Jungen. Außerdem fühlt sie sich schrecklich wegen Cora."

Jasmine eilte die Veranda hinauf und war an Mason vorbei, bevor er sie aufhalten konnte. „Kann ich ihn sehen?", fragte sie Dylan, der die Tür versperrte. „Wenn ich im Kopf ein Bild von ihm habe, kann das helfen, zu dem Heiler vorzudringen. Vielleicht begreift er dann, wie sehr wir ihn brauchen."

Dylan antwortete nicht, sondern betrachtete Jasmine intensiv mit seinen blauen Augen. Jasmine schaute ihn an, völlig ohne Furcht.

Sie wusste nicht, dass sie Angst haben sollte, erkannte Mason. Trotz ihres ganzen Geredes, dass sie mit einem Shifter ausgegangen war, war sie vermutlich nie einem begegnet, der so dominant war wie Dylan.

Gewöhnlich hatte Mason Schwierigkeiten, Dylans Blick zu erwidern – meistens versuchte er es auch gar nicht erst –, aber in diesem Moment, als er den Mann in seinem Territorium sah und er sich ein Blickduell mit seiner Gefährtin lieferte, verflog alle Zurückhaltung, alles Zaudern.

Mason stand binnen eines Herzschlages vor Jasmine, starrte Dylan wild an. *Verzieh dich.*

Dylan hob die Brauen, und Liam wirkte interessiert.

Jasmine, an der das alles vorüberging, hatte sich Tiger zugewandt. Sie betrachtete ihn fasziniert, den Mund leicht geöffnet. Tiger schaute sie an, und seine goldfarbenen Augen wurden weicher.

„Wow“, sagte Jasmine. „Ihre Aura ist unglaublich.“ Sie hob eine Hand und fuhr damit durch die Luft an Tigers Seite. „So wunderschön.“

Tiger schaute sie weiter einfach nur an. Mason, der sich nie, *niemals* gegen Tiger wenden würde – er war schließlich nicht komplett irre –, schob sich zwischen ihn und Jasmine. Verwundert richtete Tiger seinen durchdringenden Blick auf Mason, sah tief in ihn hinein auf diese verrückte Art und Weise, die ihm eigen war.

Tiger musterte Mason, lenkte seine Aufmerksamkeit wieder auf Jasmine, bevor er langsam nickte und sich abwandte.

Jasmine drehte sich eifrig zu Mason um, hatte gar nicht bemerkt, wie besitzergreifend er geworden war. „Was für eine Sorte Shifter ist er?“ Sie deutete auf Tiger. „Ich habe nie zuvor irgendetwas wie ihn gesehen.“

„Ein Tiger“, brummte Mason. „Wir nennen ihn Tiger. Ich möchte Tante Cora sehen. Ist Aleck sicher verwahrt?“, wollte er von Liam wissen.

„Sie haben ihn im Keller“, antwortete Liam. „Es ist schlimm, Mason. Es tut mir leid.“

Mit klopfendem Herzen ging Mason ins Haus.

Das Wohnzimmer und der Rest des Erdgeschosses waren leer, aber Mason wusste anhand des Geruchs, wo alle waren. Er ging nach oben, und Jasmine folgte dicht hinter ihm. Mason kannte ihren Duft und ihre Gegenwart, die ihn umgab, als würde sie seine Hand halten.

Nancy, Alecks Gefährtin, wartete oben an der Treppe auf sie. Ihr Bauch in dem einfachen Shirt und den weiten Hosen, die sie trug, wölbte sich enorm, und sie hatte eine Hand beschützend darübergelegt. Ihre Augen waren rot gerändert vom Weinen, und es stand unendliche Trauer darin.

„Mason, es tut mir so entsetzlich leid", flüsterte sie.

Jasmine schlang tröstend einen Arm um Nancys Mitte. „Aber, aber, meine Liebe, du solltest nicht auf sein und herumlaufen, solange du dich so aufregst. Du wirst noch dein Baby ermüden. Komm, lass uns eine Stelle finden, wo du dich hinlegen kannst, und ich geb dir ein paar Steine zum Halten, die dir helfen werden, dich zu beruhigen. Mason und ich werden den Heiler finden, der all das hier in Ordnung bringt, das verspreche ich dir. Ach ja, ich bin Jasmine, aber alle nennen mich nur Jazz."

Alle außer Mason. Für ihn würde sie immer Jasmine sein, ein Name, der ihre Schönheit und Widerstandsfähigkeit beschrieb.

Es war in diesem Moment, dass ihm im Nachhinein auffiel, dass er sie in Gedanken als seine Gefährtin bezeichnet hatte, als er gesehen hatte, wie Dylan sie niederstarren wollte.

Diese bestürzende Erkenntnis schob er beiseite, als er Tante Coras Zimmer betrat. Andrea war an

Tante Coras Bett, zusammen mit Brodericks Gefährtin Joanne. Andrea saß auf der Bettkante und zog behutsam Verbände um Tante Coras Oberkörper zurecht.

In der Ecke stand Sean, der Wächter. Sein Schwert ragte über seiner Schulter auf, eine Mahnung, dass der Tod nicht weit war. Sean war da für den Fall, dass Tante Cora ihnen entglitt, sodass er ihr dieses große Schwert ins Herz stoßen und so ihren Körper in Staub verwandeln und ihren Geist befreien konnte, damit sie ins Sommerland gelangte.

Mason wurde die Brust eng, bis es körperlich schmerzte. Tante Coras Augen waren geschlossen, ihr Atem ging flach. Ihre Haut war um die Verbände herum mit Schrammen und Bisswunden übersät. Joanne trat aus dem Weg, als sie Mason bemerkte, und er bückte sich und nahm Tante Coras Hand in seine.

„Hey, Tante", sagte er. „Ich bin's. Der Kleine."

Tante Cora reagierte nicht. Andrea schaute hoch zu Mason und schüttelte kaum merklich den Kopf. Tante Cora war am Leben, aber sie rechneten mit ihrem Tod.

„Was ist geschehen?", wollte Mason wissen, und in seiner Stimme lag Stahl.

Als Joanne antwortete, hörte sie sich müde an. „Aleck ist aus seinem Zimmer ausgebrochen, hat die Ketten an seinem Bett gesprengt, als wären sie nichts. Er hat sich auf mich gestürzt – ich weiß nicht, warum. Tante Cora war am nächsten. Sie hat sich zum Wolf gewandelt und mich verteidigt. Aleck hat sie statt meiner angegriffen. Broderick und seine Brüder kamen bereits die Treppe hoch, als es passierte, und sie haben Aleck überwältigt, aber da war der Schaden schon angerichtet."

Mason nickte. Ein Felid, der töten wollte, war rasch und tödlich. Ein Lupid entschied manchmal, seinem Gegner eine Chance zu lassen, entweder aus Respekt oder einfach nur so, aber Katzen-Shifter taten das meist nicht. Felide schlitzten ihre Opfer so rasch wie möglich auf, was der Grund war, warum sie bei den Feen die beliebteste Shiftergattung gewesen waren. Es gab sehr viele verschiedene Felidhybriden und -kreuzungen – manchmal ganz allgemein Feenkatzen genannt –, während Wölfe und Bären nur ein paar Arten hatten und ihrer Ursprungsspezies genetisch näher waren.

Mason versuchte Aleck für das, was er getan hatte, zu hassen, aber er wusste, es war nicht Alecks Schuld. Es war der verdammte Scheiß im Gehirn eines jeden Shifters, dort vor Urzeiten von den Feen platziert und im genetischen Code durch Generationen weitergegeben. Shifter waren schließlich als Killer gezüchtet.

Tante Cora hatte sich nur artgemäß verhalten, als sie sich dem Felid entgegengestellt hatte, um Brodericks Gefährtin und sein ungeborenes Junges zu schützen. Die Jungen zu beschützen war der stärkste Instinkt, den jeder Shifter hatte, der Instinkt, der ihnen letzten Endes geholfen hatte, sich ein für alle Mal von den Feen zu befreien.

Doch im Moment war Mason das alles egal. Das Einzige, was ihn interessierte, war, dass Tante Cora, die Frau, die ihn versorgt hatte, seine Ängste beschwichtigt und ihn über seinen Schmerz hinweggetröstet hatte, als er noch ein wildes Junges gewesen war, im Sterben lag. Er würde es nicht ertragen, sie ebenfalls zu verlieren.

Wärme war an seiner Seite, dann an seiner Hand, als Jasmine ihre Finger um seine schlang. Sie schaute ihn voller Verständnis an.

Mason nahm die gestreifte Tasche von *Inspirations,* die er mitgebracht hatte, holte die hübsch verpackte Schachtel mit dem Schal darin heraus und legte sie auf das Nachttischchen.

„Gib ihr das, wenn sie aufwacht“, bat er Joanne. Er sagte absichtlich „wenn“ und nicht „falls“.

Mason kehrte dem Bett den Rücken und ging zur Tür hinaus. Auf dem Flur hielt Jasmine ihn davon ab, die Stufen runterzustürmen, indem sie ihre Arme um ihn legte.

Ihre Kraft und ihr Mitgefühl gingen durch die Berührung auf ihn über. Mason lehnte sich an sie, nahm die Umarmung an und hielt sie im Gegenzug fest an sich gedrückt, hauchte einen Kuss auf ihr weiches Haar. Er konnte die schokoladenbraunen Haarwurzeln erkennen und rieb mit seinen Lippen darüber.

„Ich verspreche dir, Mason, ich werde diesen Typen finden“, sagte Jasmine, während sie ihn festhielt. „Ich werde nicht aufhören, bis ich ihn habe. Das schwöre ich dir. Mach dir keine Sorgen.“

* * *

Jazz hoffte, dass sie nicht zu optimistisch gewesen war, inwieweit sie Mason helfen konnte. Sie sprachen nicht, als sie das Haus verließen und wieder aufs Motorrad stiegen, damit Mason sie zu dem sicheren Haus bringen konnte.

Broderick hatte sie nicht in den Keller gelassen, um nach Aleck zu sehen. Das wäre zu gefährlich, hatte er behauptet, da sie ihn noch nicht ausreichend gesichert hatten. Jazz wurde klar, dass das egal war. Alecks Aura durchdrang das Haus, und ihre Dunkelheit verschluckte jegliche Freude, die darin gewesen war.

Broderick sah fast so aus wie Mason, bemerkte Jazz. Er war eine ältere Version seines jüngsten Bruders, abgekämpfter, doch in seiner Aura fand sich auch die Zufriedenheit eines Mannes, der seine Lebensgefährtin gefunden hatte und schon bald ein Kind mit ihr haben würde, zusammen mit seiner Sorge um sie.

Jazz hielt sich an Mason fest, während er durch Austin fuhr und die hohen Gebäude am Fluss an ihnen vorbeizurasen schienen. Im Westen der Stadt verließ er die Hauptstraßen und suchte sich seinen Weg in einer Gegend, in der vor allem alte Bungalows standen, zumeist vom Anfang des vergangenen Jahrhunderts. Die Häuser waren halb verborgen unter riesigen Bäumen und von der Hektik der Stadt durch mehr Bäume und hohe Hecken abgeschirmt.

Das Gebäude, zu dem Mason Jazz brachte, war von der Straße aus praktisch nicht zu sehen und über in den Hügel gebaute Stufen zu erreichen.

Jemand hatte sich Mühe gegeben, hier alles auf Vordermann zu bringen. Es war frisch angestrichen, und eine Verandaschaukel hing unweit der Eingangstür. Leuchtend blühende Pflanzen gediehen in Hängeampeln und Blumenkästen.

Im Haus gab es nicht viele Möbel, bemerkte Jazz, nachdem Mason sich vergewissert hatte, dass drinnen keine Gefahr drohte, und sie hineinließ, aber ein Tisch und Stühle standen vor einem Fenster, und die Sonne im Westen badete das Zimmer in ihrem Licht.

„Wer wohnt hier?“, wollte Jazz wissen, während sie sich entzückt umblickte. Der Bungalow fühlte sich gemütlich und abgeschieden an.

„Niemand“, antwortete Mason, als er das Wohnzimmer betrat. „Und alle. Es ist ein Haus, zu dem Shifter kommen können, wenn sie allein sein müssen. Es ist nicht allgemein bekannt.“

Jazz wurde ganz warm ums Herz bei der Vorstellung, dass er ein Geheimnis mit ihr teilte, und sie hob eine Hand. „Ich schwöre bei der Göttin, dass ich nie einer lebenden Seele davon erzähle.“

„Schwör nichts“, sagte Mason rasch. Er holte ihren Samtbeutel und seine Reisetasche, die er auf der Veranda gelassen hatte, und stellte sie neben den Tisch. „Was, wenn du einen Shifter in Schwierigkeiten triffst, der einen Platz braucht, wo er hingehen kann?“

Jazz dachte darüber nach. „In Ordnung. Dann schwöre ich, es niemandem zu sagen, es sei denn, ich stolpere über einen Shifter, der dringend Unterschlupf braucht, an dem er bleiben kann. Okay?“

Mason drehte sich im Kreis, als würde er sich noch einmal prüfend im Zimmer umsehen, dann ließ er sich auf einen der Stühle fallen.

„Sicher. Kein Problem.“

Jazz drückte es seinetwegen das Herz ab. Masons Gesicht war ganz grau gewesen und seine Miene untröstlich, als er neben dem Bett seiner Tante gestanden hatte und ihm klar geworden war, dass sie am Ende vielleicht nicht überleben würde. Jazz kannte diesen Ausdruck und das Gefühl – sie hatte es selbst empfunden, als sie die Hand ihrer Großmutter gehalten hatte, während sie aus dem Leben schied.

„Ich habe wirklich ein paar Ideen, wie ich den Heiler finden könnte", erklärte Jazz und versuchte, zuversichtlich zu klingen. „Allerdings könnte ich vorher einen Hamburger oder so vertragen, ehe ich mich an die Arbeit mache."

Mason schüttelte sich. „Ja, hier muss auch was zu essen sein." Er ging in die Küche, aber irgendwie niedergeschlagen und geistesabwesend, als sei all seine Energie verschwunden. Das spiegelte auch seine Aura wider, ein gedämpftes Gelb statt heißen Feuers.

Jazz öffnete ihren Beutel und holte ihre Sachen raus, legte sie zurecht, wie sie es im Motelzimmer getan hatte. Vorsichtig wickelte sie die Schüssel aus, in der noch die verkohlten Reste des Salbeiräucherstabs lagen. Sie stellte sie genau in die Mitte ihres Samttuches. Zwischen ihr und Mason und dem Mann im Rauch hatte eine Verbindung bestanden, das wusste sie.

Doch zunächst erst mal – Essen. Ihre Großmutter hatte ihr beigebracht, dass Hunger und Müdigkeit die übersinnliche Energie verringern und verhindern konnten, dass Jazz so gut war, wie sie sein könnte. Jazz hatte das Gefühl, als müsse sie heute ihr Bestes geben, um Mason und der armen Frau in dem Bett auf der anderen Seite der Stadt zu helfen.

Sie aßen die köstlichen Cheeseburger, die Mason für sie auf dem Elektrogrill in der Küche zubereitet hatte – das Haus war wirklich gut ausgestattet. Welche glückliche Shifterfrau würde das Herz dieses Mannes gewinnen, der küsste wie Feuer, den Körper eines Gottes besaß und zu allem Überfluss auch noch ein fantastischer Koch war? Jazz dachte wehmütig, dass die Frau tatsächlich sehr, sehr viel Glück haben würde.

Nachdem sie die Mahlzeit beendet hatten, räumte Mason ab und stellte alles in die Küche, während Jazz sich ihren Wahrsage-Utensilien zuwandte. Die Sonne war untergegangen, und der Mond begann gerade seinen Aufstieg am Himmel – umso besser. Der Mond war das Symbol der Göttin, und Jazz konnte alle Hilfe, die sie bekommen konnte, gut gebrauchen. Im Motel im nordöstlichen Texas hatte sie alle Elemente benötigt – Erde, Luft, Feuer, Wasser – und dazu noch den Segen der Göttin, um überhaupt die kleine Menge an Information, über die sie nun verfügte, zu erhalten.

Insgeheim dachte Jazz ja, sie hätte die Verbindung mit dem Heiler überhaupt nicht aufnehmen können, wenn Mason nicht dort gewesen wäre. Zwar übte sie das Wahrsagen schon aus, seit sie sehr jung gewesen war, und sie hatte alles gelernt, was ihre Großmutter ihr hatte beibringen können, bis sie wirklich gut darin war, aber sie hatte nie zuvor eine so scharf umrissene und klare Erscheinung gehabt. Masons Kraft und Stärke, selbst wenn er auf der anderen Seite des Zimmers döste, hatten ihr geholfen, auf Fähigkeiten zurückzugreifen, von denen sie gar nicht geahnt hatte, dass sie sie besaß.

Als Mason aus der Küche zurückkehrte, bat Jazz ihn, sich ihr gegenüber hinzusetzen und seine Hände auf den Tisch zu legen, während sie die Steine vor ihm arrangierte.

Es gefiel ihr, Mason in der Nähe zu haben, damit er ihr half, auch wenn er vielleicht nicht an das glaubte, was sie tat. Allerdings hatte er seinen früheren Zynismus abgelegt und berührte nun stumm die Steine, wie sie es ihm zeigte, oder fuhr mit der Hand über den Salbeirauch, ohne nachzufragen, warum.

Seine Anwesenheit beruhigte sie. Jazz betrachtete seinen starken Körper, seine Hände mit den langen Fingern, die ihre Gitarre so sorgsam angefasst hatten und jetzt leicht auf den Steinen ruhten. Dieselben Hände hatten sacht ihre Brüste umschlossen, Leidenschaft in Jazz erweckt. Er betrachtete die Steine auf dem Tuch, sein Blick zuckte hin und her, während er sie studierte.

Jazz zwang ihre Gedanken zurück zu den Karten, die sie auf dem Tisch vor den Steinen ausgebreitet hatte. Es war schwierig, sich zu konzentrieren - sie war so müde, und der Mann vor ihr war schwer zu ignorieren.

Sie versuchte sich zu ermahnen, dass er ein Shifter war und dass sie nie wieder mit einem etwas hatte anfangen wollen.

Aber Mason war sexy, begehrenswert und genauso einsam wie sie - und er war nur drei Schritte von ihr entfernt.

Jazz reckte das Kinn und wandte sich wieder ihren geflüsterten Gebeten an die Göttin zu, während sie die nächsten Karten auf den Tisch legte.

Jede einzelne von ihnen war eine Blockade oder eine umgekehrte positive Karte. Wieder der Turm und der Teufel. Die Auren der Steine blieben dunkel, die Kerzen flackerten und erloschen, und das armselige bisschen Rauch, das aus ihrer Schüssel mit dem Salbei aufstieg, enthüllte ihr nichts.

Schließlich schrie Jazz frustriert auf und fuhr mit der Hand über den Tisch, fegte die Kristalle, das Salz, die Räucherstäbchen und die Karten zu Boden.

„Verflucht!“, rief sie. „Ich weiß nicht, was ich falsch mache. Das muss doch funktionieren.“

Sie schlug auf den Tisch, was, wie sie wusste, nicht helfen würde, aber sie war verzweifelt und ohne Hoffnung. Sie hatte alles getan, genau so wie im Motelzimmer, aber dieses Mal war da kein Funke, kein Gefühl von Wissen, keine Verbindung. Jazz hielt die Hände still und stützte ihre Stirn auf sie, stöhnte.

Da schlossen sich von hinten Masons Arme um sie, und seine Wärme tröstete sie. Seine Lippen auf ihrem Haar besänftigten ihre Wut, begannen etwas anderes zu wecken.

Nein. Jazz würde sich nicht mit einem Shifter einlassen, sich nicht in ihn verlieben. Nicht noch einmal. Es war einfach zu schmerzhaft.

Doch alle guten Vorsätze flogen zum Fenster hinaus, als Mason sie von ihrem Stuhl hob, sie mit dem Rücken gegen sich zog. Sein Mund auf ihrem Nacken ließ ihre Haut prickeln, und sie fühlte seine Härte in ihrem Kreuz.

Mason drehte sie in seinen Armen um, und sein Mund bedeckte ihren. Jazz leistete keinen großen Widerstand. Warum auch?

Kapitel Neun

Mason trug Jasmine nach oben. Sein Herz schlug heftig.

Auch wenn er noch nie die Nacht hier verbracht hatte, wusste er genau, wo die Schlafzimmer waren und welches das größte Bett hatte. Er hatte Seamus geholfen, das Haus fertig zu machen, hatte gestrichen und Wände eingezogen, die Küche mit Vorräten versehen und so jeden Teil des Hauses kennengelernt.

Er brachte Jasmine in das kleine Zimmer unter dem Giebel, dem Dachschrägen einen altmodischen Look verliehen.

Die Atmosphäre im Bungalow hatte sich seit dem letzten Mal, als er hier gewesen war, verändert. Vorher hatte er Spannung enthalten, Sorgen, als Gestaltwandler, die Seamus verstecken musste, hier einige Zeit untergekommen waren. Jetzt war er viel friedlicher, ein Schutzraum, wo Shifter Ruhe finden konnten und meditieren oder was auch immer. Auch für Sex wurde das Haus genutzt – Masons Brüder suchten es gerne auf, um privat Spaß zu haben. Broderick brachte manchmal Joanne hier raus – nicht dass Mason ihm daraus einen Vorwurf machte. Es war friedlich hier, beruhigend, willkommen heißend.

Mason fiel auf, dass er lernte, Häuser genauso gut zu lesen wie Jasmine Karten. Dieses versuchte immerhin nicht, Leute zu verspeisen. Nun, zumindest bis jetzt nicht.

Jasmine lächelte ihn an, als wüsste sie genau, was er dachte. Der Mond schien durch die vorhanglosen Fenster, die runde Scheibe fast voll. Das silberne Licht fiel auf Jasmines Gesicht und die dunkelblauen Augen, machte sie nur noch schöner.

Mason legte Jasmine aufs Bett. Sie stützte sich auf die Ellenbogen, sah ihn an.

„Mason, ich …"

Er beugte sich vor und legte ihr einen Finger auf die Lippen. „Es gibt nichts zu sagen."

„Aber …"

Er drückte ein wenig fester zu. Wenn Jasmine anfing, Fragen zu stellen oder etwas zu erklären, könnte er auf den Gedanken kommen, dass er besser gar nicht hier sein sollte, und er könnte sich die ganze Sache vielleicht noch wieder ausreden.

„Wir sind hier", erwiderte er leise. Er nahm den Finger weg und küsste sie leicht, wo er sie berührt hatte. „Jetzt. Das ist alles, was wichtig ist."

„Das gefällt mir." Jasmines Atem strich über seine Lippen.

Mason widerstand dem Drang, sie noch einmal zu küssen, und machte einen Schritt zurück, um sich das Shirt auszuziehen. Jasmine legte sich wieder hin, betrachtete ihn mit schmeichelhaftem Interesse.

„Nicht schlecht“, sagte sie. „Ich wollte schon immer mal, dass ein atemberaubender Typ einen Striptease für mich hinlegt.“

Mason errötete, sein Gesicht heiß. „Ich tanze nicht.“ Er öffnete so schnell wie möglich seinen Gürtel, Knopf und Reißverschluss seiner Jeans und schob sie nach unten, legte dabei keinerlei Wert auf Eleganz.

Jasmines Blick wanderte zu seiner Unterwäsche und dem, was er nicht länger verbergen konnte. Ihre Augen weiteten sich, als er die Unterhose einfach auszog, seinen großen Schwanz enthüllte.

Mason sah keinen Grund, wegen seines Körpers oder seines Verlangens verlegen zu sein. Wie könnte er Jasmine nicht begehren? Ihre Pose schob ihren Busen leicht vor, und ihre Brustspitzen drückten sich gegen das dünne Shirt.

Ihre langen Beine warteten nur auf seine Berührung. Mason trat ans Bett und ließ seine Hände über sie gleiten, fand die Hitze und Weichheit der Innenseiten ihrer Oberschenkel. Jasmine gab einen wohligen Laut von sich, ein Geräusch, das sich um Masons Verlangen wand und es noch steigerte.

Eine Sache machte ihn allerdings verlegen, und er musste es ihr sagen.

„Ich bin noch nicht mit vielen Frauen zusammen gewesen“, erklärte er schnell. Er nahm seine Hände von ihr und stand auf. „Mein Übergang liegt noch nicht lange zurück. Aber Shifter sind irgendwie darauf programmiert … Es ist instinktiv …“ *So häufig wie möglich zu vögeln, bis wir Junge haben. Das ist alles, was wir wollen.*

Nein, das konnte nicht stimmen. Mason wollte Jasmine, egal, ob sie Gefährten waren und Junge bekamen. Er wollte sie mit wachsender Dringlichkeit, egal, wie unerfahren er war.

Jasmine sah ihn verwundert an. Sie setzte sich auf, berührte seine geballte Faust. „Warte. Meinst du damit, dass du noch Jungfrau bist? Ernsthaft?"

„Fast", erwiderte Mason, der Paarungswahn war so mächtig, dass er nicht länger an dieser Diskussion interessiert war. Er war direkt nach seinem Übergang mit einer Lupidfrau zusammengekommen – sie war aus einer anderen Shiftertown –, aber er war jung gewesen und unsicher, und die ganze Sache war schnell vorbei gewesen. Er hatte sie nicht wieder gesehen, und ein Gefährtenversprechen hatte nie im Raum gestanden. Groupies in Shifterbars wollten Mason und sagten ihm das auch, aber für sie konnte er keinerlei Begeisterung aufbringen.

Jasmine lächelte nicht mehr und zog Mason ein bisschen näher. „Das macht mich eigentlich ziemlich froh. Ich möchte nicht nur eine in einer langen Reihe sein. Eine weitere Kerbe in deinem Bettpfosten."

„Shifter, die das machen, sind dumm", erwiderte Mason, ohne zu zögern. „Jedes Miteinanderschlafen sollte etwas Besonderes sein. Gestaltwandler wissen nie, wann sie den Gefährtenbund formen. Ich will ihn mit einer Frau haben, mit der ich Zeit verbracht habe, statt mit irgendjemandem, mit dem ich einen One-Night-Stand hatte. Das würde ich für den Rest meines Lebens bereuen."

„Weißt du, was? Ich mag dich wirklich." Jasmine zog ihn näher, strich ihm mit der Hand über den

Oberkörper, bevor sie aufstand und ihm die Arme um die Taille legte, ihn wieder küsste.

Mason löste ihr Shirt, während er sich zu ihr beugte, zog es ihr über den Kopf. Seine Küsse würden drängender, und er presste sie an sich, liebte das Gefühl ihrer gegen ihn gedrückten Brüste. Er fuhr mit einer Hand zu ihrem Hosenbund und zuckte dann überrascht zusammen, als ihre kühlen Finger sich um ihn schlossen.

Das Geräusch in seiner Kehle war urtümlich. Er zog Jasmines Shorts auf und ließ seine Finger in ihre Hitze gleiten.

Jasmines Stöhnen stahl sich in Masons Kopf und machte ihn beinahe wahnsinnig vor Verlangen. Er schob ihr die Shorts ganz nach unten und drehte sich mit ihr in den Armen. Jasmine hielt ihn noch immer fest, und das kleine Lächeln auf ihren Lippen, als er sie wieder küsste, sagte ihm, dass sie mochte, was sie in der Hand hatte.

Er ließ seine Finger ein weiteres Mal zwischen ihre Beine wandern, öffnete sie, worauf ihr Lächeln verblasste. Jasmine hatte einen „Ach, tatsächlich?“-Ausdruck auf dem Gesicht und ließ ihre Hand in der ganzen Länge über ihn gleiten. Mason zuckte zusammen und versuchte, von ihr wegzutreten. Aber er hätte sie loslassen müssen, um das zu tun, und Jasmine wollte ihn nicht freigeben. „Du bringst mich um“, flüsterte er wild. Der Paarungswahn brannte in ihm, sandte seinen Puls in schwindelnde Höhen.

„Und was denkst du, was du mit mir anstellst?“, erwiderte Jasmine.

Sie drehte sich abrupt um und setzte sich aufs Bett, ließ Mason aber nicht los. Er hatte keine andere Wahl, als ihr zu folgen.

Er drückte sie nach hinten, platzierte sie so, dass sie ausgestreckt auf der Matratze lag. Sie ließ ihn los, schloss aber sofort wieder die Finger um ihn, als er sich auf sie legte.

„Hexe“, knurrte er.

„Medium“, stellte sie richtig.

Mason hätte einen Witz darüber machen können, sie solle doch vorhersagen, was als Nächstes passieren würde, aber er hatte kein Interesse mehr an Spielen. Er berührte Jasmines Gesicht, während sie unter ihm lag, genoss das seidige Gefühl ihrer Haut.

„Du bist wunderschön“, sagte er sanft. „In dem Moment, in dem ich dich getroffen habe, habe ich mich verändert.“

Er war sich nicht sicher, was er damit meinte, aber ihr Blick wurde wärmer. Mason hatte ihre Schönheit gesehen, ihre Offenheit. Er ließ seine Finger über ihren Arm bis zu ihren Brüsten gleiten, verfolgte die Blüten und Ranken, dann lehnte er sich vor, wie er es im Hotel getan hatte, und zeichnete das Muster mit der Zunge nach.

Jasmine entspannte sich unter ihm und gab ein wohliges Geräusch von sich.

Ihr Geschmack, eine Mischung aus salzig und süß, ließ sein Verlangen, diese Frau zu berühren, zu lecken, zu küssen, nur noch wachsen. Mason presste seinen Mund zwischen ihre Brüste, küsste sie dort, zog dann mit seiner Zunge eine Spur hoch bis zu ihrem Hals.

Jasmines Brust hob sich beim Einatmen, ihre Hände glitten um ihn, um ihm den Rücken zu streicheln. Sein Herz hämmerte, sein Schwanz schmerzte fast, während er zwischen ihren Schenkeln lag und dieselbe feuchte Hitze spürte, die auch seine Finger gefunden hatten.

Jasmine lächelte zu ihm hoch, das Mondlicht spiegelte sich in ihren blauen Augen. Ihre kurzen Haare warfen dunkle Schatten über ihre Wangen. Mason schob einige Locken mit dem Kopf beiseite, küsste ihr Gesicht, ihr Kinn, machte weiter bis zu ihrem Hals.

Das Verlangen, in ihr zu sein, packte ihn und ließ ihn nicht mehr los. Noch nie hatte er es so intensiv empfunden, nicht einmal während des natürlichen Wahns, der ihn nach seinem Übergang ergriffen hatte. Damals hatte er irgendetwas gewollt, aber nicht wirklich gewusst, wie er es finden sollte. Nun wusste er es – es war Jasmine.

Auch sie berührte sein Gesicht, strich mit ihrer Hand über seine Seite, legte sie wieder um ihn. Mason stöhnte, als ihre Finger sich über ihn bewegten, der Daumen über die Spitze glitt.

Verdammt. Er löste sich von ihr, rollte sich über das Bett und kam auf die Füße, während Jasmine ihn überrascht ansah.

„Ich kann nicht langsam machen, wenn du mich so anfasst", sagte er, seine Stimme heiser. „Ich werde dich einfach nehmen."

„Ich mag es langsam." Jasmine legte einen Finger an ihre Lippen. Ob sie das nun mit Absicht tat, um ihn zu reizen, oder ganz unbewusst, es war höllisch erotisch. „Aber schnell kann auch gut sein."

Sie wollte nach seiner Hand greifen, aber er machte einen Schritt zurück. Wenn er jetzt zu ihr ging, würde er sich einfach in sie rammen, kommen und über ihr zusammenbrechen. Er wollte nicht, dass es unangenehm für sie war oder zu schnell vorüber. Er wollte es genießen.

Sein Körper hatte andere Vorstellungen. Mason ballte die Hände zu Fäusten. Seine Temperatur stieg, auf seiner Haut bildete sich ein feiner Schweißfilm. Er zwang sich, zum Nachttisch zu gehen, wo seine Brüder, wie er wusste, Kondome aufbewahrten. Er öffnete die Schublade und zog eins heraus. Sie waren groß genug für Shifter – dafür hatte sein Bruder Derek gesorgt.

Jasmine sagte nichts zu dem Kondom. Sie stützte sich wieder auf die Ellenbogen, sah Mason zu, wie er die Packung aufriss und es sich überzog. Die Berührung des kalten Latex war unangenehm, ließ aber die Hitze, die durch ihn hindurchraste, nicht verschwinden.

„Ich könnte dir dabei helfen, weißt du?", bemerkte Jasmine sanft. „Macht mehr Spaß."

Mason hatte keine Ahnung gehabt, dass Frauen diese Dinger überhaupt anfassen wollten. Nächstes Mal. Er hatte jetzt schon beschlossen, dass es ein nächstes Mal geben würde.

Er legte sich auf sie. Am liebsten würde er in ihr sein, mit nichts zwischen ihnen, was sie trennte, aber damit würde er warten, bis sie offiziell Gefährten waren. Dann würde es keine Barriere mehr geben, und er würde sich die ganze Nacht und den ganzen Tag dem Paarungswahn hingeben.

Jasmines Gesicht veränderte sich, aus Lächeln und Necken wurde ein Verlangen, das seinem in nichts nachstand. Mason drückte ihr die Knie auseinander, schob sich über sie. Er besaß vielleicht nur wenig Erfahrung, aber er hatte ältere Brüder, die sich mit ihren expliziten Beschreibungen nie zurückgehalten hatten.

Er wusste genau, wie er sich platzieren musste, stützte sich auf die Matratze und glitt in sie.

Jasmine stieß einen leisen Schrei aus. Ihre Augen schlossen sich halb, ihre Hüften hoben sich, als wenn sie nichts dagegen tun könnte. Mason schob sich ganz in sie …

Und die ganze Welt wurde plötzlich scharf und klar. Der Nebel verschwand aus seinem Gehirn, als ob alles, was er zuvor gesehen hatte, nur halb geformt gewesen wäre.

Mächtige Empfindungen begannen, wo sie verbunden waren, strömten durch seinen Körper, Blitze wilder Freude. Mason sah auf Jasmine hinab, als würde er sie zum ersten Mal ganz wahrnehmen – ihre äußere genau wie ihre innere Schönheit.

Göttin, wenn er gewusst hätte, dass es sich so anfühlen würde, eine Frau zu lieben, hätte er nicht gewartet.

Aber nein, dies war Jasmine. Sie war das Warten wert gewesen.

Er sog die Luft ein, atmete auf ihre Haut aus, markierte sie mit seinem Duft. *Mein*.

Er hatte gedacht, das Gefühl, in dem er ertrank, wäre das Beste, was ihm das Leben bieten könnte. Aber dann zog er sich zurück und kam wieder in sie.

Erstaunliche Empfindungen rollten über ihn hinweg, drangen in jede Nervenbahn, entflammten ihn bis in die Fingerspitzen.

Er dachte, *dieses* Gefühl sei das Beste auf der ganzen Welt, bis Jasmine sich fest um ihn schloss. Mason stieß etwas aus, was irgendwo zwischen einem Schrei und einem Knurren lag. *Göttin, Göttin, danke.*

Seine Gedanken verflüchtigten sich, und er war nur noch pures Gefühl. Der Wahn ergriff vollkommen von ihm Besitz. Er verlor jede Fähigkeit zu rationalem Denken, kannte nur noch die Weichheit von Jasmine, ihren Geruch, ihre Hitze, die ihn durchströmte, während er sie ausfüllte.

Er stieß wieder und wieder zu, wusste, dass Geräusche aus seinem Mund drangen, sich mit ihren kleinen Lauten der Lust mischten. Sie hatte ihn eng an sich gepresst, ihre Finger hielten ihn, trieben ihn voran, ihr Verlangen so groß wie seins. Ihr Haar war über das Kissen gebreitet, sie ließ ihn nicht aus den Augen, während das Mondlicht auf sie fiel.

Masons Welt geriet wieder in Aufruhr, als er sich auf seinen Höhepunkt zubewegte. Jasmine wand sich unter ihm, ihr Busen an seiner Brust, die Spitzen aufgerichtet. Sie kam unter ihm. Die Bewegungen ihrer Hüften, ihre plötzlichen Schreie der Freude machten sie sogar noch heißer, wo er sich in sie stieß.

Ihr Druck um ihn herum, die süßen Geräusche, die sie machte, ihre Wärme und ihr Duft brachten Mason zum Höhepunkt. Er kam, wie es ihm schien, endlos, bis er am ganzen Körper zitterte und bebte.

Jasmine war direkt dort bei ihm, ihre Körper vereint. Sie wölbte sich ihm vom Bett aus für die letzten Stöße entgegen.

Er ließ sich auf sie fallen. Sein Blut kochte, die erstaunliche Freude, die ihn durchflutete, schwemmte alles fort, was er vorher gewusst hatte, und füllte ihn mit neuem Wissen.

Dann war er einfach nur Mason, der die wunderschöne Jasmine küsste und mit ihr lachte, sie im Mondlicht berührte, und die Göttin segnete sie still.

* * *

Als Jazz einige Zeit später die Augen öffnete, ihr Körper entspannter, als er es je zuvor in ihrem Leben gewesen war, bemerkte sie, dass Mason sich neben ihr auf einen Ellenbogen gestützt hatte und sie ansah. Der Blick seiner grauen Augen war weich, alle Rauheit aus ihm verschwunden.

„Hey", sagte er.

„Ich bin eingeschlafen", murmelte sie, immer noch nicht wirklich wach.

„Ja, das bist du." Mason küsste sie sanft auf die Stirn. Irgendwann war er das Kondom losgeworden, und er war wieder hart wie zuvor, stieß gegen ihren Oberschenkel.

„Sorry."

„Nein." Mason strich ihr das Haar aus dem Gesicht. „Du bist wunderschön, wenn du schläfst."

Jazz hob verlegen eine Hand an die Wange. „Kein Sabbern?"

Das Bett bebte, als Mason lachte. „Diesmal nicht."

Er war atemberaubend, wenn er lächelte. Er tat es nur selten, aber es ließ seine Augen strahlen, machte ihn noch attraktiver, als er ohnehin schon war.

„Bist du dir sicher, dass du nicht viel Erfahrung hast?", fragte Jazz. „Ich hatte den Eindruck, als wenn du genau wüsstest, was du tust."

Mason zuckte die Achseln, was seine Muskeln sehr attraktiv zur Geltung brachte. „Meine Brüder reden die ganze Zeit davon. Selbst als ich noch ein Junges war und keine Ahnung hatte, worüber sie sprachen, haben sie sich ständig darüber unterhalten."

„Scheint so, als hättest du dabei etwas gelernt.“ Jazz strich ihm mit dem Finger über den Arm. „Das freut mich. Du hast mich echt umgehauen, weißt du?“

Mason sah leicht überrascht aus, aber Jazz übertrieb nicht. Es hatte sich noch nie zuvor so angefühlt.

„Wir sollten jetzt vermutlich nach unten gehen und mit der Suche weitermachen“, sagte sie ohne große Begeisterung. Es gab Leute, die sich auf sie und ihre Fähigkeiten verließen. Aber hier zu liegen, von Mason berührt zu werden und seine wundervolle Aura waren das Beste, was ihr je passiert war.

„Noch nicht.“ Masons starke Hände drückten sie wieder zurück. „Ich brauche das hier. Leben. Dich.“

Jazz verstand und teilte das Gefühl. Die Angst, die Wut, die Trauer, die Sorge, die in Masons Haus herrschten, hatten dazu geführt, hatten geholfen, dass sie sich näherkamen, weil sie beide Trost, Zuneigung und Hoffnung brauchten.

Sie wünschte, sie könnte ihm sagen, er solle sich nicht weiter die Mühe mit Kondomen machen, aber keiner von ihnen wusste, was die Zukunft bringen würde. Also schwieg sie, als er wieder die Nachttischschublade öffnete. Doch dieses Mal streifte sie es ihm über, und es machte tatsächlich viel mehr Spaß.

Die Art, wie Mason sie in zwei Sekunden auf dem Bett hatte und in ihr war, während sie noch die Verpackung zu Boden fallen ließ, verriet Jazz das.

Dann war das alles egal. Das Einzige, was noch wichtig war, war allein Masons Gewicht auf ihr, das

Gefühl von ihm in ihr und das wilde Leuchten in seinen wolfsgrauen Augen.

* * *

Als Mason aufwachte, sah er einen schwachen Schein. Er nahm an, dass die Dämmerung kam, bis er aus dem Fenster schaute und feststellte, dass es immer noch vollkommen dunkel war. Seine innere Uhr sagte ihm, dass es erst gegen vier Uhr morgens war, aber etwas strahlte da draußen, und das ziemlich hell.

Jasmine schlief ruhig neben ihm. Mason betrachtete sie einen Moment lang, genoss ihre Nähe. Das Gefühl, wie sie ihn umgab, war immer noch stark. Das Bedürfnis, mit ihr zusammen zu sein, hatte sich nicht abgeschwächt.

Er hätte sie mit Küssen aufgeweckt, wäre in sie geglitten und hätte das überwältigende Glück gesucht, ihr wieder so nahe zu sein, wäre da nicht dieses Licht gewesen, das unten pulsierte.

Mason stand leise auf, wollte Jasmine nicht alarmieren. Er machte sich nicht die Mühe, sich anzuziehen - Kleidung würde nur im Weg sein, wenn er sich wandeln musste -, und ging in den kleinen Flur, sah, dass der Schimmer von unten kam, und bewegte sich leise die Treppe hinunter.

Er konnte keinen Eindringling riechen, aber das bedeutete nicht, dass niemand da war. Es gab verschiedene Wege, den Geruchssinn eines Gestaltwandlers zu überlisten, auch wenn es den Shifter zumindest misstrauisch gemacht hätte, dass irgendetwas nicht stimmte. Das Haus roch bis auf ihn und Jasmine leer. Fühlte sich auch leer an.

Mason kam im Erdgeschoss an und drückte sich tiefer in die Schatten, mied das sanfte Licht der Straßenlaterne.

Der pulsierende Schimmer kam vom Fußboden des Wohnzimmers. Jasmine hatte die meisten ihrer Steine in ihrer Wut auf den Teppich geworfen, und das Samttuch war auf ihnen gelandet. Nun schien das Tuch Licht auszustrahlen.

Mason glitt vorsichtig über den Teppich, beugte sich dann sehr langsam vor und hob das Tuch an.

Ausnahmslos alle Steine darunter strahlten. Das Herz von jedem – Amethyst, Obsidian, roter Jaspis, Bernstein, Rosenquarz, Türkis – verströmte ein gleißendes Licht, badete Masons Haut in Blau, Pink, Gelb, Rot, Lila. Der Bernstein leuchtete besonders hell, ließ seinen goldenen Schimmer über Masons ausgestreckte Hand tanzen.

Einer der Steine bewegte sich, oder so kam es Mason jedenfalls vor. Er machte einen Schritt zurück, weil er Steinen, die plötzlich mit einem inneren Licht erstrahlten, nicht traute.

Nein, sie bewegten sich wirklich. In ganz kleinen Schritten, als wenn winzige Erdbeben sie schütteln würden, schoben sich die Steine vorwärts. Und zwar nur die Steine. Der Rest des Hauses war komplett still.

Mason knurrte. Der Wolf in ihm geriet in Aufruhr, während er beobachtete, wie die Steine auf die Karte zurollten, die ebenfalls zu Boden gefallen war.

Er musste Jasmine wecken. Mason wollte sich umdrehen, stellte aber fest, dass seine Füße auf dem Teppich festhingen. Er kämpfte, konnte sich aber verdammt noch mal nicht rühren. Das Licht von dem

Bernstein wurde heller und heller, umschloss ihn, bis Mason nichts anderes mehr sehen konnte.

Ihm blieb nur noch eins zu tun. Er ergab sich seinem Wolf und wandelte sich.

Kapitel Zehn

Jazz wachte auf und hörte ein Knurren, das das ganze Haus erfüllte. Sie streckte die Hand nach Mason aus und stellte fest, dass er nicht mehr neben ihr lag – die warme Kuhle in der Matratze war der einzige Beweis, dass er je da gewesen war. Da gewesen, um sie zu berühren und eine Leidenschaft zu wecken, die viel zu lange in ihr geschlummert hatte. Er hatte ihre Ängste ausgeräumt, ihre Unsicherheit, und hatte sie mit einer Leidenschaft geliebt, die sie nie vergessen würde.

Das Knurren wurde lauter, und Jazz wachte ganz auf. Sie schnappte sich ihre Unterwäsche und Masons T-Shirt und warf sich alles schnell über, bevor sie aus dem kleinen Schlafzimmer und die Treppe hinuntereilte.

Die Stufen endeten direkt im Wohnzimmer. In der Mitte stand ein großer, wütender Wolf, sein grauweißes Fell in strahlendes Licht getaucht. Kristalle umgaben ihn, formten einen Kreis mit ihm in der Mitte.

Jazz sah mit offenem Mund zu, wie die restlichen ihrer Steine sich in einer Ecke der Karte zusammenfanden, sich gegenseitig beiseiteschoben, als wenn sie versuchten, alle an derselben Stelle zum Liegen zu kommen.

Mason knurrte weiter. Das tiefe Geräusch erfüllte den Raum und schien ihr bis in die Knochen zu dringen.

Jazz zwang sich dazu, sich aus ihrer Starre zu lösen und zur Karte zu gehen. Sie wagte es nicht, das Licht anzumachen oder auch nur eine Kerze. Magie war fragil, und jede Störung konnte den Prozess unterbrechen.

Sie brauchte auch gar kein Licht. Die Steine glühten so intensiv, dass sie scharfe, bunte Schatten durch den Raum warfen. Sie hatten sich auf der Karte von Alaska versammelt, bebten und kämpften darum, auf genau dem Fleck zu bleiben, den sie in ihrem Enthusiasmus bedeckten.

Mason wirkte unfähig, sich zu bewegen. Jazz bemerkte, wie die Muskeln des Wolfes zuckten, als er versuchte, sich zu befreien, hörte sein Knurren, als es ihm nicht gelang. Der Bernstein befand sich direkt vor ihm, sein Licht schien am hellsten. Es ließ den grauen Pelz des Wolfes golden schimmern und glitzerte in seinen wütenden Augen.

Jazz wusste, dass, welche Magie auch immer zwischen dem Stein und Mason hin- und herströmte, aufhören würde, wenn sie ihn wegnahm. Die Aura des Steins hatte sich mit etwas in Masons verbunden, der ihm innewohnenden Magie, die sie von dem

Moment an gefühlt hatte, in dem sie einander begegnet waren. Mason war ein Shifter, ja, aber es war noch mehr an ihm.

Der Wolf funkelte Jazz an, verlangte von ihr ganz offensichtlich, den Stein auszuschalten und ihn zu befreien, aber Jazz ging in einem weiten Kreis um ihn herum, ließ sich neben der Karte vorsichtig auf Hände und Knie nieder, bemühte sich, nichts zu berühren.

Die Steine verbargen den Ort, über dem sie sich zusammengefunden hatten, ein Gebiet nordwestlich von Anchorage. Nicht besonders spezifisch, aber es war ein Anfang.

Jazz wandte sich aufgeregt an Mason. „Alaska. Ich wusste es."

Mason knurrte weiter, ganz wütender Wolf. Er wollte etwas angreifen, vermutlich den Bernstein, der ihn gefangen hielt, aber er konnte nichts tun.

„Einen Moment noch", sagte Jazz. „Ich möchte etwas versuchen. Du bist ein mächtiger magischer Leiter, und ich möchte dich noch nicht abschalten."

Sie eilte zum Tisch und nahm sich Notizbuch und Bleistift, zwei der wenigen Dinge, die sie nicht zu Boden geworfen hatte. Schnell ging sie wieder auf die Knie und skizzierte die Karte und die Position der Steine.

Sie ließ ihre Hände über den bebenden Steinen durch die Luft fahren, formte ein Bild der Göttin in ihrem Kopf und sagte: „Zeige dich uns."

Das bernsteinfarbene Strahlen um Mason wurde blendend weiß. Jazz schützte ihre Augen, während die Steine neben ihr aufflammten, mehrfarbiges Licht über Jazz, Masons schwarzes T-Shirt, das Notizbuch und den knurrenden Wolf warfen. Jazz schlug die

Hand aufs Papier, wollte den Bleistift zwingen, zu schreiben, zu zeichnen, einen Punkt zu machen, irgendetwas, um ihr zu zeigen, wo sie hinmussten.

Die Steine ruckten und bewegten sich. Ihr Licht wurde heller und heller, erhitzte die Luft. Die Karte ging in Flammen auf, eine plötzliche Explosion, die Jazz zurückwarf. Der Teppich fing Feuer und begann heftig zu brennen.

Jazz schrie erschreckt auf, griff nach dem Samttuch und versuchte, die Flammen zu ersticken. Das Tuch selbst fing auch Feuer, und sie beeilte sich, von ihm wegzukommen.

Mason knurrte und schnappte, die Ohren zurückgelegt, die Reißzähne entblößt. Jazz eilte zu ihm und trat den Bernstein von ihm weg.

Das flackernde Licht wurde nicht weniger. Das Feuer auf dem Boden war jetzt ernsthaft in Gang gekommen.

Jazz stürzte sich auf den Bernstein, schnappte ihn sich und warf ihn direkt in die Flammen. Sie hatte keine Ahnung, warum sie das tat, aber jeder Instinkt sagte ihr, dass es das Richtige war.

Ein farbiges Leuchten explodierte nach oben, füllte den Raum mit strahlender Schönheit und Hitze, dann plötzlich verschwand alles Licht. Im einen Moment erhellte ein Regenbogen das Haus, im nächsten war es vollkommen dunkel, einzig der Teppich brannte noch. Mason, der sich wieder bewegen konnte, wirbelte herum und stürmte aus dem Zimmer.

Telefon. Jazz brauchte ein Telefon, musste die Feuerwehr rufen.

Es gab keinen Festnetzanschluss, wenigstens nicht, soweit sie es erkennen konnte. Ihr Handy war oben, aber eine Flammenspur befand sich zwischen ihr und der Treppe. Sie musste zum nächsten Nachbarn rennen und hoffen, dass sie Shifter nicht hassten.

In diesem Moment kam Mason zurück in den Raum gestürzt, ein nackter Mann mit einem Feuerlöscher in der Hand. Er richtete ihn auf den brennenden Teppich und erstickte die Flammen mit weißem Schaum.

Einige Sekunden später musste Jazz wegen des Gestanks des verbrannten Teppichs husten. Das Zimmer wurde nun nur noch die Straßenlaterne am Ende des Vorgartens erleuchtet.

Mason machte den Feuerlöscher aus und ließ ihn von seiner großen Hand hängen. Er atmete heftig, seine nackte Haut war schweißbedeckt.

Jazz stemmte die Hände in die Hüften, sah ihn von oben bis unten an und lachte unsicher. „Nun, das ist etwas, was ich nicht jeden Tag zu sehen bekomme."

„Was?" Mason schaute sie finster an. „Steine, die dein Haus in Brand stecken? Oder ein Shifter, der weiß, wie man einen Feuerlöscher benutzt?" Er blickte auf den nassen und stinkenden Bereich des noch immer glimmenden Teppichs. „O Mann, Seamus wird mich umbringen."

Jazz hatte eigentlich einen sexy nackten Mann gemeint, der zu ihrer Rettung geeilt kam, aber sie sagte stattdessen: „Du – glühend vor unfassbarer Magie." Vor Aufregung musste sie lachen. „Und sich dann nur über diesen dummen Teppich Gedanken zu machen. Du bist der unglaublichste Mann, den ich je getroffen habe."

Mason sah sie an, seine grauen Augen ganz ruhig in seiner beeindruckend verärgerten Miene. „Ich wette, das sagst du allen Shiftern, die glühen.“

„Nur zu dir. Du bist echt erstaunlich, Mason.“ Jazz presste ihre Hände zusammen. „Ich wollte dich anfangs wirklich, *wirklich* nicht in meiner Nähe haben, aber ich bin so froh, dass ich dich kennengelernt habe.“ Sie drückte ihre Handflächen weiter zusammen, sorgte dafür, dass die Finger sich in ihre Hände gruben, um sie hier in der Realität zu verankern. „Selbst wenn du deine wahre Shifter-Gefährtin findest und aus meinem Leben verschwindest, werde ich immer noch glücklich sein, dass ich mit dir zusammen war. Du hast mir gezeigt, dass nicht alle Gestaltwandler schlimm sind.“ Ihr Herz schmerzte, wenn sie an den Tag dachte, an dem sie Mason Auf Wiedersehen sagen müsste, aber sie war nicht Närrin genug, um zu glauben, mit ihm zu schlafen bedeutete, dass sie für immer aneinander gebunden waren. So funktionierte das für Shifter nicht.

Masons plötzliches Knurren ließ sie zusammenzucken. Er hatte dieses Geräusch gemacht, als er ein Wolf gewesen war. Es aus einem menschlichen Mund zu hören war unheimlich.

„Erzähl mir nicht, mit wem ich den Gefährtenbund eingehen werde“, sagte Mason, seine Stimme wild. „Oder dass ich irgendwann in nächster Zeit verschwinden werde.“ Er trat auf sie zu, ließ den Feuerlöscher fallen. „Ich werde dich nicht aus den Augen lassen.“

Jazz atmete tief ein, als er die Arme um sie schlang und sie von den Füßen hob. Masons Knurren wurde sanfter, während er Jazz an sich zog und sie auf den Mundwinkel küsste.

Seine Augen enthielten noch immer das Feuer des Bernsteins. Jazz wusste ganz genau, dass die Magie, die die Steine in Bewegung gesetzt hatte, um ihr zu zeigen, wo sich der Heiler befand, seine gewesen war, nicht ihre.

Dieser Gedanke rückte in den Hintergrund, als Masons Kuss sie um den Verstand brachte, seine Hände sie durch das Shirt umfassten. Seine Haut war glatt und heiß und er schon wieder hart und bereit.

Diesmal schafften sie es kaum bis ins Schlafzimmer. Mason hatte Jazz auf der Matratze, bevor sie wusste, wie ihr geschah, und war direkt darauf in ihr.

Sie hob sich ihm entgegen und ergab sich ihm ganz, schob jede Sorge an die Zukunft beiseite. Sie wollte das Hier und Jetzt, und sie genoss es, darin unterzugehen.

* * *

„Alaska", wiederholte Liam Morrissey. „Bist du dir sicher, Junge?"

Mason nickte, versuchte, seine Ungeduld zu unterdrücken. „Wenn Jasmine Alaska sagt, dann ist es Alaska."

Jasmine, die am nächsten Morgen neben ihm in der für das Treffen geschlossenen Shifterbar saß, bestätigte: „O ja. Die Göttin hat definitiv in diese Richtung gezeigt. Ich kann es nur etwa auf einen Hundert-Meilen-Radius genau bestimmen, aber es ist ein Ort, wo wir anfangen können."

Mason erkannte, dass die anderen Wandler ihr nicht glaubten. Vielleicht wollten sie es sogar, fürchteten aber falsche Hoffnung. Jasmine auf der anderen Seite vertraute komplett auf das, was die Göttin enthüllt hatte.

„Ich habe die Steine und die Karte gesehen", erklärte Mason bestimmt. „Es gibt keinen Zweifel."

„Aye, und es hat ein Loch in den Teppich gebrannt", sagte Seamus sowohl mit Humor als auch mit Verärgerung in der Stimme. „Nur dass ihr's wisst: Bree wird darüber nicht glücklich sein."

„Ich werde das wiedergutmachen", erwiderte Jasmine. „Geht es ihr gut?"

„Sie ist traurig, dass sie heute nicht mitkommen konnte", antwortete Seamus. „Sie sagt, wenn es ihr besser geht, werdet ihr beide mal richtig um die Häuser ziehen. Was mir wirklich Sorgen macht, wie ich zugeben muss."

Jasmine grinste ihn an. „Der Grund, warum es Bree heute nicht gut geht, macht mich sehr glücklich. Ich hatte sie davor gewarnt, sich mit Shiftern einzulassen, aber ich nehme es zurück. Ich sehe, dass du gut zu ihr bist. Deine Aura ist kraftvoll und ein bisschen … anders."

„Das ist es, was Bree an mir besonders gefällt." Seamus blickte Jasmine mit seinen goldbraunen Augen an, ohne zu blinzeln. „Ich bin anders."

„Nun, sie hat Glück", stellte Jasmine fest. „Ich werde ihr das sagen."

Seamus schenkte ihr ein geheimnisvolles Lächeln, und Mason versuchte, seine Verärgerung unter Kontrolle zu bekommen. Jasmine war eine aufgeschlossene und sympathische Frau, und die Gestaltwandler hier reagierten bereits auf sie. Sie mochten sie, und das nicht nur, weil Bree und Seamus für sie gebürgt hatten.

Mason wollte sie an sich ziehen und den anderen mitteilen, sie sollten sich von ihr fernhalten. Er hatte sie gefunden, er hatte sie gerochen und in den Armen gehalten, sie an diesem Morgen mehrere Male geliebt. Er war nicht in der Lage gewesen, aufzuhören, konnte nicht genug von ihr bekommen. Wenn Mason Jasmine jetzt ansah, ihr zerzaustes schwarzes Haar, die filigranen Tattoos und ihr freundliches Lächeln, wusste er, dass er nie genug von ihr bekommen würde.

Sein Verlangen nach ihr ließ ihn die anderen Shifter um ihn herum stärker wahrnehmen. Einige von Liams Trackern hatten keine Gefährtinnen, und diese wunderschöne Frau, die behauptete, dass ihre Auren toll wären, würde ohne Zweifel den Paarungswahn bei ihnen auslösen.

Der Einzige, der Masons wachsendes Unbehagen und seine Wut wahrzunehmen schien, war Tiger. Der große Mann wandte den Kopf und fixierte Mason, als wenn er seine Gedanken fühlen könnte.

„Tiger sollte losziehen, um den Typen zu finden", warf Mason in die Diskussion ein, woraufhin Liam, Dylan und die anderen Gestaltwandler innehielten und ihn anstarrten. „Tiger ist irgendwie ein Super-Tracker, richtig? Dafür gemacht, zu suchen und zu retten. Wenn irgendjemand einen einsamen Shifter aufspüren kann, der sich in der Wildnis Alaskas verbirgt, dann ist es Tiger."

„Nein", sagte Tiger, ohne zu zögern. Er sah Mason direkt an, hielt ihn mit seinem direkten goldenen Blick gefangen. „*Du* musst das machen."

Masons erwiderte diesen Blick finster, aber zur selben Zeit fühlte er ein seltsames Flattern in seinem Herzen und wusste, dass Tiger recht hatte. Warum er das dachte oder was zur Hölle Tiger auch nur meinte, wusste er nicht, aber der Wolf in ihm stimmte dem anderen zu.

Verdammt, Mason hasste es, wenn seine Wolfsgedanken und seine menschlichen nicht übereinstimmten. Dann fühlte er sich wie das Seil beim Tauziehen.

„Ich brauche Tiger hier", entgegnete Dylan mit ruhiger Stimme. Dylan war sehr still gewesen, während Mason vorgetragen hatte, was er und Jasmine entdeckt hatten, hatte nur Jasmine angeguckt, während sie aufgeregt Masons Geschichte bestätigt hatte. „Ich kann ihn nicht entbehren."

Tiger antwortete nicht, sah Dylan nicht an, diskutierte nicht. Doch Mason wusste, wenn Tiger nach Alaska hätte gehen wollen, hätte nichts, was Dylan sagte, ihn zurückgehalten. Tiger blieb hier, weil er es so entschieden hatte.

„Mason und ich wissen bereits, wie dieser Heiler aussieht", wandte sich Jasmine an Dylan und zuckte nicht einmal zusammen, als sein Blick ihren traf. „Es kann nicht so viele Gestaltwandler in der Gegend geben, wenn dort keine Shiftertown ist. Mason hat bemerkt, dass der Heiler kein Halsband trägt, also könnte er in einer Menschenstadt leben, aber ich werde in der Lage sein, seine Aura zu finden. Die Auren von Shiftern sind ziemlich leicht zu erkennen."

Sie schaute sich flüchtig im Zimmer um, verzog die Nase bei einem Lächeln, als wenn sie andeuten wollte, dass die Auren hier drin ziemlich heftig waren. Und das waren sie – oder wenigstens der

Geruch. Ein Dutzend nervöser Shifter in einem geschlossenen Raum konnte … etwas intensiv sein.

Liam öffnete seine verschränkten Arme. „Junge, wenn du hoch nach Alaska willst und versuchen, diesen Mann zu finden, werde ich dich nicht zurückhalten. Die Chancen stehen nicht besonders gut, aber wir haben nichts zu verlieren. Ich werde mich um den Transport für dich und Jasmine kümmern, falls sie dich begleiten will."

Jasmine zog die Augenbrauen hoch. „Natürlich will ich ihn begleiten. Warum sollte ich das nicht?"

„Weil es", erwiderte Mason, bevor Liam antworten konnte, „eine lange und anstrengende Reise ist und sie denken, dass es zu nichts führen wird. Du kannst hierbleiben und mit Bree rumhängen, und ich saus mal schnell hoch und seh mich um. Weniger gefährlich für dich, falls ich geschnappt werde."

Jasmine warf Mason einen ungläubigen Blick zu. „Sei nicht albern. Natürlich gehe ich mit dir. Du kannst den Heiler nicht ohne mich finden, und ich kann ihn nicht ohne dich finden. Wir brauchen uns. Er ist dort, Mason. Es ist egal, was alle anderen denken."

Sie strahlte Zuversicht aus, das Wissen, dass die psychische Welt sie noch nie enttäuscht hatte. Ihre Sicherheit berührte Mason, ließ ihn ebenfalls daran glauben und sorgte dafür, dass er diese Lippen küssen wollte, die sich so selbstsicher kräuselten.

Liam nickte Mason zu. Mason konnte erkennen, dass Liam sich nicht sicher war, ob Jasmine recht hatte, aber er war wenigstens bereit, ihnen mit den ihm zur Verfügung stehenden Mitteln bei der Suche zu helfen.

Oder vielleicht wollte Liam Mason und Jasmine auch einfach nur beschäftigt wissen, während er entschied, was er wirklich tun wollte. Liam verkündete seine Beschlüsse nicht immer in der Öffentlichkeit.

„Zwei Tickets nach Alaska also", stellte Liam fest. „Ich schlage vor, ihr packt warme Kleidung ein."

Die anderen Shifter entspannten sich und begannen zu reden - oder gingen einfach. Liam hatte seine Entscheidung getroffen, und das Treffen war beendet.

Jasmine rutschte von ihrem Stuhl und näherte sich Tiger. Tiger wartete auf sie, bewegte sich nicht, als sie direkt vor ihm stehen blieb.

„Selbst wenn du nicht mit uns kommst, kannst du uns irgendwelche Hinweise geben?", fragte sie. „Ich bin mir ziemlich sicher, dass ich ihn jetzt finden kann, aber ich nehme jede Hilfe, die ich kriege."

Tiger sah für einen langen Moment auf sie herab. Sein gestreiftes oranges und schwarzes Haar glänzte im fluoreszierenden Licht, aber sein großer Körper war ganz still, während er Jasmine beobachtete.

Schließlich schüttelte er leicht den Kopf. „Du und Mason müsst es sein", sagte er. „Oder es zählt nicht."

Kapitel Elf

Broderick hörte Joanne keuchend einatmend. Er Mason blickte Tiger wütend an. „Zählt nicht für was, Großer? Oder bedeutet das einfach nur, du weißt es nicht?“

Tiger bewegte sich nicht, ignorierte Masons verärgerte Fragen vollkommen. „Shifter-Heiler leben abseits von anderen Gestaltwandlern, weil sie zu viel Schmerz empfinden. Die Not muss schon sehr groß sein, und nur die, die sie wirklich dringend brauchen, können sie finden.“

Masons Ungeduld wuchs. „Woher weißt du das? Oder ist das mehr von diesem kryptischen Scheiß, den sie dir in den Kopf programmiert haben?“

Tiger wandte sich Mason zu, starrte ihn an, ohne zu blinzeln. „Das steht im Wächternetzwerk. Sean hat es mir erzählt.“ Er sah zurück zu Jasmine. „Und falls ich mit euch kommen würde, wäre ich das … Wie nennt Carly es noch? Das fünfte Rad am Wagen."

Jasmine errötete. „Nein, wärst du nicht …"

Tiger bedachte sie mit einem weisen Blick. „Du und Mason wollt ungestört sein, und ich möchte Carly nicht allein lassen. Sie trägt mein Junges." Er hörte sich extrem stolz an. „Ihr werdet Erfolg haben und mit dem Heiler zurückkehren."

„Nun, ich bin froh, dass irgendjemand Vertrauen in uns hat." Jasmine streckte die Hand aus und tätschelte Tiger den Arm. „Danke. Und herzlichen Glückwunsch wegen des Jungen. Kinder sind toll."

Mason spannte sich an, als Jasmines Finger Tiger berührten. Tiger ließ sich nicht so gerne anfassen und umarmen wie andere Shifter, außer von Carly, seiner Gefährtin, und einigen sehr wenigen anderen, denen er vertraute.

Aber Tiger sah Jasmine einfach nur weiter an, und seine Augen verrieten, dass er sehr zufrieden mit ihr war und mit sich selbst. Ohne ein weiteres Wort drehte er sich dann um und ging, duckte sich unter dem Türrahmen durch in den morgendlichen Sonnenschein.

„Wow", sagte Jasmine, während sie ihm nachschaute. „Ich mag ihn. Nett von ihm, zu denken, dass wir es schaffen können."

Mason schüttelte den Kopf. „Er war nicht nur einfach höflich. Ich glaube nicht, dass Tiger das Konzept „Höflichkeit" überhaupt versteht. Aber er kann Chancen berechnen wie kein anderer, den du hier treffen wirst. Er hat Zahlen oder irgendetwas in seinem Kopf laufen wie ein Computerprogramm."

Mason wedelte mit seinen Fingern an seiner Schläfe. „Er irrt sich nie.“

„Gut“, erwiderte Jasmine zufrieden. Sie trat neben Mason und stellte sich auf die Zehenspitzen, um ihm einen Kuss auf die Wange zu geben. „Dann lass uns deinen Heiler finden.“

* * *

In den wenigen Stunden, die ihnen blieben, bevor das Flugzeug kam, das sie nach Alaska bringen würde, fuhr Mason mit Jazz ins Gewerbegebiet von Austin und führte sie in eine Werkstatt in der Ecke eines der größten Gebäude.

Jazz wusste sofort, dass es seine war, schon bevor sie eintrat. Sie verstand jetzt, wo die kreativen Elemente in seiner Aura herstammten – die Werkstatt strahlte ähnliche Muster aus. Das Gefühl des kühlen Raumes, der Geruch von Holz und Maschinen, all das passte zu Mason und seiner Energie.

Jazz sah sich um und bemerkte eine stehende Bandsäge, eine Kreissäge, eine Standbohrmaschine, eine Drehbank und andere Geräte, die sie nicht identifizieren konnte, dazu Handwerkzeuge, die auf den Werkbänken lagen. Sie waren vor allem zum Feilen, Schleifen und Formen. Es roch schwach nach Politur.

„Du liebst es hier“, stellte Jazz mit neuem Verständnis fest.

„Schon“, antwortete Mason. Sein Gesicht war leicht gerötet, und zum ersten Mal, seit Jazz ihn kennengelernt hatte, wirkte er schüchtern.

„Das tust du wirklich. Ich kann es spüren.“

Masons Antwort bestand darin, dass er den Arm um sie legte und sie zu einem heißen Kuss an sich zog. Seine Küsse hatten sich verändert, waren nicht mehr so neu und unerwartet, sondern vertrauter und auch leidenschaftlicher.

Nicht dass Jazz das etwas ausmachte. Sie hob sich ihm entgegen, nahm seinen Mund und wollte mehr, ließ seine Lippen über ihre spielen.

Als sie sich schließlich voneinander lösten, hatte Mason einen hitzigen Ausdruck in den Augen und diesen besitzergreifenden Blick, den sie schon bemerkt hatte, wenn sie unter anderen Gestaltwandlern waren. Auch wenn Dale, ihr Shifter-Ex, einen ausgeprägten Beschützerinstinkt gehabt hatte, hatte er Jasmine doch nie mit dieser Art von konzentriertem Besitzanspruch angesehen.

Mason ließ sie los und wandte sich ab, um die Martin auszupacken.

Jazz wanderte durch die Werkstatt, betrachtete fast ehrfürchtig zwei im Bau befindliche Gitarren und ein halb fertiges Kästchen mit Holzintarsien. Es war ziemlich groß, etwa zwanzig mal zwanzig Zentimeter, und zehn Zentimeter tief. „Was kommt da rein?", fragte sie und berührte es.

„Eine Spieluhr", erwiderte Mason. Er legte vorsichtig die Teile der zerbrochenen Gitarre auf einen Arbeitstisch.

Der Deckel war mit einem Fischgrätmuster aus Ebenholz und einem helleren Holz versehen, umgeben von einem Streifen Perlmutt.

„Das ist wunderschön. Was wird es spielen?"

„Habe ich noch nicht entschieden." Mason sah nicht zu ihr herüber. „Irgendetwas Klassisches wie Mozart oder Chopin."

„Ich mag Bach", erwiderte Jazz und betrachtete das polierte, leere Innere der Box.

„Johann Sebastian oder Johann Christian?“

Jazz kam zu ihm herüber und sah ihn verwirrt an. „Es gibt mehr als einen?“

Mason wandte den Blick nicht von der Gitarre, aber Jazz bemerkte, dass seine Lippen zuckten. „Christian war Sebastians Sohn. Einer von vielen. Man nennt ihn auch den Londoner Bach. Er hatte großen Einfluss auf Mozart.“ Mason blickte wieder hoch, sein Lächeln ironisch. „Ja, der dumme Shifter kennt sich mit Komponisten des achtzehnten Jahrhunderts aus.“

„Macht ja nur Sinn, wenn du ihre Musik in deine Spieluhren einbaust.“ Jazz sah zu einer fertigen Gitarre hoch, die über der Werkbank hing. Sie war aus einem dunklen, gemaserten Holz, das sie nicht identifizieren konnte. „Ich wusste gar nicht, dass Gestaltwandler so kreativ sein können“, gab sie zu.

„Das kommt daher, dass du nur Gestaltwandler getroffen hast, die in Bars Menschenfrauen abschleppen wollen“, erwiderte Mason. „Shifter sind immer geil. Die in den Bars und Kneipen suchen schnellen Sex, keine Gefährtin fürs Leben.“

Jazz wurde ganz still, ihr Herz zog sich zusammen. „Und was willst du?“

Mason erwiderte ihren Blick, verlor alles Spielerische, jede Verlegenheit. „Wir reden hier nicht über mich.“

Nicht gerade eine Antwort. Jazz räusperte sich. „Ich mag dich wirklich“, sagte sie. „Das überrascht mich selbst, weil ich mir geschworen hatte, nie wieder einen Shifter zu mögen.“ Sie hob eine Hand. „Aber mach dir keine Sorgen, ich verstehe das. Wir kommen aus komplett verschiedenen Welten. Wenn das hier vorbei ist, fahre ich wieder nach Hause und sage den Leuten im French Quarter die Zukunft voraus, und du kommst hierher und baust in deiner Werkstatt Instrumente, bis du die Shifterfrau findest, die deine wahre Gefährtin ist. Es würde mich nicht stören, immer mal wieder eine Postkarte von dir zu bekommen, aber du wirst dein Leben leben und ich meines."

Jazz versuchte, den tapferen Tonfall beizubehalten und ganz normal zu sprechen. Aber bei den letzten Worten brach ihre Stimme, und Einsamkeit schnürte ihr die Kehle zu.

Mason legte das Stück der Gitarre, das er in der Hand gehabt hatte, hin und kam zu Jazz. Er blieb einen halben Meter von ihr entfernt stehen, gerade weit genug, dass sie ihn nicht erreichen konnte.

„Ich hab es dir schon gesagt." Seine Stimme war leise, voll unterdrückter Wut. „Ich habe dich geküsst, weil ich das wollte. Ich bin mit dir ins Bett gegangen, weil ich das wollte. Du bist vielleicht früher einmal mit einem Idioten von Felid zusammen gewesen, der nur auf schnellen Sex aus war, aber ich reiß nicht Frauen auf und lass sie wieder fallen, nur um zu zeigen, dass ich das kann. Tatsächlich habe ich …"

Mason brach ab und presste die Lippen zusammen, dann wandte er sich abrupt von ihr weg und wieder der Gitarre zu.

„Tatsächlich hast du was?", fragte Jazz. Als Mason nicht antwortete, marschierte sie zu ihm rüber und stellte sich direkt hinter seinen starken Rücken. „Tatsächlich hast du was? Was wolltest du gerade sagen?"

Mason wirbelte so schnell herum, dass Jazz einen Schritt zurück machen musste. Als er sich zu ihr herunterbeugte, waren seine Augen wieder hellgrau wie die des Wolfes.

„Tatsächlich habe ich nie eine andere Frau getroffen, mit der ich so sehr zusammen sein wollte wie mit dir. Ich möchte auch weiter mit dir zusammen sein, und zu wissen, dass du wieder nach Hause gehst, so weit weg, wenn wir erst diesen verdammten Heiler gefunden haben, macht mich ganz krank. So ist das."

„Oh." Jazz' Herz begann schneller zu klopfen, und sie wusste, er konnte das spüren - eine Veränderung in ihrem Geruch, ihre steigende Körpertemperatur. „Weißt du, man sagt, dass man nicht wirklich weiß, ob man mit jemandem auskommt, bis man zusammen eine Reise macht. Dann findet man heraus, ob man sich wirklich mag. Wir haben diese Reise, um genau das zu tun."

Mason lehnte sich näher zu ihr. „Ja? Und was dann? Was habe ich dir schon zu bieten, wenn wir zurückkommen? Ich habe keinen Ort, wo ich sein kann, außer einem Haus mit meinen drei Brüdern, meiner Tante, Brodericks Gefährtin und einem Paar Streuner. Du lebst weit von meiner Shiftertown entfernt in einem Herrenhaus mit Charakter. Du wirst ein besseres Leben wollen als Shifterchaos und meine idiotischen Brüder, aber ich hasse den Gedanken an dich da draußen, ungeschützt und allein. Ich will nicht, dass irgendjemand sich mit dir anlegt, und das gilt auch für dein dummes Haus. Also, was soll ich tun?"

Sein Schmerz war echt. Jazz hatte einen ähnlichen Blick bei Dale gesehen, als er sie verlassen hatte, um mit seiner wahren Gefährtin zusammen zu sein. Es war ihm schwergefallen, Jazz zu verletzen, aber das ruhige Glück in ihm war so echt gewesen, dass sie es nicht über sich gebracht hatte, irgendetwas anderes zu tun, als ihn auf die Wange zu küssen und ihm alles Gute zu wünschen.

Mason zeigte das gleiche Bedauern, aber nicht die darunterliegende Freude. Er war wütend und, obwohl er inmitten seiner großen Familie lebte, einsam, verzweifelt. Wenn seine Tante nicht überlebte, würde ihn das tief treffen.

Jazz legte ihm die Hände auf die Schultern und trat ganz dicht an ihn heran. „Wir werden den Heiler finden", erklärte sie sanft. „Wir werden Tante Cora retten. Danach reden wir."

Masons Gesicht entspannte sich ein kleines bisschen, auch wenn Jazz nicht wusste, ob das wegen ihres Versprechens geschah oder einfach, weil sie ihm nah war. „Ich habe gehört, dass es nie gut ist, wenn eine Frau das sagt", murmelte er.

Jazz unterbrach ihn, indem sie ihn küsste. Sein Mund war heiß, verführerisch, aber Jazz fühlte selbst durch sein brennendes Verlangen hindurch Masons Sorge und Ungeduld.

Sie legte die Arme um ihn, zog ihn näher, ließ ihn wissen, dass sie für ihn da war, wann immer und so lange er sie brauchte.

Jazz wusste in diesem Moment, als ihr Kuss leidenschaftlicher wurde, dass sie, egal, wo sie war, für den Rest ihres Lebens immer kommen würde, wenn Mason sie rief.

* * *

Das kleine Transportflugzeug, das sie nach Norden brachte, wurde von einem hageren, wettergegerbten Mann namens Marlo geflogen, der Jazz versicherte, dass er schon überall auf der ganzen

Welt in viel schlimmeren Klapperkisten unterwegs gewesen war.

Jazz fand das nicht sehr beruhigend, und allem Anschein nach ging es Mason genauso. Aber er half Jazz mit einer Hand in ihrem Kreuz ins Flugzeug, die Reisetasche in der anderen, in der sich Kleidung und weitere wichtige Dinge für sie beide befanden. Weil Jazz nicht die Zeit gehabt hatte, irgendetwas einzupacken, bevor sie und Mason aus ihrem Haus geflohen waren, hatte sie ihn darum gebeten, ihr die Zeit zu lassen, kurz in einen Laden zu gehen, um sich einige Oberteile, eine Jeans, Unterwäsche und eine Jacke zu kaufen. Mason hatte darauf bestanden, dafür zu bezahlen, in bar.

Das Flugzeug wurde heftig durchgerüttelt und klapperte, während es in den Himmel stieg. Marlo hatte sie eingeladen, sich nach vorne zu ihm zu setzen, aber Mason hatte die verschlissenen Sitze im Cockpit misstrauisch beäugt und abgelehnt. Jazz saß ohnehin lieber auf einem Haufen Decken hinten und schmiegte sich an Mason.

„Marlo fliegt Gestaltwandler überallhin", erklärte Mason über das Dröhnen der Motoren hinweg in Jazz' Ohr. „Liam und die anderen Shiftertown-Anführer bezahlen ihn fürstlich dafür. Er wird uns nicht verraten."

„Gut zu wissen", erwiderte Jazz und gab sich Mühe, sich besser zu fühlen.

Der Flug war lang, und die Stunden vergingen nur zäh. Marlo musste irgendwo in Montana landen, um aufzutanken, und brachte sie dann ganz in Ruhe wieder in die Luft. Jazz gefiel die Zeit allein mit Mason. Sie saßen in einvernehmlichem Schweigen nebeneinander, da die Motoren zu laut waren, um eine Unterhaltung zuzulassen.

Als sie landeten, war es schon dunkel. Wo genau sie waren, konnte Jazz nicht erkennen.

„Wir sind gar nicht so weit nördlich von Anchorage", erklärte Marlo, als sie in die Kälte ausstiegen. „Ein Freund von mir leitet das alles hier. Sagt kein Wort, wenn ich rein- oder rausfliegen will. Er hat einen Pick-up, den ihr euch leihen könnt. Solange ihr ihn vollgetankt wieder zurückbringt, ist alles in Ordnung."

„Danke", erwiderte Mason.

„Hey, gehört alles zum Service."

Marlo winkte ihnen hinterher, bevor er das Flugzeug abschloss und sich dann freundlich mit dem Typen unterhielt, der zu ihnen gekommen war, nachdem sie gelandet waren. Keiner der Männer achtete irgendwie auf Jazz oder Mason. Mason führte Jazz um den Hangar zu einem Pick-up, bei dem die Schlüssel steckten.

„So", sagte er, während er das Auto startete. Jazz zog auf dem Beifahrersitz ihre Jacke an. „Wo soll's hingehen?"

„Ich weiß es nicht", antwortete Jazz ausdruckslos. „Ich bin noch nie in Alaska gewesen." Sie zitterte. „Aber mir ist jetzt schon kalt."

Bei Masons Grinsen blitzten in der Dunkelheit seine Zähne auf. „Bist du überhaupt schon mal aus Louisiana rausgekommen?"

„Sicher", antwortete Jazz sofort. „Meine Großmutter und ich sind rumgereist, als ich noch in der Highschool war. Wir sind von New Orleans bis nach Charleston gefahren. Aber wir haben den

Süden nie verlassen.“ Sie atmete aus. „Und ich bin in Texas gewesen und jetzt in Alaska.“

Masons leises Lachen strich wie eine Liebkosung über ihre Haut. Er folgte der einzigen Straße in die Dunkelheit. „Und ich bin jetzt in Louisiana gewesen und in Alaska. Und als Kind in Wyoming. Da haben wir gelebt, bevor die Shifter geoutet wurden.“

„Willst du damit sagen, wir sind nicht gerade viel herumgekommen?“, fragte Jazz.

„Ich sage, wir kommen jetzt herum.“ Mason trat aufs Gas, und die Bäume auf beiden Seiten der Straße begannen an ihnen vorbeizurasen. „Marlo hat mir von einem Hotel in der Stadt erzählt, wo sie nicht zu viele Fragen stellen.“

„Nett von ihm. Aber ich werde das Zimmer buchen. Ich will nicht, dass irgendjemand die Polizei ruft, wenn sie dein Halsband sehen.“

Mason stimmte zu, und in der kleinen Stadt, die sie erreichten, fanden sie ein Motel, das auf geradezu erstaunliche Weise dem glich, in dem sie in Texas untergekommen waren. Jazz ging nach drinnen, um ein Zimmer zu besorgen – Mason händigte ihr einen Haufen Scheine aus, damit sie bezahlen konnte.

Gitarren und Spieluhren herzustellen musste lukrativ sein, entschied Jazz. Sie kam mit den Schlüsseln zurück – dieses Mal in Kartenform –, und sie zogen in ein kleines Zimmer am Ende des Gebäudes.

Jazz hatte gedacht, dass sie von der langen Reise vielleicht zu müde wäre, um Lust auf Sex zu haben, aber da irrte sie. In dem Moment, als Mason nackt zu ihr unter die Decke schlüpfte, war sie wieder hellwach. Er liebte sie schnell, und dann langsamer, seine Berührung war abwechselnd sanft und fest und wieder zärtlich. Er schloss nie die Augen, sah sie an mit einem direkten Blick voller Leidenschaft.

Schließlich schliefen sie ein, erschöpft und befriedigt, Jazz in Masons starkem Arm. Zumindest Jazz war erschöpft. Sie sah noch das Glitzern von Masons Augen im Mondlicht, bevor sie in einen tiefen und ruhigen Schlaf fiel.

* * *

Am Morgen öffnete Mason die Vorhänge in ihrem Zimmer und sah einen blauen, klaren Himmel und einen riesigen Berg, der sich am Horizont erhob.

„Wahnsinn", sagte Jazz, die unter seinem Arm hindurchschaute. „Das ist der Denali, oder? Früher haben sie ihn Mount McKinley genannt. Der höchste Berg in Nordamerika. Über sechstausend Meter oder so."

Mason gefiel ihre Begeisterung. Es schien, dass Jazz aus allem im Leben Freude ziehen konnte. Er betrachtete den schneebedeckten Gipfel billigend. Berge, vor allen Dingen auffällige, waren normalerweise heilige Orte, was Gutes für ihre Suche verhieß.

Sein Optimismus nahm ab, nachdem sie sich ein schnelles Frühstück besorgt hatten und Jazz mit ihrer Suche begann. Egal, wie viel Salbeirauch den Raum erfüllte oder wie viele Karten Jazz umdrehte oder wie viele Beschwörungsformeln sie sprach, die Steine blieben kalt, inaktiv, brachten keinerlei Enthüllung, wo der Heiler war oder ob er sich überhaupt noch immer in diesem Teil Alaskas aufhielt.

„Das passiert manchmal", erklärte Jasmine am späten Nachmittag niedergeschlagen. So hoch im Norden blieb es noch lange hell, aber Jasmines Zuversicht schwand. „Wenn viel Energie durch die

Steine geflossen ist, müssen sie sich erst erholen. Ich hatte gehofft, dass seit dem letzten Aufflammen genug Zeit vergangen ist, aber sie müssen vermutlich erst wieder Sonnen- und Mondlicht tanken."

Sie legte die Steine aufs Fensterbrett, während sie sprach. Ihre unzähligen Farben fingen die Sonne ein und warfen sie über Jazz' Gesicht. Mason sortierte sie im Kopf zu Mustern, dachte über ein Intarsiendesign nach, das er machen könnte, mit Teilen von Steinen, die er liebte.

„Es gibt noch eine andere Möglichkeit, ihn zu suchen", stellte er fest, nachdem sie ihre Hand kurz über die Steine gehalten und sich vom Fenster abgewandt hatte.

„Welche?" Jasmines Frage enthielt Skepsis. „Ins örtliche Telefonbuch unter der Rubrik ‚Shifter-Heiler' gucken? Nach merkwürdig aussehenden Typen mit weißen Zöpfen fragen? Ich hab sonst echt keine Ideen mehr."

„Fast", knurrte Mason. „Es ist mir egal, wenn ein Shifter behauptet, Einzelgänger zu sein. Alle Lupide und Felide müssen irgendwann unter Leute. Selbst Bären, die die Einsamkeit wirklich lieben, müssen sich mit Freunden treffen. Ein Gestaltwandler, der allein lebt, wird irgendeine Form von Gesellschaft suchen, selbst wenn sie menschlich ist. Und der Lieblingsort eines Shifters, wenn er nicht zu Hause ist, ist …" Er hielt inne und wartete ab, ob sie es erraten konnte.

„Wo?", fragte Jasmine interessiert.

„In einer Bar."

„Cool." Jasmine schob die Karten zusammen und steckte sie zurück in ihre Tasche. „Lass mich etwas Nettes anziehen, und dann geht's los."

Mason verzog das Gesicht. „Es hat wahrscheinlich keinen Sinn, mit dir darüber zu diskutieren, dass du besser hierbleibst, oder?"

„Nicht den geringsten." Jasmine wandte sich mit wiegenden Hüften zum Bad. „Und denk gar nicht erst darüber nach, ohne mich loszuziehen. Wenn du allein in eine Bar gehst, werden sich alle auf dich konzentrieren, sich fragen, wer du bist, und wenn sie dann dein Halsband sehen, ist die Hölle los. Doch wenn ich bei dir bin, werden alle Kerle auf meine Beine starren. Oder auf meine Brüste. Du könntest einen Striptease hinlegen und dein Halsband mit Neonlichtern dekorieren, und es würde ihnen nicht auffallen."

„Sicher", sagte Mason und rief ihr dann hinterher, als sie die Badezimmertür schloss: „Jetzt geht's mir viel besser!"

* * *

Es stellte sich heraus, dass sich die dem Hotel nächstgelegene Bar ein kleines Stück außerhalb der Stadt eine schmale Straße hinunter befand. Sie erinnerte Mason, als sie hineingingen, an das Lokal, das er mit seinen Brüdern frequentierte, wo Shifter willkommen waren.

Diese Bar war ruhiger, mit vielen Einheimischen, die herkamen, um mit ihren Freunden ein Bier zu trinken, aber auch Campern und Touristen aus den nahe gelegenen Nationalparks. Die zwei Gruppen hielten sich voneinander getrennt, die Einheimischen an der Bar und den Pooltischen, die Touristen an den schmalen Tischen in der Mitte des Raumes. Die Touristen unterhielten sich über die großen Fische, die sie beinah gefangen hätten. Die Ortsansässigen redeten darüber, wer in der Stadt was tat, oder richteten ihre Aufmerksamkeit auf den Fernseher.

Mason musste den Einheimischen zuhören, wollte sich aber nicht zwischen sie drängen. Das würde nur dafür sorgen, dass sie verstummten oder ihn zu genau beobachteten, trotz Jasmines Aussage, dass sich alle auf sie konzentrieren würden. Mason führte Jasmine zu einem Tisch am Rand des Touristenterritoriums, nahe den Pooltischen. Jasmine setzte sich, lächelte die Kellnerin an, die ihre Bestellung aufnehmen wollte, und bat um ein Bier.

Die Kellnerin warf ihr einen neugierigen Blick zu, als sie zurückkam und die Flaschen vor ihnen abstellte, aber mit nicht mehr Neugier, als sie jedem Fremden entgegenbringen würde. Masons hochgeschlossene Kapuzenjacke verbarg sein Halsband komplett, und niemand in diesem kalten Teil der Welt würde es infrage stellen, dass ein Mann seine Jacke auch drinnen geschlossen hielt. Die meisten Männer in der Bar trugen dicke Shirts mit gefütterten Westen oder leichte Mäntel. Der Luftzug, wenn jemand die Tür öffnete, war eisig.

Jasmine redete nicht viel, nippte nur an ihrem Bier und sah sich um, richtete ihren Blick nacheinander auf jeden Mann an den Pooltischen.

Mason wurde klar, dass sie ihre Aura scannte. Sie konnte einen Shifter auf diese Art wahrnehmen, genau wie Mason sie wittern konnte.

Immer mal wieder wandte sie sich Mason zu und schüttelte leicht den Kopf. Mason konnte auch nichts riechen. Er vermutete, sie würden jede Bar in diesem Teil von Alaska aufsuchen müssen, Mason schnuppernd und Jasmine alles aufmerksam musternd, bevor sie den Heiler fanden. Das würde sie sicher sehr beliebt machen.

Jasmines Vermutung, dass die Kerle in der Bar hauptsächlich sie ansehen würden und nicht Mason, stellte sich als zutreffend heraus. Das Problem damit war, dass das Masons Beschützerinstinkte weckte, die danach nicht mehr zur Ruhe kamen.

Jedes Mal, wenn ein Mann Jasmine auch nur kurz anblickte, und vor allem wenn er das länger tat, stieg ein Knurren tief aus Masons Kehle auf. Ein Typ, dessen Augen zu lange auf den Blüten und Ranken von Jasmines Tätowierung verweilten, fing sich ein wildes, funkelndes Starren von ihm ein, und Mason fühlte, wie seine Augen zu denen des Wolfs wurden.

Der Typ zuckte zusammen und wandte sich schnell ab. Jasmine schob ihre Hand über den Tisch und legte sie auf Masons Arm. „Beruhig dich."

„Kann ich nicht." Masons Stimme klang kehlig. „Ich will nicht, dass sie dich auch nur ansehen."

Jasmine betrachtete ihn einen Moment. „Dann sollten wir vielleicht besser gehen."

Mason schüttelte den Kopf. „Es wird überall dasselbe sein. Und ich habe beschlossen, dass ich dich nicht allein im Hotel zurücklassen will. Ich würde verrückt werden vor Sorge."

Jasmine runzelte die Stirn. „Also, was machen wir jetzt?"

Mason presste die Hände flach auf den Tisch. „Ich krieg's unter Kontrolle. Das muss ich einfach. Alles wird gut."

Jasmine warf ihm einen zweifelnden Blick zu, zog aber ihre Hand weg.

Mason hinderte sie daran. „Nein. Lass mich nicht los."

Jasmine zögerte kurz, dann schlang sie ihre Finger um Masons und hielt ihn fest.

Das half. Mason schloss die Augen und zwang seinen Wolf, sich zu beruhigen.

Aber der Wolf erkannte seine Gefährtin. Die Hitze, die sich durch Masons Herz zog, erkannte es auch. Er musste sich Jasmine sichern und durfte sie nie wieder gehen lassen. Um nichts in der Welt.

Sie saßen dort für einige Zeit, Jasmines kühle Berührung das Einzige, was Mason mit seinem rationalen Selbst verband.

Es war ein Tourist, kein Einheimischer, der dafür sorgte, dass er schließlich durchdrehte.

Der Mann mit dem rot karierten Shirt, dem ordentlich gekämmten hellbraunen Bart und dem vom Wind geröteten Gesicht stand von seinem Stuhl auf und kam zu ihnen rübergeschlendert.

„Du siehst nicht aus, als wenn du bei ihm sein wolltest, Süße", sagte er zu Jasmine. „Vielleicht magst du dich lieber zu uns an den Tisch setzen."

Jasmine sah mit einem Lächeln hoch, das „Danke, aber nein danke" besagte. Alles wäre gut gewesen, wenn der Mann die Achseln gezuckt und gegrinst hätte und wieder zu seinen Freunden gegangen wäre.

Aber er war betrunken und wurde wütend, weil sie ihn hatte abblitzen lassen.

„Ernsthaft, Süße, du kannst es viel besser treffen als mit ihm. Komm schon." Er legte seine Hand auf Jasmines nackten, tätowierten Arm.

Mason erhob sich in wortloser Wut und stürzte sich auf den Mann, um ihn an der Kehle zu packen. Keine Warnung, kein Geräusch, nur das Raubtier in ihm, das auf den Mann losging, der es gewagt hatte, seine Gefährtin zu berühren.

Der Mann stolperte alarmiert rückwärts, aber zu spät. Mason griff nach seinem Hals … und stellte fest, dass er von einem noch größeren Mann blockiert wurde, dessen Augen purer Wolf waren, seinem Geruch nach ein Gestaltwandler. Das schwarze Sweatshirt des Shifters war am Ausschnitt ein Stückchen runtergezogen und enthüllte seine Kehle, die nackt war und ohne Halsband.

„Ist es nicht wert, Kleiner", sagte der Shifter, ein Knurren in seiner Stimme. „Warum verschwinden wir nicht von hier und trinken woanders was?"

Kapitel Zwölf

Jazz starrte den Mann schockiert an, der Mason so einfach zurückhielt. Nun, vielleicht nicht wirklich einfach – seine Muskeln wölbten sich unter seinem Sweatshirt, während er als solide Wand zwischen Mason und seinem Zielobjekt stand.

Der Mann war Shifter. Seine Aura schrie es geradezu heraus. Die mentale Wolke um ihn war Masons sehr ähnlich, aber älter, erfahrener. Mason sprühte vor Energie, während dieser Mann ernster war. Jazz hatte ihn nicht gesehen, als sie sich umgeblickt hatte – er musste gerade erst eingetreten sein und mitbekommen haben, wie Mason sich auf den aufdringlichen Typen stürzte.

Dieser Gestaltwandler trug kein Halsband, genau wie der, den sie im Rauch gesehen hatten. Aber dieser Shifter und der in der Vision waren auf jeden Fall zwei verschiedene Personen. Der Mann, der Mason zurückhielt, hatte dunkles Haar, keinen Bart und hellgraue Augen. Tatsächlich sahen seine Augen fast genauso wie Masons aus, was Jazz vermuten ließ, dass er ein Lupid war.

„Genau", sagte sie schnell. „Lass uns gehen. Komm schon, Mason."

Sie griff an dem fremden Shifter vorbei und berührte Mason an der Schulter. Er richtete seinen Blick mühsam auf sie, als wenn er seine Augäpfel dazu zwingen müsste, sich zu bewegen. Aber Jazz sah, dass ihre Berührung zu ihm durchgedrungen war.

Masons Kiefer entspannte sich lange genug, dass er dem anderen Gestaltwandler zuflüstern konnte: „Bring mich raus, bevor ich ihn töte."

„Richtig, mein Sohn", erwiderte der Shifter laut. „Wir werden gehen. Toni", rief er dem Barkeeper zu. „Gib diesen Jungs eine Runde aus, und setz es auf meine Rechnung."

Toni musste den Gestaltwandler gut kennen, denn er nickte nur und begann, Bierflaschen zu verteilen.

Der Mann, der Jazz angemacht hatte, wirkte unglücklich, aber seine Freunde riefen ihm zu, er solle es sein lassen und sich hinsetzen. Er hätte keine Chance bei jemandem wie ihr, sagten sie – sie spiele in einer anderen Liga.

Jazz gab sich ganz bewusst Mühe, keinen von ihnen anzusehen, während sie nach ihrer Jacke griff und direkt neben Mason und dem anderen Shifter an ihren Tischen vorbei- und aus der Bar ging.

Als sie das entfernte Ende des Parkplatzes erreicht hatten, riss sich Mason von dem anderen Shifter los.

„Wer zur Hölle bist du?“ Er stellte sich direkt vor Jazz, sodass der andere Gestaltwandler ihn erst aus dem Weg schubsen müsste, um ihr irgendwie nahe zu kommen.

„Beruhig dich“, entgegnete der ältere Shifter verärgert. „Hättest du’s irgendwie noch deutlicher machen können, dass du Gestaltwandler bist? Und auch noch ziemlich weit von zu Hause entfernt?“ Er zeigte mit seiner Hand auf Masons Hals, wo es unter seiner halb geöffneten Jacke schwarz und silbern schimmerte.

Masons Blick wanderte zur Kehle des anderen Mannes, um die kein Halsband geschlungen war. „Wilder“, sagte er mit einem Knurren.

„Nein, kein Wilder“, erwiderte der Shifter mit leiser Stimme. „Mein Dad und ich hatten nur was dagegen, als alle vor zwanzig Jahren zusammengetrieben wurden. Ich bin Ezra. Wer bist du?“

„Mason“, erklärte Mason zwischen zusammengebissenen Zähnen hervor. „Aus Austin.“

„Ah.“ Ezra nickte, als wenn irgendetwas jetzt Sinn ergeben würde. „Sie ist ein Mensch.“ Er deutete mit dem Kinn auf Jazz.

„Ja, bin ich“, sagte Jazz um Mason herum. „Und ich stehe direkt hier. Ich bin Jasmine. Aus New Orleans.“

„Moncrieff hat mich geschickt“, erklärte Ezra und sah sie mit einem Blick an, der genauso stechend wie Masons war.

„Wer ist Moncrieff?“, fragte Jazz, da Mason unfähig schien zu sprechen.

Ezra runzelte die Stirn. „Er hat gesagt, ihr würdet ihn suchen. Ich sollte euch finden und euch in die richtige Richtung schicken."

„Nun, warum hast du das nicht gleich gesagt?" Jazz versuchte, an Mason vorbeizuschlüpfen, der wie ein Monolith in der Gegend stand. „Woher wusste er, dass wir kommen?"

Ezra schüttelte den Kopf. „Keine Ahnung. Er hat nur gesagt, dass früher oder später ein Lupid und eine hübsche Menschenfrau mit schwarzem Haar und Blumen auf dem Arm herkommen und vermutlich auf der alten Rollbahn landen würden. Also habe ich in den Bars rumgehangen und auf euch gewartet, statt gemütlich zu Hause zu sitzen."

Mason atmete ein, und als er redete, klang seine Stimme gezwungen. „Und wir danken dir dafür. Also, wo ist er?"

Die Wegbeschreibung war kompliziert. Ezra wies sie an, den Highway zu nehmen, der aus der Stadt bis zu einer Abzweigung führte, dieser Straße vier Meilen weit nach Westen zu einer weiteren Abbiegung zu folgen, dann einer kleinen Straße, bis sie zu einem See kamen, und danach mussten sie noch eine Meile laufen. Ein Navi, fuhr er fort, würde es nicht zuverlässig finden, also schrieb sich Jazz alles in das kleine Notizbuch, das sie mitgebracht hatte.

„Wäre einfacher, wenn du uns fahren würdest", schlug sie vor. Sie versuchte, freundlich zu lächeln, aber das schien von Ezra komplett abzuprallen.

„Ich gehe auf keinen Fall in die Nähe von Moncrieff, wenn ich es irgendwie vermeiden kann", erwiderte er. „Das wird klappen", fuhr er an Mason gerichtet fort, „solange das Halsband nicht deinen Geruchssinn kaputtgemacht hat."

Mason knurrte ihn an, war jetzt aber gefasster, seine Stimme ruhiger. „Hat es nicht", sagte er. Er zögerte. „Danke."

Ezra lachte schnaubend. „Dank mir nicht, bis du Moncrieff getroffen hast. Die Göttin sei mit euch." Er drehte sich um und ging schnell in Richtung der Bäume hinter dem Parkplatz. „Oh, eine Sache noch", sagte er und wandte sich wieder zu ihnen um. „Moncrieff ist völlig verrückt."

Er machte erneut kehrt und lief in die Dunkelheit. Seine Stiefel knirschten auf den Steinen, dann verklang das Geräusch, während er aus ihrem Blickfeld entschwand.

* * *

Mason fuhr über den leeren Highway, während Jasmine neben ihm saß und ihm beim Licht einer winzigen Taschenlampe die Wegbeschreibung aus dem kleinen Notizbuch vorlas. Mason hätte ihr verraten können, dass sie sich die Mühe sparen könnte. Er erinnerte sich an alles, was Ezra gesagt hatte, aber er brachte es nicht übers Herz. Es machte ihr so viel Spaß.

Die Aufregung ließ ihre Wangen glühen und ihre Augen funkeln. Ihre Lippen waren zu einem kleinen Lächeln verzogen, und wenn sie die Straße entlangsah, bildete sich eine niedliche kleine Falte zwischen ihren Augenbrauen.

Mason wusste verdammt gut, dass er es ohne sie nie bis hierher geschafft hätte. Bevor er sie getroffen hatte, hatte er geglaubt, dass alles Übersinnliche einfach Tricks und Betrug war und alle, die es praktizierten, auf jeden Fall ernsthaft gestört waren, aber Jasmine schien echte Fähigkeiten zu haben. Er konnte nicht abstreiten, dass die glühenden Steine ihnen den Weg gewiesen hatten und dass sie das Bild des Heilers in ihrem Salbeirauch heraufbeschworen hatte.

Jetzt war sie aufgeregt und interessiert, bereit, zum Ende ihrer Suche zu kommen, sowohl um ihre Neugier zu befriedigen als auch aus echter Sorge um Tante Cora und den Paria - Leute, die sie gerade erst kennengelernt hatte.

Wenn es vorbei war, wenn - *falls* - der Heiler ihnen helfen konnte, würde Jasmine zu ihrem Leben im Umland von New Orleans zurückkehren und Mason zu seinem in der Shiftertown.

Nein, sagte der Wolf in ihm streng. *Lass sie nicht gehen.*

In den alten Zeiten hätte ein Gestaltwandler sich jede Frau, die er wollte, einfach geschnappt, wäre mit ihr in die Wildnis gerannt und hätte sich mit ihr im Paarungswahn eingeschlossen, bis ein Junges geboren wurde. Es war eine vollkommen akzeptable Form der Werbung gewesen, denn es hatte noch weniger Weibchen gegeben, und wenn ein Mann seine Gefährtin nicht versteckt hätte, wäre sie ihm am Ende noch von einem anderen weggenommen worden.

In diesen zivilisierteren Tagen machte der Mann einen Gefährtenantrag, erlaubte der Frau zu entscheiden, ob sie ihn annehmen oder ablehnen wollte, und er sperrte sie höflicherweise nicht in den Keller ein und hatte tagelang Sex mit ihr - außer das war, was sie selbst wollte. Mason war sich nicht sicher, was Jazz zu einer Einladung sagen würde, mit ihm zusammen im Keller zu wohnen. Der Wolf in ihm hätte am liebsten „Zur Hölle damit" gesagt und sich an die alte Vorgehensweise gehalten, aber Mason hatte den starken Verdacht, dass seine Brüder, Liam und die menschliche Polizei etwas dagegen haben könnten, selbst wenn Jasmine selbst das nicht tat.

Aber trotzdem würde Mason sie nicht so einfach gehen lassen. Es gab Mittel und Wege …

Er biss die Zähne zusammen und zwang seinen Wolf zur Ruhe. Sie mussten immer noch diesen verdammten Heiler finden.

Ezras Wegbeschreibung war gut. Jasmine deutete aufgeregt, als sie die letzte Abbiegung sah, und Mason fuhr bis zum Ende der Straße bei dem See und hielt an.

Er nahm die Schlüssel mit und schloss den Pick-up ab. Er schlug nicht vor, dass Jasmine hierbleiben und sich nicht auf eine anstrengende Wanderung durch die Wälder begeben sollte, weil er sie nicht aus den Augen lassen wollte. Der Gedanke, dass sie allein im Pick-up saß, sichtbar für jedes menschliche Raubtier, das hier vorbeikommen würde, ließ ihm das Blut in den Adern gefrieren.

Der Weg durch den Wald war fast völlig zugewuchert, aber Mason hatte auch nichts anderes erwartet. Wenn ein Shifter sich verbergen wollte, gelang ihm das meistens ziemlich gut. Mason zog Äste beiseite und hielt sie für Jasmine, während sie sich ihren Weg suchte.

Jasmine benutzte die Taschenlampe, um nicht zu stolpern, aber Mason wies sie an, den Strahl nur auf den Boden zu richten, damit sie ihn nicht blendete. Seine Shifteraugen konnten den Weg so viel besser erkennen als mit zusätzlichem Licht.

Endlich kamen sie zu einer Lichtung zwischen den Bäumen, der Himmel spannte sich frei sichtbar über ihnen. Er war atemberaubend, dieser Himmel. Jeder Stern, den die Lichter der Stadt sonst verschluckten, war perfekt und deutlich zu sehen. Mason hätte geschworen, er könnte hier draußen bis in die Ewigkeit blicken.

Unter dieser funkelnden Pracht stand ein Trailer, lang, schmal und verwittert, Fundament und Dach rostig von Schnee, Regen und der allgemeinen Feuchtigkeit.

Jasmine machte die Taschenlampe aus und deutete mit dem Kopf auf die Behausung. „Er ist da drin", flüsterte sie.

Mason wusste das auch. Er hatte den speziellen Geruch, der Gestaltwandler bedeutete, schon gewittert. Jasmine starrte auf die Wand bei der Vordertür, als wenn sie seine Aura dadurch wahrnehmen könnte.

Ein matter Schein erhellte eines der Fenster, kaum sichtbar hinter dem, was auch immer als Vorhang vorgezogen war. Der Heiler war da, und er sah fern.

Der Anblick des Fernsehers ließ Masons Wut hochkochen. Tante Cora lag im Bett, schwer verletzt, vielleicht sterbend, während dieses Arschloch, das sie in einer Sekunde heilen konnte, sich hier draußen versteckte und ansah, was immer die große Satellitenschüssel auf dem Dach seines Trailers einfing.

Mason wies Jasmine an, zu warten, bis er ihr ein Zeichen gab, und spazierte dann über die Lichtung, ohne sich die Mühe zu machen, besonders leise zu sein. Er stieg die klapprigen Stufen zu einer genauso klapprigen Veranda hoch und schlug mit beiden Fäusten gegen die Tür.

Der Fernseher wurde ausgemacht. Alles war still, kein Licht drang mehr von drinnen heraus. Mason fragte sich, ob der Typ hinten aus dem Fenster gesprungen war oder eine Fluchtluke im Boden hatte. Wenn es so war, würde er ihm folgen und ihn zurückschleifen. Dann hörte er das Geräusch schwerer Schritte aus dem Inneren, die den ganzen Trailer und die Veranda zum Beben brachten. Die Tür vor Mason wurde plötzlich aufgerissen, so heftig, dass er überrascht war, dass sie nicht aus den Angeln flog.

„Was?“

Der Mann, der ihm dieses Wort entgegenbrüllte, war groß. Sehr groß. Geradezu riesig. Mason musste den Kopf in den Nacken legen, um ihn ganz zu betrachten.

Zwei dünne weiße Zöpfe mit eingeflochtenen blauen Perlen hingen zu beiden Seiten des Gesichts des Mannes, und der Rest seines Haars war von demselben Weiß, sehr kurz geschnitten, aber er war nicht alt. Sein Haar war weißblond, wie das eines Nordmannes, und der Bart um seinen Mund pechschwarz.

Seine Augen waren genauso dunkel, funkelnd und intensiv. Mason hatte schon Augen wie diese gesehen - nicht nur in der Vision, sondern bei jemand anderem, auch wenn er sich im Moment nicht daran erinnern konnte, bei wem.

Der Mann war ein Hüne, muskelbepackt unter einem schwarzen T-Shirt, Jeans und einem ebenfalls schwarzen Staubmantel, der ihm um die Waden schlug. Mason starrte den Shifter an, und ihm wurde abrupt klar, dass es nicht so leicht werden würde, ihn zu fesseln und wegzuschleifen, wie er es gehofft hatte.

Egal. Wenn Mason mit diesem Typen kämpfen musste, um ihn dazu zu bringen, nach Austin zu kommen, dann musste er eben mit ihm kämpfen. Mason war verzweifelt. Er würde gewinnen.

Hinter ihm starrte Jasmine über die Lichtung. „Sind Sie Moncrieff?“, rief sie. „Der Heiler?“

Der große Mann trat hinaus auf die Veranda, stieß Mason praktisch zur Seite. Er war barfuß, trotz des Staubmantels, aber das schien ihn nicht weiter zu stören. „Nein!“, brüllte er Jasmine zu.

„Ich weiß, wer Sie sind“, erwiderte Jasmine ungeduldig. „Wir brauchen Ihre Hilfe …“

Ihre Worte endeten in einem Schrei, und sie verschwand aus Masons Sichtfeld. Er war in einer Sekunde von der Veranda runter, fühlte gar nicht, wie seine Beine sich bewegten, während er zu ihr eilte.

Er fand sie flach auf dem Boden liegend in der Mitte der Lichtung, wo sie mit einem Netz kämpfte, das auf sie gefallen war. Mason wurde klar, dass der Heiler nicht „Nein“ geschrien hatte, um abzustreiten, dass er Moncrieff war, sondern um Jasmine davon abzuhalten, über die Lichtung in diese Falle zu laufen.

Moncrieff war überraschend schnell hinter Mason hergesprintet und erreichte Jasmine kurz nach ihm. Sie griffen beide nach dem Netz und fingen an, sie zu befreien.

Mason funkelte den anderen Shifter wütend an.

„Was für ein Idiot baut Fallen direkt vor seinem eigenen Haus? Wenn du ihr wehtust, werde ich dir die Kehle rausreißen."

Masons Halsband schlug Funken, direkt über dem Teil des Halses, den er Moncrieff herausreißen wollte, aber Mason fühlte das Stechen kaum.

„Es ist nur ein Netz, um Unbefugte abzuhalten", erwiderte Moncrieff, seine Stimme ein sehr tiefes Grollen. „Nichts Tödliches."

„Mason, es geht mir gut", erklärte Jasmine unter dem Haufen Schnüre. „Wirklich."

„Ich verletze Menschen nicht." Moncrieff hob genug von dem Netz hoch, um Jasmine zu befreien. Er hielt ihr eine große Hand hin. „Ich bin ein Heiler, Vollidiot. Ich heile. Okay, also, ich würde niemand *besonders doll* verletzen. Geht's dir gut, Süße?"

Mason stieß Moncrieff beinah mit seinem Körper aus dem Weg, bevor der andere Jasmine berühren konnte. Er nahm selbst ihre Hand und half ihr auf die Füße.

Er sah, dass sie über ein einfaches Seil gestolpert war, das sie zur selben Zeit zu Fall gebracht hatte, wie das Netz, das über ihr im Baum gehangen hatte, ausgeklinkt worden war. Das Netz bestand aus dünnen Schnüren, mehr wie etwas, was man für Tennis oder Volleyballspiele zu Hause benutzte, als wie irgendetwas aus einem Profi-Sicherheitsladen. Mason hatte es nicht ausgelöst, als er die Lichtung überquert hatte – der Gestaltwandler in ihm musste die Falle instinktiv gespürt und umgangen haben, während er nur darauf konzentriert gewesen war, zum Haus zu stürmen und Moncrieff rauszuzerren.

„Folge mir“, sagte Moncrieff streng zu Mason. „Genau da, wo ich gehe. Nirgendwo anders. Kapiert?“

Er funkelte Mason an, nicht Jasmine, drehte sich dann abrupt um und führte sie zurück zum Haus.

Sie erreichten den Trailer ohne weitere Zwischenfälle. Das Haus war genauso schmal, wie es von außen aussah, und drinnen herrschte ein unglaubliches Chaos. Töpfe und Pfannen standen in der winzigen Küche herum - alle sauber, nicht benutzt -, und überall lag Zeug. Bücher, Magazine, aufgerollte Angelschnur, DVDs, Kleidung, Decken, Handtücher, Keramikschüsseln, Steine wie die, die Jasmine benutzte, leere Bierdosen, ein Haufen Stiefel … Es gab einen vergleichsweise aufgeräumten Platz auf dem Sofa, wo Moncrieff offensichtlich gelegen hatte, während er auf dem großen Flatscreen-Fernseher in der anderen Ecke irgendetwas angesehen hatte.

Jasmine trat ein, wartete nicht auf Masons Okay. „Sie sind Moncrieff, richtig?“, fragte sie den großen Mann.

Seine Zöpfe flogen, als er zu ihr herumwirbelte. „Wer will das wissen?“

„Sie haben Ezra angewiesen, nach uns Ausschau zu halten und uns zu Ihnen zu schicken.“ Jasmine begegnete seinem Blick ohne Angst. „Also müssten Sie ja eigentlich wissen, wer wir sind.“

Moncrieffs dunkle Augen richteten sich auf Mason. Seine Lippen zuckten. „Ich mag sie. Ja, ich habe euch im Rauch gesehen, Süße, aber ich weiß nicht, wer ihr seid. Die Göttin scheint sehr stark in dir zu sein, also wusste ich, dass ihr früher oder später den Weg hier hoch finden würdet. Ich kenne den Typen, dem die Landebahn gehört, und ich wusste, in welches Motel er euch schicken würde. Ich hab mir gedacht, dass ihr eure Suche damit beginnen würdet, euch in den Bars umzuhören, und ich habe Ezra gesagt, er soll in die Bars gehen, die eurem Hotel am nächsten sind, und darauf warten, dass ihr auftaucht. Aber ich weiß nicht, wer ihr seid. Warum erzählst du es mir also nicht, Süße, bevor ich ihn aus der Hintertür werfe und dich dazu einlade, meine aufgewärmte Pizza mit mir zu teilen?"

Masons Knurren begann das Haus zu füllen, während Moncrieff redete, wurde nur noch lauter, als er fertig war. Moncrieff gab es direkt zurück, sein Knurren lauter als Masons. Die Teller auf der Ablage begannen zu klappern.

„Würdet ihr beide bitte aufhören?" Jasmine legte sich die Hände über die Ohren. „Dieses Haus wird sonst noch zusammenbrechen. Es gibt keinerlei Geheimnis. Ich bin Jasmine Samuelson aus New Orleans, und er ist Mason McNaughton aus Austin. Sie müssen mit uns kommen und Masons Tante heilen, bevor sie stirbt, genauso wie einen Paria-Shifter."

Moncrieff hielt inne, das dumpfe Grollen verstummte. Er wandte den Blick wieder zu Mason, ein schwaches rotes Glühen inmitten des Schwarz. „Einen Paria? Willst du mich verarschen?"

Mason schüttelte den Kopf. „Ich wünschte, es wäre so. Er wird meiner Familie einem nach dem anderen die Kehlen aufschlitzen, wenn wir ihn nicht aufhalten."

Moncrieffs Stimme klang hart. „Tötet den Bastard einfach, und setzt seinem Leid ein Ende."

„Er wird bald Vater", erwiderte Mason. „Aleck ist kein schlechter Kerl … Okay, eigentlich hab ich ihn nie besonders gemocht, aber seine Gefährtin liebt ihn, und die Gefährtin meines Bruders ist die Schwester von Alecks Gefährtin. Verstanden? Ich muss mit ihnen im selben Haus leben, und meine Tante wird bald sterben, weil Aleck sie angegriffen hat. Also bin ich hier, um deinen Hintern nach Austin zu schaffen, damit du all das wieder in Ordnung bringst."

Moncrieff starrte ihn an. Mason wurde klar, dass er zu viel redete, verzweifelt, wütend und schon jetzt voller Trauer um Tante Cora. Wenn sie starb, würde Mason Aleck töten und danach diesen Moncrieff-Typen gleich mit.

Moncrieffs Blick füllte sich mit einer kalten Härte, als er die Hand hob und zur Tür zeigte.

„Raus. Sofort. Ich hätte dich zu ihr unter das Netz schubsen sollen, egal, wie niedlich sie ist. Niemand kann einen Paria heilen, Kleiner. Vergiss es."

Dies war Moncrieffs Territorium. So zugemüllt es auch war, die unsichtbaren Grenzen um das Gebiet, über das er Herr und Meister war, schlossen den Trailer und die weitere Umgebung ein. Auf dem ganzen Weg bis zur Straße hatte Mason es gefühlt. Moncrieff war hier dominant, und was er sagte, war Gesetz. Wenn er Mason befahl zu verschwinden, musste Mason verschwinden. Seine Instinkte würden ihn dazu zwingen, selbst wenn Moncrieff ihn nicht tatsächlich leibhaftig rauswarf.

Mason stellte sich aufrechter hin, kämpfte gegen seine Instinkte, damit sie still blieben. Zu Hause war er daran gewöhnt, das zu tun, was seine Brüder ihm sagten, aber er wusste, dass er selbst nicht ganz ohne

Dominanz war. Er mochte in seinem eigenen Haus am Ende der Rangordnung stehen, aber verglichen mit anderen Shiftern befand er sich nicht so weit unten in der Hierarchie.

Er reckte die Schultern und blickte den Heiler direkt an.

Er erkannte in diesem Moment, dass der andere mehr Alpha war als jeder, dem er bisher begegnet war, außer vielleicht Dylan Morrissey. Selbst Broderick stand hinter Dylan zurück, wenn er es musste. Der Einzige, dem Moncrieff Dominanz zugestehen mochte, war Tiger.

Warum zur Hölle hatte Tiger darauf bestanden, dass Mason und Jasmine allein hierherkamen? Tiger hätte diesen Mann jetzt schon auf halbem Weg zu Marlos Flugzeug.

Ihr werdet Erfolg haben und mit dem Heiler zurückkehren, hatte Tiger gesagt.

Mason hob das Kinn, bereit für einen Kampf. Moncrieff bedachte ihn mit einem weiteren warnenden Knurren. Mason hatte keine Ahnung, in welche Art von Kreatur sich dieser Typ verwandelte – es konnte jedenfalls nichts Gutes sein –, aber das war ihm egal.

„Hört auf!“ Jasmine trat direkt zwischen sie. War sie verrückt? Sie hielt die Hände hoch, jeweils eine vor jeden von ihnen. „Das hilft überhaupt nicht. Mr Moncrieff, wir brauchen Sie. Ich habe keine Ahnung, was nötig ist, um einen Shifter zu heilen, der Paria geworden ist, aber können Sie es nicht zumindest versuchen? Und auch Masons Tante zu helfen. Nichts davon ist ihre Schuld.“

„Süße, es gibt einen Grund, warum ich mich hier in den Wäldern verstecke", fing Moncrieff an, aber Jasmine berührte ihn mit der Hand.

Mason versteifte sich, während Moncrieffs Augen sich überrascht weiteten. Mason war sich sicher, Moncrieff würde Jasmine einfach beiseiteschleudern - und dann würde Mason mit ihm kämpfen müssen und vermutlich verlieren. Aber der Mann stand einfach nur da.

„Ich bin noch nicht fertig", sagte Jasmine zu ihm. „Shifter brauchen Sie. Sich von ihnen abzusondern macht keinen Sinn. Es hat uns jede Menge Anstrengung und Energie gekostet, Sie zu finden, ganz zu schweigen davon, hierherzureisen. Das wenigste, was Sie tun können, ist, mit uns zu kommen und zu sehen, ob Sie helfen können. Was ist nur los mit Ihnen?"

Moncrieff starrte sie an. Mason stand bereit, wartete darauf, anzugreifen, wenn Moncrieff sie anfasste, aber der Mann sah Jasmine nur mit seinen rätselhaften Augen an.

„Du wärst erstaunt darüber, was alles mit mir los ist, Süße", stellte er mit leiser Stimme fest. „Wirklich überrascht."

Jasmine bewegte sich nicht. „Also, werden Sie mit uns kommen, Mr Moncrieff?"

Oder muss ich mit dir kämpfen und mich dabei umbringen lassen?, ergänzte Mason im Stillen.

Der große Mann hielt den Blick lange auf Jasmine gerichtet. Seine Brust hob und senkte sich mit jedem Atemzug, der Shifter in ihm war unglücklich. Mason konnte etwas an ihm riechen, was fast wie Angst wirkte. *Angst wovor?*

Moncrieffs Blick wanderte wieder zu Mason. Ja, dieser Typ hatte auf jeden Fall Todesangst vor irgendwas. Moncrieff starrte ihn weiter an, und Mason starrte direkt zurück.

Endlich schloss der Mann die Augen, legte den Kopf zurück und ließ einen Laut hören, der irgendwo zwischen einem Knurren und einem Seufzen lag. „Okay. Ich werde es machen. Vermutlich ist es das Dümmste, was ich in meinem ganzen Leben tun werde, aber was soll's?" Er sah wieder Jasmine an, ignorierte Mason komplett. „Aber nur, wenn du zwei Dinge für mich tust, Süße."

Kapitel Dreizehn

„Was?“, fragte Jasmine. Sie nahm ihre Hand von der Brust des Mannes und blickte ihn erwartungsvoll an.

„Zuerst einmal, hör auf, mich ‚Mr Moncrieff‘ zu nennen.“

Jasmine schürzte überrascht die Lippen. „Heißen Sie so nicht?“

„Schon, aber das ist nicht alles.“ Er richtete sich auf. „Mein voller Name lautet Alexander Johansson Moncrieff. Aber alle meine Freunde nennen mich Zander.“

„In Ordnung“, antwortete Jasmine bereitwillig. „Dann Zander. Was ist das andere, was Sie wollen?“

Zander grinste plötzlich. „Hier sind ein paar Jäger, die versuchen, einen wilden Grizzly zu erlegen, und das macht mich sauer.“ Seine Augen verloren ihre Furcht. An ihre Stelle trat ein leicht irres Glitzern, als er schließlich wieder Mason anschaute. „Hilf mir, ihnen eine Heidenangst einzujagen, Kleiner, und dann komme ich mit euch.“

* * *

Eine Viertelstunde später begriff Mason, was Ezra mit seiner Warnung gemeint hatte, dass Zander Moncrieff völlig verrückt sei.

Er folgte dem Mann lautlos zwischen den Bäumen hindurch, und sie waren beide nackt. Zander hatte darauf bestanden, dass sie ihre Kleidung ablegten, bevor sie aufbrachen, damit sie sich binnen Sekundenbruchteilen wandeln konnten. Was Sinn ergab, aber die Zweige im Unterholz richteten Masons ungeschützte Füße und Beine übel zu. Als er gefragt hatte, warum sie sich nicht einfach gleich in ihre Tiere verwandelten, hatte Zander den Kopf geschüttelt.

„Wenn sie irgendetwas auf vier Beinen zwischen den Bäumen sehen, dann ballern sie einfach drauflos“, hatte er erklärt. „Wandel dich nicht, bis ich dir das Signal gebe.“

Mason hatte das verstanden - wenn die Jäger so schießwütig waren, würden sie vorsichtig sein müssen.

Jasmine war zurückgeblieben, ohne Einwände zu erheben. Ohne *viele* Einwände zu erheben, verbesserte sich Mason. Sie hatte eingesehen, dass es angeraten wäre, wenn sie sich nicht Jägern mit Waffen in den Weg stellte. Aber sie hatte Mason nicht gehen lassen, bevor sie nicht einen Salbeistab angezündet und ihn mit Rauch eingehüllt hatte, während Zander amüsiert zuschaute.

Die Jäger hatten ein Lager ein paar Meilen von Zanders Haus entfernt aufgeschlagen. Sie bemühten sich nicht, unbemerkt zu bleiben – Mason roch ihr Lagerfeuer und was immer sie kochten, schon von Weitem, und der Schein der Flammen erhellte die Nacht. Sie fürchteten nichts hier draußen, die Idioten.

Zander, das musste Mason zugeben, war trotz seiner Größe gut darin, sich lautlos anzuschleichen, und bewegte sich mit der mühelosen Eleganz eines Athleten. Mason folgte hinter ihm, versuchte, mit dem größeren Mann Schritt zu halten, beide unsichtbar in den Schatten.

Zander machte sich nicht die Mühe, sich mit Mason zusammen irgendeine Strategie zu überlegen oder ihm auch nur mitzuteilen, was er vorhatte. Er wandelte sich einfach ohne Vorwarnung in seine Hybridgestalt, halb Mann, halb Tier, und rannte zum Lager.

Als Mason Zander so sah, begriff er, warum er sein Tier nicht sofort hatte erkennen können. Er war ein Bär – aber nicht einfach irgendein Bär.

Der Pelz, der im Sternenlicht schimmerte, als Zander sich aufrichtete, war reinweiß, die Pfoten und die Spitze seiner langen Schnauze schwarz. Nicht dass Mason viel von seiner Nase sehen konnte, weil Zander sein Maul weit aufgerissen hatte, während er ein Brüllen ausstieß.

Mason wusste jetzt wieder, wo er schon einmal so schwarze Augen gesehen hatte – Olaf, das Eisbären-Junge, das ein paar Häuser weiter in der Austin-Shiftertown lebte, hatte genau die gleichen.

Aber während Olaf, wenn er sich halb in einen Eisbären verwandelte und brüllte, einfach nur niedlich aussah, säte Zander Moncrieff mit seinem Anblick Angst und Schrecken.

Die Männer im Lager ließen fallen, was immer sie gerade tranken, und beeilten sich, auf die Füße zu kommen, als Zander die Arme hob und auf sie zustürzte.

„Verdammte Scheiße!“, rief einer von ihnen. „Es ist ein Yeti. Das schwöre ich bei Gott.“

Den meisten Shiftern war längst klar, dass das, was Menschen als Yeti bezeichneten, in Wahrheit ein Gestaltwandler war. Und zwar vermutlich Zander, der ihnen den Verstand durcheinanderbrachte, überlegte Mason.

Zander brüllte erneut, war ein bedrohlicher, riesiger Schemen, gerade außerhalb des Lichts ihrer Lagerfeuer. Die Jäger packten ihre Schrotflinten und begannen zu schießen, aber Zander ließ sich zu Boden fallen und bewegte sich so schnell, dass sie ihn kein einziges Mal trafen.

Göttin, er war *wirklich* wahnsinnig. Mason knurrte tonlos. Zander war nicht sehr weit von den Jägern entfernt, und irgendwann würde er getroffen werden. Dann hätte Mason einen angeschossenen Heiler am Hals, der Tante Cora nichts nützen würde.

Mason wandelte sich vollständig zu seinem Wolf und rannte ins Lager. Alle starrten Zander an, sodass niemand ihm Beachtung schenkte. Er begann die Zelte umzuwerfen. Als sich ein paar Männer zu dem Lärm umdrehten, stürzte sich Mason auf sie, war schon zu nah, als dass sie auf ihn zielen konnten. Ihre Waffen fielen zu Boden. Mason wandelte sich wieder zurück in sein Halbtier, lang genug, um die Flinten aufzuheben und mit ihnen zu verschwinden.

Er ließ die Gewehre im Wald liegen und nahm wieder seine Wolfsgestalt an, rannte zurück, während Zander die Männer ablenkte, indem er Yeti spielte. Im Handumdrehen waren fünf des halben Dutzends Jäger entwaffnet, während der sechste wild auf Zander feuerte.

Zander hob eine der Flinten, die Mason eingesammelt hatte, fuchtelte damit in der Luft herum und brach sie dann mit seinen Pranken in der Mitte entzwei.

Der sechste Jäger zielte genau auf ihn. Zander gab mit dem Licht der Sterne im Rücken ein perfektes Ziel ab, und er hatte keine Zeit, sich zu ducken. Mason warf sich auf den Jäger, und die Waffe ging los, der Schuss ins Leere.

Zander fiel zu Boden, richtete sich aber mit einer weiteren Schrotflinte wieder auf, brüllte wie ein Filmmonster, während er sie in Stücke riss. *Was für ein verdammter Angeber.*

Die Jäger stürmten los, stolperten übereinander, während sie zu ihren SUVs stürzten, die am Rande der Lichtung parkten. Zander trampelte auf einer weiteren Waffe herum, dann brüllte er erneut mit weit aufgerissener Schnauze vor dem dunklen Nachthimmel.

Als er wieder runterkam, landete er auf allen vieren, als voller Bär - der gigantischste Eisbär, den Mason je erblickt hatte. Nicht, dass er je zuvor einen Eisbären aus der Nähe gesehen hätte, außer vielleicht Olaf, aber Olaf war ein niedliches, kleines Junges.

An Zander war nichts niedlich. Er setzte den Jägern nach, spielte nicht länger mit ihnen. Er brach durch das Unterholz und zwischen den Bäumen hindurch, sein Fell wie ein weißer Blitz, sein aufgerissenes Maul rot und wild.

Die Jäger rannten kopflos durcheinander, riefen panisch und drängten sich in die beiden Wagen am Waldrand. Einer der SUVs wollte nicht anspringen, und die Männer drinnen zitterten, als Zander sich mit seinem gesamten Gewicht gegen die Seite des Gefährts warf. Der SUV schwankte vor und zurück, die Männer darin brüllten den Fahrer an, verdammt noch mal endlich loszufahren.

Der erste SUV wartete nicht auf sie. Mit einem Satz und einer Staubwolke raste er davon. Die roten Rücklichter blitzten in der Dunkelheit auf, während die anderen Jäger aus vollem Halse schrien und abwechselnd fluchten und beteten. Zander, der sich wieder zu seinem Halbwesen erhob, trommelte mit den Fäusten gegen das Heckfenster des SUV, zerbrach das Glas, genau in dem Moment, als der Motor röhrend zum Leben erwachte.

Der Fahrer trat das Gaspedal durch, und der SUV setzte sich mit einem Ruck in Bewegung, geriet auf der losen Erde und dem Schlamm ins Schleudern, ehe der Mann am Steuer ihn unter Kontrolle bekam und dem ersten hinterherraste. Mason blieb in einer Wolke von Abgas zurück, allein mit dem glimmenden Lagerfeuer, einem Haufen zerbrochener Flinten, zerstörten Zelten und einem ernsthaft verrückten Eisbären.

Zander wandelte sich wieder zum Menschen und brach in wildes Gelächter aus. „Was für Arschlöcher!“, rief er. „Hast du gesehen, wie sie weggerannt sind?“

Mason schüttelte sich und wandelte sich ebenfalls zurück. „Bist du bescheuert?“, fauchte er Zander an.

„Es ist jetzt vielleicht lustig, aber was passiert, wenn sie keine Angst mehr haben und stattdessen wütend werden? Wenn sie Bericht erstatten, dass ein Bär und ein Wolf versucht haben, sie umzubringen, werden sie alle möglichen Sorten von Jägern, Park-Rangern, und was weiß ich, wen noch alles, hier draußen zusammenziehen, um uns aufzuspüren und zu erschießen. Die Göttin möge uns beistehen, wenn sie rausbekommen, dass wir Shifter sind."

Zander hörte auf zu lachen, und sein Übermut verschwand so jäh, als hätte er einen Schalter umgelegt. „Guter Einwand. Ich vermute, wir sollten besser verschwinden."

Ohne ein weiteres Wort drehte Zander sich um, wandelte sich zum Bären und begann in schnellem Tempo zurück zum Trailer zu laufen.

Es ist für Tante Cora, sagte sich Mason, während er wieder zum Wolf wurde und Zander folgte. Er musste das mehrmals wiederholen und die Zähne zusammenbeißen, bis er Blut schmeckte. Anderenfalls hätte er den Idioten erwürgt, ehe sie ihn nach Hause geschafft hatten.

* * *

Auf dem Rückflug nach Austin hatte sich Zander auf dem Platz des Kopiloten niedergelassen, während Jazz und Mason wieder hinten saßen. Mason hatte über den Überfall auf das Jägerlager nicht viel gesagt, aber Zander legte seiner Schadenfreude keine Zügel an.

„Du hättest es sehen sollen, Süße", hatte er gerufen, als er zurück ins Haus gekommen war und sich ein Paar Jeans gegriffen hatte. Jazz hatte rasch die Augen abgewandt und sich umgedreht, bis sie sicher war, dass Zander seinen großen Körper wieder hinreichend mit Kleidung bedeckt hatte. „Mason und ich haben sie verscheucht, als würde ihr Hintern in Flammen stehen."

„Lasst uns aufbrechen", hatte Mason kurz angebunden erwidert, während er sich seine eigenen Klamotten schnappte. Bei ihm schaute Jazz nicht weg. Er war brummig und verärgert, wodurch er fast süß wirkte, allerdings würde Jazz ihm das nie sagen.

Jetzt hockten sie und Mason Schulter an Schulter nebeneinander, stießen gegeneinander, als das Flugzeug in Turbulenzen geriet. Mason starrte auf die Rückseite von Zanders Platz, während der ohne Pause auf Marlo einredete.

„Er hat Angst", erklärte Mason.

Jazz überraschte die Erklärung, aber dann musterte sie Zander, der jetzt wieder in seiner Kleidung inklusive des Staubmantels steckte.

Er hatte eine interessante Aura, silbergrau, durchschossen mit Weiß, was zu seinem weißen Haar und den schwarzen Augen passte, als ob alles an ihm schwarz und weiß sein müsste. Zander hatte eine besonders starke spirituelle Verbindung zur Göttin, das spürte Jazz, eine, die nicht einmal andere Shifter hatten.

„Interessant", bemerkte Jazz. „Angst vor was? Vor dem Paria-Shifter? Ich weiß, Aleck ist gefährlich, aber selbst deine Tante hat sich ihm entgegengestellt."

Mason schüttelte den Kopf. „Ich glaube nicht, dass er körperlichen Schmerz fürchtet oder einen Kampf. Ich habe selbst gesehen, wie Zander mit den Jägern umgesprungen ist – er hat sich mitten im Kugelhagel aufgerichtet, ohne mit der Wimper zu zucken. Er hat nicht versucht, den Typen wehzutun, er wollte sie einfach nur verscheuchen, hatte aber andererseits keinerlei Angst, sich mit einer Gruppe bewaffneter Menschen anzulegen. Nein, es geht bei ihm um etwas anderes."

„Ja, er ist schwer zu lesen", antwortete Jazz. Sie strich mit ihrer Hand über Masons, mochte es, wie sich augenblicklich seine Finger um ihre schlossen. „Ich habe über etwas nachgedacht", sagte sie. „Als ich in dem sicheren Haus runterkam und die Steine leuchteten, der Bernstein dich anstrahlte ... Mason, das waren nicht meine übersinnlichen Fähigkeiten, die das letzte fehlende Puzzleteilchen hinzugefügt haben. Das waren deine."

Mason zog die Brauen zusammen. „Wovon, zur Hölle, redest du? Ich bin kein Medium."

„Nicht notwendigerweise ein Medium", räumte Jazz ein und fuhr mit einem Finger eine Linie auf seiner Handfläche nach. „Aber du bist empfänglicher für die metaphysische Seite des Lebens, als du denkst. Besonders Bernstein reagiert auf latente Kräfte, weil er so alt ist. Früher war er einmal Baumharz – Teil eines Lebewesens."

Mason zuckte die Achseln, ihm war sichtlich unbehaglich. „Die Steine müssen noch irgendwelche Reste von dem Hexenzeug, das du im Motelzimmer mit ihnen gemacht hast, an sich gehabt haben. Das warst du, nicht ich."

„Das glaube ich nicht." Jazz mochte es, seine Hände zu berühren. Sie enthielten große Kraft, aber seine Finger hatten auch die präzise Einlegearbeit auf der Spieldose hergestellt. „Die Steine waren erschöpft, wie gesagt. Ich konnte aus ihnen überhaupt nichts mehr rausholen. Du aber schon."

„Was auch immer passiert ist, ich war es nicht", erklärte Mason ungeduldig. „Ich bin nicht …"

„Von der Göttin gesegnet", brummte eine tiefe Stimme.

Jazz hob den Kopf und sah Zander vor ihnen stehen. Seine weißen Zöpfe schwangen hin und her, während er in die Kühlbox neben Jazz griff und eine beschlagene Dose Cola herausnahm.

„Was redest du da?", fragte Mason ihn verärgert.

„Von der Göttin gesegnet", wiederholte Zander. „Das heißt, die Magie der Göttin ist stark in dir. Vermutlich gilt das für deinen ganzen Clan."

Jazz drückte Masons Hand. „Das macht total Sinn", sagte sie aufgeregt zu ihm. „Du hast erzählt, deine Familie hätte Wächter hervorgebracht und dass dein Bruder das Schwert eines Wächters benutzen konnte. Du hast dich sehr schnell mit meinem Haus angefreundet, und du hast die Steine wirklich mit Energie versorgt, sodass sie Zander finden konnten."

„Genau." Zander nickte ihr zu. Jazz sah den gehetzten Ausdruck in seinen Augen, als er sich vorbeugte, um sich auch noch eine Tüte Chips aus einer Kiste zu nehmen, die das umfasste, was Marlo „Verpflegung auf dem Flug" nannte. „Eindeutig von der Göttin gesegnet", erklärte Zander, während er sich umdrehte. Über seine Schulter warf er ihnen noch zu: „Muss man selbst sein, um es in anderen zu erkennen."

Mason knurrte vor sich hin: „Jetzt sag nicht, ich soll wie er sein. Bitte."

Jazz verfolgte, wie Zander sich in den Sitz im Cockpit gleiten ließ, die Chipstüte aufriss und dann lauthals über etwas lachte, das Marlo zu ihm sagte, ehe er sich die Hälfte des Tüteninhalts in den Mund schüttete.

„Nein." Jazz lehnte ihren Kopf gegen Masons Schulter. „Ich finde, du bist in Ordnung, wie du bist."

* * *

Zander nervte auch auf der Fahrt vom Landeplatz mitten im texanischen Nirgendwo nach Austin entsetzlich. Dylan kam, um sie abzuholen, und Mason fragte sich, warum. Dylan übernahm keine Botengänge.

Nachdem sie etliche Meilen zurückgelegt hatten und Austin am Horizont auftauchte, begriff Mason schließlich, dass Dylan hier war, um sich ein Bild von Zander zu machen. Der Heiler hatte kein Halsband, kam aus keiner Shiftertown und lebte allein und, soweit Mason es beurteilen konnte, ohne irgendeinen Clan. Im Trailer des Mannes hatte es an den Wänden keine Fotos oder andere persönliche Erinnerungsstücke an eine Familie gegeben.

Allein und ohne Clan. Mason erschauerte. Das konnte er sich nicht vorstellen. Er zog Jasmine näher, bezähmte nur mühsam sein Verlangen, sie zu küssen, während sie durch Austin und zur Shiftertown fuhren.

Sie erreichten das Haus ungefähr um neun Uhr morgens. Die Sonne war aufgegangen, die Luft kühl und trocken – ein wunderschöner Tag für Austin. Als Dylan den Pick-up vor dem Haus parkte, wusste Mason sofort, dass sie vielleicht zu spät kamen.

Alecks Gebrüll dröhnte aus dem Keller, und Mason hörte, wie er gegen das kleine vergitterte Fenster im Untergeschoss des Hauses hämmerte. Falls Aleck einen Weg finden sollte, auszubrechen, wäre jeder in Shiftertown in Lebensgefahr. Er könnte jede Menge Junge töten, ehe es ihnen gelang, ihn zu überwältigen.

Zanders Gesicht verlor alle Farbe, als er aus dem Pick-up stieg, und in seine Augen trat ein hoffnungsloser Ausdruck. Furchtbare Angst. Mason wechselte einen Blick mit Jasmine, und sie nickte.

„Lass mich zuerst zu deiner Tante gehen", erklärte Zander und wandte sich zum Haus. „Sie ist auch da drin?"

Einen Moment lang verfolgte Mason überrascht, wie Zander mit großen Schritten und wehendem Staubmantel den Vorgarten durchmaß und auf die Veranda trat. Der Mann würde gleich die Tür aufreißen und, ohne zu warten, ins Haus eines anderen Shifters gehen – Masons Brüder würden ihn zerfleischen.

Mason sprintete ihm nach. Er erreichte die Veranda, gerade als Zander nach dem Türknauf griff, und schob sich rasch vor ihn.

„Bist du verrückt?", fragte er, bevor er die Tür aufstieß und zuerst ins Haus ging. Wie erwartet waren seine Brüder Corey und Derek schon auf der Treppe, die Augen zu schmalen Schlitzen zusammengekniffen, bereit, den Eindringling anzugreifen. „Man betritt nicht einfach das Territorium eines anderen Shifters", stellte Mason verärgert klar. „Es wundert mich, dass du noch am Leben bist."

„Ich bin ein Heiler", erwiderte Zander ausdruckslos. „Wir folgen anderen Regeln."

„Das heißt einfach nur, dass du Broderick noch nicht kennengelernt hast." Mason schaute sich um. „Wo ist er überhaupt?", fragte er seine Brüder, die stehen geblieben waren, aber fuchsteufelswild aussahen.

„Im Keller, wo er versucht, Aleck am Ausbrechen zu hindern", antwortete Corey. Er ließ seinen Blick über Zander gleiten, und es war unverkennbar, dass ihm nicht gefiel, was er sah. „Wir haben einen Riesenkäfig in einem der Zimmer errichtet, haben die Gitter selbst verschweißt. Aleck versucht, sie auseinanderzubiegen. Wenn er bei Sinnen ist, behauptet er, wir würden versuchen, ihn von seiner Gefährtin und seinem Jungen fernzuhalten."

„Nun, das stimmt ja", sagte Mason ungeduldig. „Das hier ist Zander Moncrieff. Er möchte zu Tante Cora."

„Joanne und Nancy sind bei ihr", erklärte Corey mit vor der Brust verschränkten Armen. Derek, der Bruder, der Mason altersmäßig am nächsten stand, sagte nichts, aber seine Verärgerung war klar zu erkennen.

Zander ließ Mason voraus- und die Treppe hochgehen, versuchte nicht, ihn zu überholen. Jasmine folgte Mason, der hinter sich fasste und ihre Hand nahm. Er fühlte sich besser, wenn er sie hielt.

Tante Cora ging es nicht gut. Masons Brust brannte, als er sie sah, ihr Gesicht eingefallen und fahl, ihre gewohnte Lebhaftigkeit verschwunden. Sie hatte den Seidenschal, den er ihr mitgebracht hatte, locker um die Schultern geschlungen und versuchte, ihren Blick auf Mason zu richten, als er hereinkam. Mason las in ihren Augen, dass sie wusste, sie starb.

„Schau nicht so entsetzt", sagte sie, und ihre Stimme war nur ein schwaches Krächzen. „Das bekommt meinem Ego gar nicht. Ich bin froh, zu sehen, dass du und Jasmine wieder zu Hause seid. Und wer ist *das*?" Sie blickte zu Zander empor.

Vor Masons Augen machte Zander eine Verwandlung durch. Der laute Shifter, der Jovialität benutzte, um seine Wut und Angst zu verbergen, verschwand, und an seine Stelle trat ein Mann voller Mitgefühl. Seine dunklen Augen wurden weich, als er neben dem Bett auf ein Knie sank und Tante Coras ausgezehrte Hand in seine nahm.

„Ich bin Zander Moncrieff", begann er. „Von den Shetland-Moncrieffs. Ich bin hier, um Sie zu heilen."

Tante Cora betrachtete ihn voller Argwohn. „Wirklich? Oder ist dieses ganze Gerede von den mystischen Shifter-Heilern einfach nur absoluter Quatsch?"

Zander drückte ihr ganz behutsam die Hand. „Es ist alles wahr. Leider." Er fuhr ihr mit einem Finger über die Stirn und erhob sich. „Mason – kommst du kurz mit auf den Flur?"

Die Tatsache, dass er Mason bat, sich draußen mit ihm zu beraten, nicht Corey oder Derek oder auch Broderick, erstaunte alle, Tante Cora eingeschlossen. Nancy und Joanne, die dicht beieinander und mit untergehakten Armen auf dem Sofa saßen, verfolgten das alles interessiert, ihre Sorgen für einen Moment vergessen. Derek wirkte erbost, Corey verwirrt.

Zander schenkte ihrer Reaktion keinerlei Beachtung, während Mason und Jasmine ihm vor die Tür folgten. Er beugte sich vor und sprach mit leiser Stimme mit ihnen.

„Du musst Folgendes über Heiler wissen, Mason. Ich kann deine Tante heilen. Es wird schwer werden, aber ich kann es schaffen." Zanders Blick war ernst.

„Was jedoch geschieht, nachdem ich einen Shifter geheilt habe, ist, dass es ihnen besser geht, mir aber nicht. Die Göttin hat sich einen verdammt üblen Scherz mit mir erlaubt. Ich kann heilen, aber nur, indem ich den ganzen Schmerz und das Leid der Person, die ich gerade gerettet habe, auf mich nehme. Nicht die tatsächlichen Wunden oder ihre Krankheit – aber ich spüre denselben Schmerz.

Ich weiß nicht, wie es funktioniert, aber das ist eigentlich auch gar nicht wichtig. Es setzt mich für eine lange Zeit außer Gefecht – manchmal Tage. Einmal hat es zwei Wochen gedauert, bis ich mich erholt hatte. Das ist der Grund, warum ich allein lebe, meine Freunde. Ich muss meine Energie wieder aufladen, bevor ich jemand anderem helfen kann.

Die Sache ist die …", er machte eine Pause und strich sich mit dem Finger übers Kinn, „wenn ich deine Tante gesund mache, werde ich mich zu sehr verausgaben müssen, um den Paria zu heilen, und es klingt so, als müsstet ihr ihm entweder helfen oder ihn töten, und das sehr, sehr bald. Es ist gut möglich, dass ich mich nicht rechtzeitig erhole, um mich da nützlich zu machen.

Ich habe noch nie zuvor versucht, einen Paria zu heilen, also wer weiß, wie es danach mit mir aussieht? Am Ende überstehe ich das gar nicht heil, und dann habt ihr einen wahnsinnigen Eisbären, mit dem ihr fertigwerden müsst." Er stieß den Atem aus, seine Lippen blass.

„Also musst du wählen, Kleiner", schloss er, die mitternachtsschwarzen Augen auf Mason gerichtet. „Soll ich deine Tante heilen oder den Paria? Denn ich bezweifle, dass ich beides schaffe."

Kapitel Vierzehn

Mason antwortete sofort. „Da gibt es nichts zu entscheiden. Tante Cora."

„Das glaube ich nicht." Tante Coras schwache Stimme drang aus dem Zimmer. „Ich kann dich hören, Mason. Ich bin noch nicht tot."

Mason ließ Jasmines Hand fallen und zwängte sich an Zander vorbei ins Schlafzimmer, kaum imstande, weiterzuatmen, so wütend war er. Er spürte Jasmine hinter sich - er würde es immer wissen, wenn sie in der Nähe war.

„Du musst es sein, Tante", erklärte Mason entschieden. „Alecks Wahnsinn ist schon zu weit fortgeschritten. Wenn du mich auf dem Flur hören kannst, dann kannst du auch Aleck unten im Keller hören." Er drehte sich wieder zu Zander um und verlangte zu wissen: „Warum hast du mir das nicht schon vorher gesagt?"

Zanders Miene wurde grimmig. „Ich konnte mir nicht sicher sein, bis ich mit eigenen Augen gesehen hatte, wie schwer deine Tante verletzt ist und wie weit dein Freund schon zum Paria geworden ist."

„Was bedeutet, er denkt, ich bin ziemlich schwer verletzt", warf Tante Cora ein. „Was ich auch denke. Schau dort rüber, Mason." Sie deutete auf die Stelle, wo Nancy und Joanne wie erstarrt zuhörten. „Nancy wird bald ein Junges haben. Dieses Junge braucht seinen Vater. Aleck und seine kleine Familie beginnen ihr Leben gerade erst, während ich bereits eine schöne lange Zeit hinter mir habe. Ich habe es nicht eilig, abzutreten, aber wenn es eine Chance gibt, Aleck zu retten, dann bin ich dafür, sie zu nutzen."

„Nein", entschied Mason resolut. Seine beiden Brüder warteten auf der Türschwelle, und er erkannte, dass sie mit ihm einer Meinung waren. Einzig Broderick war nicht hier, aber Mason wusste, auch er würde ihnen zustimmen, dass Tante Cora an erster Stelle stand.

Jasmine hatte das Zimmer durchquert und sich neben Nancy und Joanne gestellt. Sie wirkte besorgt, unsicher, aber sie sagte leise: „Ich denke, die Entscheidung sollte bei deiner Tante liegen, Mason."

„Nein", wiederholte Mason. Tante Cora sterben zu lassen war keine Option. Das irre Biest im Keller war bereits zu sehr dem Wahnsinn verfallen, und wer wusste schon, ob Zander überhaupt irgendetwas für ihn tun konnte? Zander befürchtete selbst, dass es unmöglich war. Wenn Zander sich bei einem vergeblichen Versuch, Aleck zu retten, völlig verausgabte, wie er es behauptete, würden sie beide verlieren, Aleck *und* Tante Cora.

Derek und Corey knurrten leise hinter Mason, eine Mauer der Zustimmung.

„Mason …“, begann Tante Cora.

„Deine Tante hat recht“, bestätigte Zander. „Es ist nicht deine Entscheidung, wer geheilt wird und wer nicht. Es ist die Entscheidung dessen, der geheilt werden soll.“

„Und ich sage, rettet Aleck“, verkündete Tante Cora in entschlossenem Tonfall. „Lass das Junge einen Vater haben. Dann, wenn du noch irgendetwas von deiner Kraft übrig hast, Heiler, komm zurück, und kümmere dich um mich.“

Sie presste die Lippen aufeinander und schloss die Augen. Die Diskussion war für sie beendet.

Nancy sagte überhaupt nichts. Sie weinte stumm, wusste, dass Mason und seine Familie nie etwas mit ihr und Aleck hatten zu tun haben wollen. Broderick hatte Aleck und sie hergebracht, weil sie keinen anderen Ort hatten, an den sie gehen konnten, und Broderick hatte Joanne einen Gefallen tun wollen. Auch Joanne wusste das und sah bestürzt und unglücklich aus. Die zwei Frauen hatten Tante Cora beide ins Herz geschlossen.

Zander wandte sich zur Tür, doch Mason versperrte ihm zusammen mit Derek und Corey den Weg. Er blieb stehen, und auf seinem Gesicht zeigte sich Mitgefühl, aber auch Entschlossenheit.

„Es ist ihre Entscheidung, Mason“, erklärte er.

„Glaubst du wirklich, dass du Aleck aus dem Wahnsinn befreien kannst?“, wollte Mason von ihm wissen. „Und das, ohne dich selbst zu sehr zu verausgaben, um ihr noch zu helfen?“

„Nein", antwortete Zander aufrichtig. „Das kann auch mich das Leben kosten. Aber ich muss es tun. Es ist das, wozu die Göttin mich erwählt hat."

Masons Herz klopfte. Er starrte Zander an, der seinen Blick stumm erwiderte. Konnte ein riesiger Eisbär drei wütende Wölfe überwältigen? Es sah ganz so aus, als würden sie es gleich herausfinden.

„Mason, lass ihn", drang Jasmines klare Stimme in seine wild durcheinanderrasenden Gedanken, und dann war ihre kühle Präsenz bei ihm, ihre Berührung an seiner Hand. „Lass es ihn versuchen. Ich werde hier sein - ich kann helfen."

Ehe Mason knurren konnte, dass er nicht bereit wäre, Jasmine auch nur irgendwo in die Nähe des wahnsinnigen Shifters im Keller zu lassen, erwiderte Zander: „Du auch, Mason. Ihr beide könnt mich erden und verhindern, dass ich durchdrehe. Ihr seid beide von der Göttin gesegnet. Das ist die beste Chance, die wir haben."

„Scheiße", sagte Mason. Seine Kehle war wie zugeschnürt und schmerzte, und sein Wolf wollte Zander zu Boden stoßen, bis der einwilligte, zuerst Tante Cora zu heilen. Nur Jasmines Berührung hielt ihn davon ab.

„Okay, okay." Mason starrte Zander an. „Aber in dem Augenblick, in dem du erkennst, dass du ihn nicht retten kannst, zerre ich dich da raus und bring dich hier hoch zu Tante Cora."

Zander nickte. „Hört sich gut an." Er ging zur Tür hinaus, schob dabei Derek und Corey beiseite, ohne sich irgendwie anstrengen zu müssen. Mason vermutete, er wusste, wer diesen Kampf verloren hätte.

* * *

Als Mason die Tür zum Keller öffnete und sie und Zander die Treppe runterbrachte, wurde es immer kälter. Nicht nur war die Luft hier kühler, es empfing sie auch eine Aura aus Furcht und Wut, die alles andere überdeckte. Jazz zitterte und drängte sich enger an Mason.

Sie umklammerte die Tasche mit ihren Utensilien und fragte sich, wie ihre unschuldigen Kristalle und Steine der irren Wut, die den Keller überflutete, irgendetwas anhaben sollten. Oben hatte sie etwas von Alecks Wahnsinn gespürt, aber hier war er so massiv und dicht, dass sie das Gefühl hatte, sie würde durch fauliges Sumpfwasser waten.

Der Hauptraum im Keller bestand im Wesentlichen aus Abstellfläche für Dinge, die oben nicht gebraucht wurden. In einer Ecke hatte jemand einen kleinen Fernseher und ein paar bequeme Sessel arrangiert.

Die Rückseite des Kellers war mit einer Wand und einer Tür abgetrennt. Dahinter befand sich Aleck.

Jasmine wusste, dass er dort war, bevor Broderick, der sie, ein Betäubungsgewehr über der Schulter, am Fuß der Treppe in Empfang genommen hatte, aufsperrte und die Tür öffnete. Alecks rote und schwarze Aura hatte sie getroffen, sobald sie in den Keller getreten war, und keine Mauer konnte sie zurückhalten. Die Tür selbst war nicht sonderlich stabil, ein billiges Modell aus einem Baumarkt mit einem einfachen Standardschloss, aber das war auch nicht alles, was den Paria hier festhielt.

Gitterstäbe waren in den schmalen, langen Raum eingebaut worden, den sie betraten. Die Stahlstangen, fünf Zentimeter dick, waren in den Betonwänden und im Boden verankert und oben in die Decke gebohrt. Die Metall- und Schweißarbeiten waren hervorragend ausgeführt. Man konnte sehen, Broderick und seine Brüder waren imstande, mehr zu bauen als Spieldosen.

Jazz wusste, die Gitterstäbe waren stabil, denn als Aleck sich von der anderen Seite des Raumes dagegenwarf, bewegten sie sich keinen Millimeter.

Sobald sie Aleck sah, verstand sie, warum Mason davon überzeugt war, dass Zander nichts mehr für ihn tun konnte. Aleck hatte sich gewandelt, sodass er halb Mensch, halb Felid war. Anhand der Fellzeichnung würde Jazz raten, dass er ein Leopard war, obwohl das schwer zu erkennen war. Sein Gesicht bestand größtenteils aus Augen und Reißzähnen, und seine Blutlust war nicht zu übersehen, während er Mason und Broderick anstarrte.

Was auch immer in diesem Shifter vernünftig gewesen war, war verschwunden. Speichel lief ihm übers Gesicht und ins Fell, und die Hände, mit denen er die Gitterstäbe umklammerte, wiesen abgebrochene und eingerissene Klauen auf.

Zander betrat den Raum und stellte sich direkt vor die Stäbe. Aleck richtete den Blick auf ihn, und über seine Augen legte sich ein roter Schleier, als sich seine Wut nur noch steigerte. Zander musterte ihn und sagte: „Also, das ist nicht gut."

„Schon zu sehr dem Wahnsinn verfallen?", erkundigte sich Mason und klang etwas hoffnungsvoller. „Okay, betäub ihn, Brod, dann gehen wir und helfen Tante Cora."

„Ich habe ihn bereits betäubt", erwiderte Broderick auf seine gewohnt barsche Art. „Du hättest ihn sehen sollen, bevor ihr hier runtergekommen seid."

„Dann, vermute ich, kann Zander ihm nicht helfen." Mason deutete mit dem Daumen auf den größeren Mann. „Das ist er übrigens, der Heiler."

„Das habe ich mir schon gedacht." Broderick durchbohrte Zander mit einem Blick. „Ich hab's gespürt, als er reinkam, mein Territorium verletzt hat. Du bist ein Bär, hat Mason mir am Telefon gesagt. Das passt. Alle Bären sind arrogante Dreckskerle. Denkst du, du kannst irgendwas für Aleck tun?", fragte er, und sein Tonfall enthielt nicht mal den Anflug einer Entschuldigung.

Zander hatte Aleck keine Sekunde aus den Augen gelassen. „Ja", sagte er leise. „Aber ich muss zu ihm dort rein."

Mason hob rasch eine Hand. „Wenn du dort reingehst, wird er dich umbringen."

„Nein, wird er nicht." Zanders Stimme war ruhig, aber entschlossen. „Jazz, Süße, nimm bitte deine stärksten Steine, und leg sie auf den Boden um den Käfig herum, dicht an die Gitterstäbe. Bitte die Göttin, sie mit allem aufzuladen, was sie hat. Dann hülle alles in Salbeirauch. Eine schöne große Wolke wäre hilfreich."

Jazz wandte sich von Mason ab, um zu tun, worum Zander sie gebeten hatte. Ihre Hände zitterten, als sie ihren Beutel öffnete und die Steine auslegte, die in dem dämmerigen Licht schimmerten. Mason beobachtete sie einen Moment, am ganzen Körper angespannt, unglücklich, aber dann sank er auf die Knie, um ihr zu helfen. Jazz fühlte sich besser, wenn er ihr nahe war, mit seinen starken Händen Steine so platzierte, wie sie es ihm zeigte.

„Du wirst gehen müssen“, unterrichtete Zander Broderick. „Aleck reagiert heftig auf dich, vermutlich, weil du ihn immer wieder betäubst. Er weiß, dass du ihn nicht magst.“

Broderick runzelte die Stirn und verlagerte das Gewehr. „Ich mag ihn - wenigstens, wenn er bei Sinnen ist. Ich vertraue ihm nur nicht.“

„Und das ist der Grund, warum du hier wegmusst“, sagte Zander. „Und nimm das Betäubungsgewehr mit. Es macht ihn nervös.“

Mason blickte hoch und nickte seinem Bruder zu. „Das geht in Ordnung, Brod. Ich habe das hier unter Kontrolle. Zander ist im Grunde genommen gar nicht so verrückt, wie es den Anschein hat.“

Broderick glaubte ihm nicht, und Jazz wusste, dass auch Mason es nicht wirklich glaubte. Aber er war bereit, alles zu tun, was nötig war, um diese Sache zu Ende zu bringen.

Broderick zögerte einen Moment, dann hängte er sich das Betäubungsgewehr über die Schulter, ließ einen Schlüssel in Masons Hand fallen und trat zur Tür. „Ich bin gleich draußen. Ruf mich, wenn er eine weitere Dosis braucht.“

Er warf Mason einen langen Blick zu, dann verschwand er durch die Tür und zog sie fest hinter sich zu.

„Versperr sie“, trug Zander Mason auf. „Nur für den Fall, dass Aleck entkommen kann. Er würde kurzen Prozess mit der Tür machen, aber wenigstens wird es ihn aufhalten, sodass du und ich ihn überwältigen können. Denn wenn er in den Rest des Hauses gelangt …“

Mason gefiel nichts von dem, was Zander sagte, das erkannte Jazz, aber er stand auf und schloss die Tür ab.

Zander deutete auf Jazz, und seine Stimme klang nüchtern, trotz der Verzweiflung in seinen Augen. „Du, Süße, bete so inbrünstig zur Göttin, wie du nur kannst. Wir werden alle Hilfe brauchen, die sie uns gewähren will. Mason, mein Freund, lass mich in den Käfig, und dann sperr hinter mir ab. Sobald es Aleck besser geht, lass ihn raus, aber schließ mich ein. Verstanden? Du wirst mich in diesem Käfig festhalten, bis ich mich erholt habe – wenn das möglich ist. Wenn nicht …“, Zander machte eine Pause, dann sah er sie resigniert an, „tötet mich rasch, und holt euren Wächter.“

Masons Gesicht war angespannt, aber er nickte.

„Zander, nicht.“ Jazz sprang auf und ging zu ihm. „Mir war nicht klar, dass es ihm so schlecht geht. Wir können dich nicht bitten, das zu tun.“ Kein Wunder, dass sie und Mason Angst in Zander gespürt hatten – sich einem irren Untier mit Superkräften zu stellen, das schon zu wahnsinnig war, um sich davon abzuhalten, andere zu töten, und am Ende vielleicht selbst so zu werden war etwas, wofür sich niemand freiwillig melden sollte.

Zander blickte sie an, und es war deutlich, dass er akzeptiert hatte, was das hier für ihn bedeuten mochte. „Du bist süß, Jazz. Du und Mason, ihr seid ein großartiges Paar. Aber das hier liegt nicht länger in euren Händen. Ich kann mich von jemandem, der meine Hilfe braucht, nicht einfach abwenden, genauso wenig, wie du dich weigern kannst, deine Gabe dafür zu nutzen, jemanden zu suchen, bloß weil du Angst hast, was du finden könntest. Die

Göttin hat mich erwählt, um Mist wie den hier zu machen, also werde ich genau das tun."

Er holte tief Luft, nahm ihre Hand und drückte sie. „Du und Mason, ihr konzentriert euch auf die Steine und die Göttin und vereint eure Stärke. Ich übernehme meinen Teil und ..." Er zuckte die Achseln. „Wir werden sehen, was passiert."

Zander musste das hier tun, begriff Jazz plötzlich. Egal, wie sehr er den Paria fürchtete oder das, was das Heilen ihm abverlangen würde, er würde es tun. Er hatte das tiefe Bedürfnis, zu heilen - er konnte sich nicht mehr davon abhalten, als Jazz damit aufhören konnte, Visionen zu haben. Er würde sogar in den Käfig einbrechen, ob Mason ihn nun für ihn öffnete oder nicht.

Ohne auf Masons Entscheidung zu warten, begann Zander seine Kleidung abzulegen, sorgte dafür, dass er bereit zum Wandeln war.

Mason beobachtete ihn einen Augenblick, dann straffte er die Schultern mit so viel Entschlossenheit wie Zander. „Jasmine, geh dort drüben hin, und bleib dort, bis ich den Käfig wieder verriegelt habe."

Er deutete auf die Ecke, die am weitesten von der Käfigtür entfernt war. Jazz, die nicht wirklich einem zum Paria gewordenen Shifter im Weg stehen wollte, begab sich eilig dorthin.

Aleck bemerkte ihre Bewegung, richtete den Blick auf sie und hielt ihn dort. Das gefiel Jazz zwar nicht, aber sie reckte das Kinn und erwiderte sein Starren, lenkte ihn so von Mason an der Tür ab.

Broderick und seine Brüder hatten ein umgebautes schmiedeeisernes Tor verwendet, um den Käfig zu sichern, und die Angeln mit dem Gitter verschweißt. Es hatte ein Bolzenschloss, das Mason mit dem Schlüssel öffnete.

Sobald es offen war, packte Zander das Tor, schob es rasch auf, schlüpfte hindurch und zog es hinter sich wieder zu. Mason versperrte es augenblicklich, ließ Zander in dem Käfig allein mit Aleck.

Sofort riss der seine Aufmerksamkeit von Jazz fort und zu dem Eindringling. Er starrte ihn einen Augenblick ungläubig an, dann stieß er ein Brüllen aus und stürzte sich auf ihn.

* * *

Mason umklammerte die Stangen, und Jasmine schrie auf, als Aleck Zander angriff. Die beiden Shifter prallten aufeinander und verschmolzen zu einem Knäuel kämpfenden Wahnsinns.

Mason griff nach dem Bolzenschloss, aber Zander brüllte: „Nein!“, und wandelte sich.

Aleck fand sich im Griff der starken Arme eines Mannes wieder, der zum Teil Mensch und zum Teil ein gewaltiger Eisbär war. Zander fauchte, schnappte mit seinen Zähnen nach Aleck, während der ihn aufzuschlitzen versuchte. Keiner der beiden Gestaltwandler trug ein Halsband. Es gab nichts, was sie davon abhalten würde, einander in Stücke zu reißen.

Jasmine lief zurück zum Käfig. Wieder auf den Knien, machte sie sich daran, ihre Steine auszubreiten und, während sie das tat, einen Beschwörungsgesang anzustimmen. Mason kniete sich neben sie, folgte ihren Anweisungen, die Steine mit ungefähr fünf Zentimeter Abstand voneinander hinzulegen. Sie murmelte bei jedem etwas, und Mason konnte die Worte ganz klar verstehen.

„Göttin, Mutter des Mondes, steh uns bei. Tigerauge für Schutz, Blutstein für Kraft, Bernstein, Quarz und Amethyst für Heilkraft, Obsidian für Frieden. Wir rufen dich jetzt an, damit du uns beistehst."

Jasmines Anrufung unterschied sich gar nicht so sehr von dem, was Shifter bei Zeremonien oder Meditationen benutzten. Mason fiel in ihren Sprechgesang mit ein, sagte sich, wenn zwei Leute die Göttin um Hilfe baten, wäre das wirkungsvoller als einer allein.

Während sie so arbeiteten, kämpften Zander und Aleck. Zander verfügte über unglaubliche Kraft, aber Aleck befand sich im Griff des Wahnsinns, der ihm den Verstand verwirrte. Da war keine Spur des Felids mehr, den Nancy so liebte. Aleck war vollkommen Paria. Seine Augen waren rot, vor seinem Maul stand Schaum, und er versuchte, ohne zu zögern, seinen Gegner zu töten.

Jasmine entzündete ihren Salbei, blies in die Glut, damit der Rauch aufstieg. Etwas davon wehte zu Mason, der niesen musste, und dann in den Käfig. Aleck hustete, löste sich von Zander, wandte seine Aufmerksamkeit auf Jasmine und sprang auf sie zu.

Mason riss sie zurück, gerade als Alecks Krallen zwischen den Gitterstäben hindurch an der Stelle durch die Luft fuhren, wo sie eben noch gekniet hatte. Die Göttin allein wusste, was die Klauen eines Parias an das Blut eines Menschen abgeben würden. Wenn Jasmine den gewaltigen Prankenhieb überhaupt überlebt hätte.

Zander nutzte die Gelegenheit, um hinter Aleck zu gelangen und ihn in den Schwitzkasten zu nehmen. Zanders weißer Pelz und die brennenden schwarzen Augen ließen ihn fast wie den Yeti aussehen, für den die Jäger ihn gehalten hatten, ein Biest, halb Mensch, halb Tier, das aus Urzeiten übrig geblieben war. Zander hatte seine gewaltigen Hand-Pranken um Alecks Hals gelegt, und einen Augenblick lang dachte Mason, er würde ihm das Genick brechen.

Der Augenblick verstrich, Zander zerrte Aleck von den Gitterstangen zurück und warf ihn zu Boden. Er ließ sich auf ihn sinken, benutzte sein Körpergewicht, um den andern am Boden zu halten. Aleck gebärdete sich wie wahnsinnig, wand sich, trat und schlug um sich, warf sich auf dem Boden herum, in dem Versuch, Zander loszuwerden.

Der hielt ihn mit unfassbarer Kraft unter sich fest, schloss dann zu Masons Überraschung die Augen und begann einen Sprechgesang.

Seine Stimme dröhnte durch den Kellerraum, in einer Sprache, die Mason nicht wiedererkannte. Die Worte waren lang und tief, wurden in einem hypnotisierenden Bass-Tonfall vorgetragen, einem Singsang, so alt, dass er Mason in die Knochen fuhr. Er konnte nicht sagen, woher er wusste, dass die Worte alt waren, aber er erkannte intuitiv, dass es so sein musste.

Aleck wehrte sich und kämpfte weiter. Zander hielt ihn irgendwie fest, ohne den Gesang zu unterbrechen.

Jasmine schien zu verstehen, was gebraucht wurde. Sie hielt ein Stück Amethyst in die Höhe, schloss fest ihre Finger darum und reichte Mason den Bernstein, der ihn wie einen Weihnachtsbaum zum Leuchten gebracht hatte.

Der Bernstein glühte jetzt nicht, aber Mason spürte seine Wärme ganz deutlich in seiner Handfläche. Jasmine wartete nicht auf seine Reaktion, sondern griff nach seiner freien Hand.

Eine Schockwelle lief von ihrem Körper in seinen. Mason war plötzlich von Hitze erfüllt, und zwar nicht von einer, die von seinem immer vorhandenen Verlangen nach ihr herrührte. Obwohl sein Paarungswahn nie wirklich verschwand, war dies eine Verbindung, wie ein glattes Band, das sich um ihre verschränkten Hände bildete und verknotete.

Der Salbeirauch stieg Mason in die Nase, beruhigte ihn trotz des tödlichen Kampfes keinen Meter entfernt von ihm.

Zur selben Zeit begann der Bernstein in seiner Hand zu glühen. Das gelbe Licht legte sich um Masons Finger, umgab seinen Körper genau wie Jasmines und floss dann von ihnen in den Käfig.

Jasmine trat dichter zu ihm. Ihre Hüften und Schultern berührten sich, und der Bernsteinschimmer hüllte sie beide ein. Jasmine blickte Mason an, ebenso überrascht von alldem hier wie er.

Mason sah hinab in Jasmines große blaue Augen und wusste es.

Der Schein des Bernsteins erreichte Zander im Käfig. Er versteifte sich, sang aber nur lauter, und seine unheimlichen Worte verschmolzen mit dem Rauch und dem Licht.

Mason verlor das Gefühl für seine Umgebung, während Zanders Stimme ihn, genau wie die Nähe von Jazz und ihrem Körper an seinem, in ihren Bann zog. Wärme breitete sich in ihm aus, erfüllte ihn von seinem Herzen aus. Es war Schmerz und zugleich unvorstellbare Freude, vergleichbar mit dem

Hochgefühl, das ihn erfasst hatte, als er zum ersten Mal in Jasmine eingedrungen war und sie mit seinem Duft belegt hatte, um sie zu der Seinen zu machen.

Der Gefährtenbund.

Mason hatte keine Ahnung, ob Jasmine es ebenfalls spürte. Manchmal manifestierte es sich nicht bei beiden Hälften des Paares. Wenn das geschah, bedeutete das gebrochene Herzen und vernichtenden Schmerz.

Es war wieder typisch, dass Mason es genau hier erkannte, wo ein verrückter Eisbär und ein zum Paria gewordener Felid gegeneinander kämpften, während weiße Magie, an die Mason überhaupt nicht glaubte, um ihn herumwogte. Diese Magie, die metaphysische Welt, in die Jasmine ihn eingeführt hatte, war jetzt das Einzige, was sie am Ende retten würde.

Er spürte, wie Jasmine ihn ermutigend anschaute. Sie versuchte in all diesem Chaos hier, Mason zu helfen, sich besser zu fühlen. Das war es, was wahre Gefährten taten – sie achteten aufeinander, beschützten einander, liebten einander, heilten einander. *Die Berührung eines Gefährten.*

Wenn sie das hier überleben würden, würde ihr Liebesspiel das Haus in den Grundfesten erschüttern.

Mason blickte wieder zu Aleck und blinzelte verwundert. War er ruhiger geworden? Es war nicht offensichtlich, aber Mason hätte schwören können, dass Alecks Bewegungen weniger wild waren, und inzwischen versuchte er nur noch ein paarmal in der Minute, Zander zu zerfleischen.

Eine Art Nebel begann den Käfig einzuhüllen, aber der stammte nicht vom Rauch. Blinzelnd erkannte Mason, dass der Nebel in Wahrheit gar nicht da war, sondern etwas, das er mit seinem geistigen Auge erblickte.

Auren, begriff er erschreckt. Mason sah, was Jasmine sah – die Manifestation dessen, was einen Menschen ausmachte.

Zanders war grau und schwarz in verschiedenen Schattierungen, während Alecks schwarz gestreift mit blutigem Rot war. Jasmine neben ihm war silbern und von einem wunderschönen ruhigen Blau, hier und da mit Regenbogenfarben durchsetzt. Genau richtig für sie.

Als Mason sich wieder zum Käfig zurückdrehte, sein Griff um Jasmines Hand sich festigte, bemerkte er, dass das Rot in Alecks Aura langsam verblasste.

Was immer zur Hölle Zander da tat, es funktionierte. Mason sah den Bernsteinschimmer, der ihn selbst und Jasmine umgab, allmählich in Zanders und Alecks Aura fließen.

Er und Jasmine verursachten das hier irgendwie, erkannte er. Wie auch immer der Teil von Mason, der von der Göttin gesegnet war, sich mit dem, was von der Göttin in Jasmine war, verflocht, es vereinte sich, um Zander und Aleck Kraft zu verleihen.

Unter Zander holte Aleck zitternd Luft. Langsam hörte er auf zu kämpfen und lag dann einfach still und schwer atmend unter ihm.

Nach ein paar weiteren Minuten wandelte Aleck sich langsam zurück in seine menschliche Gestalt und versuchte, den Kopf zu heben. Er sah Mason und schaute ihn an, seine Augen von einem normalen Grün und nicht länger rot glühend. „O Göttin“, sagte er mit schwacher Stimme, als Zander von ihm glitt. „Was habe ich jetzt wieder getan?“

Mason kniete sich hin, und das Bernsteinlicht verblasste. „Ganz ruhig, mach langsam“, sagte er. „Alles in Ordnung?“

Aleck ließ den Kopf nach hinten auf den harten Betonboden fallen. „Habe ich Nancy verletzt? Bitte sag, dass ich das nicht …“

„Nancy ist okay“, antwortete Jasmine rasch. „Und das Junge, das sie trägt, ebenfalls. Ich glaube, es geht ihm gut, Zander.“ Sie kam zu Mason, legte ihm eine Hand auf die Schulter, während sie in den Käfig zu Zander spähte. „Geht es *dir* gut?“

Zander, der ihnen den Rücken gekehrt hatte, fuhr plötzlich zu ihnen herum. Er hatte sich vollständig zum Eisbären gewandelt, und das Schwarz in seinen Augen war wie ein Fenster ins Nichts. Zur selben Zeit erstarben die letzten roten Streifen in Alecks Aura und liefen in Zanders.

Zander erhob sich auf seine Riesenpranken, und die Laute aus seinem Maul waren rau, boshaft und blutrünstig. Der Paria-Wahn, der in Aleck gewesen war, erhob sich nun neuerlich, aber in Gestalt eines Eisbären, der jeden in diesem Haus, ja vermutlich in der gesamten Shiftertown, mit einem Hieb auslöschen könnte.

Mason war aufgesprungen, ehe Jasmine ihm noch zurufen konnte, Broderick und das Betäubungsgewehr zu holen. Mason erhielt gar nicht die Chance dazu. Zander warf sich mit voller Kraft gegen das Tor, und es verbog sich. Mason stürzte zwischen den Käfig und Jasmine, Sekunden bevor das Eisentor brach und der tonnenschwere Eisbär frei war. Er hörte Jasmine Brodericks Namen schreien, während sie die Tür aufsperrte und öffnete.

Aleck blieb zusammengekauert im Käfig, völlig verwirrt. Zander schleuderte Mason mit einer gewaltigen Pranke voller rasiermesserscharfer Krallen zu Boden. Jede Spur von Vernunft in ihm war verschwunden.

Mason wagte nicht, sich zu wandeln, da er wusste, er würde in den Augenblicken, in denen er sich zwischen beiden Gestalten befand, praktisch hilflos sein. In diesen Momenten konnte Zander ihn töten. Er hielt den Bären, so gut er konnte, in Schach und hörte Broderick reinkommen, fluchend, wie nur er es konnte.

Dann kam der Schuss aus dem Betäubungsgewehr, gefolgt von Zanders Brüllen, als der Pfeil ihn traf.

Zander riss sich von Mason los, wirkte aber nicht im Geringsten beeinträchtigt oder gar sediert. Er brüllte, während er sich auf seinen Hinterbeinen höher und höher aufrichtete, und Broderick sagte: „Scheiße."

Mason rollte sich unter Zander hervor, wandelte sich dabei, und seine Kleider rissen. Zander landete wieder auf allen vieren und schüttelte sich, sodass der Betäubungspfeil aus seinem Fell herausflog.

Zander jagte auf Broderick und Jasmine zu, die vor der Tür standen. Mason landete auf seinem Rücken, aber der Bär schüttelte ihn mühelos ab. Broderick gelang es gerade noch, Jasmine aus dem Weg zu reißen, als Zander an ihnen vorbeirannte, durch die Tür stürzte, dabei den Rahmen zerbrach und die Treppe hochstürmte.

Mason, inzwischen in voller Wolfsgestalt, sprintete hinter ihm her.

Kapitel Fünfzehn

Mason war Zander direkt auf den Fersen, als sie das Erdgeschoss des Hauses erreichten. Er schnappte nach den Hinterläufen des Bären, hatte entsetzliche Angst, er würde ins Obergeschoss rennen und den Rest von Masons Familie verletzen, aber Zander polterte durch die Küchentür nach draußen in den Sonnenschein.

Großartig. Statt dass der Eisbär in Masons Haus Amok lief, würde er nun den Rest der Shiftertown verwüsten.

Zander war schnell. Er stürmte die Straße hinunter, wobei die Muskeln unter seinem Fell heftig arbeiteten. Andere Shifter, die draußen unterwegs waren, waren vernünftig genug, zu schauen, dass sie aus dem Weg kamen, selbst während sie mit offenem Mund verfolgten, wie der Eisbär die Straße entlangraste. Eisbären waren sehr selten, und ein ausgewachsener war in dieser Shiftertown nie zuvor gesehen worden. Die Neuigkeit, dass er da war, würde sich in Windeseile von einem Ende der Stadt zum anderen verbreiten.

Mason konnte sich nicht die Zeit nehmen, wieder ein Mensch zu werden, aber er starrte die Wölfe an, an denen er vorbeikam, versuchte, ihnen die Botschaft zu vermitteln.

Findet Tiger. Holt Tiger. Macht schon.

Zander blieb glücklicherweise nicht stehen, um irgendeinen der anderen Wandler anzufallen, obwohl er sie anbrüllte, wenn sie ihm zu nahe kamen. Er lief schnurstracks in eine Richtung - aber Mason hatte keine Ahnung, was sein Ziel war.

Wölfe waren auch schnell. Mason rannte wie der Teufel, unter seinen Pfoten entweder Asphalt oder Erde, wenn Zander Abkürzungen durch Gärten nahm. Mason pflügte durch Blumenbeete und verstreut herumliegende Spielzeuge. Dazu würde er sich später eine Menge anhören müssen, aber genau jetzt musste er einen durchgedrehten Bären aufhalten.

Während die Häuser vorüberflogen, erkannte Mason schließlich, wohin Zander wollte. Ein Haus stand ein Stück zurück von der Straße, inmitten von hohen Bäumen, das zweistöckige Gebäude von innen verstärkt, um der Kraft derer, die darin lebten, standzuhalten. Sie hatten die Garage umgebaut und nannten sie nun den „Bau“, mit typischem Bären-Humor.

Zander hielt auf Ronans Haus zu. Ronan war ein Kodiakbär, so wie seine Mitbewohnerin und sein Clanmitglied Rebecca. Beide hatten als Gefährten nun Menschen, und das Haus war voller Junge, wobei die meisten adoptiert waren, verwaiste Bärenkinder, um die sich niemand anders hatte kümmern können. Der Älteste von ihnen hatte gerade den Übergang zum erwachsenen Shifter hinter sich, aber die anderen – Cherie, Olaf und die kleine Katie plus Ronans winziges Junges – waren zu jung, um sich selbst zu verteidigen.

Mason beschleunigte das Tempo. Es gelang ihm, um Zander herumzukommen – er musste über eine Hecke springen, um das zu bewerkstelligen –, und er landete vor der Veranda auf der Hinterseite des Hauses, wirbelte herum und stellte sich Zander in den Weg.

Der war völlig wild geworden. Jegliche Ähnlichkeit mit dem auf schräge Art und Weise verrückten, aber im Grunde genommen gutmütigen Bärenmann aus dem unordentlichen Trailer in Alaska war verschwunden. An dessen Stelle befand sich ein Ungeheuer in Gestalt eines Eisbären, zügellos und zornig. Er hatte nicht herkommen und versuchen wollen, einen Paria zu heilen, verdammter Mist, aber er hatte es getan, und jetzt musste er den Preis bezahlen.

Und Mason ebenfalls. Zander griff ihn an.

Während Mason unter den gewaltigen schwarzen Krallen zu Boden ging, hörte er die anderen Bären aus dem Haus kommen. Ronans wildes Gebrüll erschütterte den Garten, und Rebeccas nicht weniger mächtiges folgte sogleich. Die Tür des Baus schlug auf, und Mason hörte menschliche Schritte – das war gewiss Walker, Rebeccas Gefährte, jemand vom Militär, der alle möglichen Waffen haben würde.

Zander kämpfte wie von Sinnen. Er schleuderte Mason zur Seite, der herumwirbelte, bis er seitlich gegen die Veranda prallte. Brennender Schmerz breitete sich über seine Rippen aus. Ronan, beinahe ebenso riesig wie Zander, warf sich auf ihn, aber Zander schob ihn in seinem Wahn beiseite, als würde er nichts wiegen.

Ronan und Rebecca stürzten sich wieder auf Zander, beide inzwischen Bären, aber ihre Halsbänder schlugen heftig Funken, was sie bremste und sie Kraft kostete, die sie eigentlich brauchten. Zander versuchte, um sie herum ins Haus zu gelangen, wo Ronans Gefährtin und die verletzlichen Jungen waren.

Walker hatte ein Betäubungsgewehr, aber er versuchte, eine günstige Schussposition zu finden, denn er wollte auf keinen Fall versehentlich die anderen treffen. Und selbst ein Betäubungsgewehr würde nichts nützen. Zander hatte die Dosis, die Broderick auf ihn abgefeuert hatte, einfach abgeschüttelt. Broderick hatte ihn getroffen – Zander hatte von der Betäubung nur nichts gemerkt.

Zander kämpfte heftig mit Rebecca und dann mit Ronan, ehe er sie beide von sich schleuderte, Rebecca mit blutigem Fell, und mit einem Satz auf der Veranda landete, zur Hintertür des Hauses wollte.

Mason sprang ihn an. Fauchend und mit heftig Funken sprühendem Halsband grub er seine Zähne hinten in Zanders Nacken und ließ nicht mehr los. Er versuchte, Walker mit Gedankenkraft dazu zu bringen, sich eine echte Waffe zu nehmen und zu schießen, aber wenn Walker Mason traf, würde das nichts helfen. Und Mason durfte es nicht riskieren, Zander loszulassen, um Walker einen besseren Schuss zu ermöglichen, weil Zander genau dann ins Haus eindringen würde.

Zander buckelte und schüttelte sich, versuchte, Mason abzuwerfen. Gemeinsam krachten sie gegen das Verandageländer, das unter der Wucht des Aufpralls splitterte und zerbrach, sodass sie beide im Garten landeten.

Mason ließ nicht locker, entschlossen, zu verhindern, dass Zander noch einmal auf die Veranda gelangte. Wo, zur Hölle, blieb Tiger? Er war der Einzige, der groß genug und stark genug war, um einen wilden Eisbären zu besiegen. Tiger trug kein echtes Halsband, sodass es bei ihm nichts gab, was ihn behinderte.

Aber wenn Tiger irgendwo außerhalb der Shiftertown war und etwas für Dylan erledigen musste, konnte es eine Weile dauern, bis er gefunden wurde und hierher zurückkehrte. In der Zwischenzeit konnte Zander großen Schaden anrichten.

Während Mason verzweifelt versuchte, seine Zähne in Zanders Kehle zu graben, hörte er Broderick und Jasmine in den Garten sprinten. Broderick rief den Bären zu, sie sollten ihre faulen Hintern hochkriegen und Mason helfen. *Das tun sie doch, Bro*. Broderick war immer so ungeduldig.

Mason hörte auch Jasmine schreien.

Der Klang ging ihm durch Mark und Bein, verlieh ihm neue Energie. Er hatte keine Ahnung, warum Jasmine schrie – Zander war damit beschäftigt, Mason kurz und klein zu schlagen, sodass sie keine Verletzungen haben konnte.

Aber seine Gefährtin war irgendwie in Schwierigkeiten, und Masons Instinkt war, sie zu beschützen, gleichgültig, wen er umbringen musste, um das zu tun. Die Funken seines Halsbandes wurden heftiger, aber Mason spürte sie kaum, während er die Zähne in Zanders Nacken versenkte.

Rebeccas Gebrüll und dann auch Ronans wurden lauter, beide klangen panisch, und Walker rief: „Nein! Haltet ihn auf."

Zander schüttelte sich ein letztes Mal, und Mason verlor den Halt. Er wurde durch die Luft geschleudert und landete hart auf der Erde. Er hörte etwas knacken, und dann breitete sich rasend schnell ein so intensiver Schmerz in ihm aus, dass ihm kurz schwarz vor Augen wurde.

Durch einen Nebel sah er, weswegen alle so geschrien hatten.

Ein sehr kleiner weißer Bär mit rußschwarzen Augen war auf der Veranda erschienen. Er stand am Rand, wo das Geländer zerbrochen war, und starrte verwundert Zander an.

Rebecca, inzwischen in Menschenform, versuchte, ihn zu erreichen und gab der jungen Frau in der Hintertür - ein weiteres Jungtier - zu verstehen, sie solle dortbleiben.

Zander rannte direkt auf das Eisbären-Junge zu - und blieb plötzlich stehen.

Olaf musterte Zander völlig furchtlos. Er stieß ein kleines Knurren aus, das sowohl Neugier enthielt als auch eine Warnung war. *Das ist mein Territorium. Wer bist du?*

Mason versuchte, hochzukommen und sich zwischen sie zu stellen, aber sein Bein war gebrochen, und er fiel mit einem Schmerzenslaut wieder zurück. Die anderen, merkte er, waren wie erstarrt, blickten gebannt zu Olaf und Zander.

Jasmine riss sich von Broderick los, lief zu Mason und sank neben ihm auf die Knie, schob die Hände in sein Fell. Unter ihrer Berührung ließ Masons Schmerz ein wenig nach.

Auch Zander war mitten in der Bewegung erstarrt. Seine Augen waren rot, keine Vernunft mehr in ihnen, aber er betrachtete Olaf schweigend. Olaf, bei dem die Neugier die Oberhand über die Vorsicht gewann, sprang von der Veranda, landete ungeschickt auf seinen Pfoten und überwand die kurze Entfernung zwischen ihm und dem großen Eisbären.

Da rührte sich Ronan endlich und lief direkt auf Olaf zu, aber Zander wandte sich ihm zu und brüllte ihn an, bevor er sich zwischen Ronan und Olaf stellte. Aber nicht, um Olaf zu verletzen, begriff Mason nach einem Moment, sondern um ihn zu schützen.

Olaf klopfte auf Zanders Hinterbein, und Zander drehte sich um, ganz langsam, und senkte seinen Kopf zu dem kleinen Kerl. Der legte beide Pfoten auf Zanders Gesicht und richtete sich auf, um ihm in die Augen zu sehen.

Das Rot begann zurückzuweichen. Zander atmete tief ein und dann ein weiteres Mal, während Olaf ihn betrachtete und versuchte, herauszufinden, wer dieser riesige Bär war, der so aussah wie er.

Zander hob eine gewaltige Tatze und legte sie ganz sachte auf Olafs Rücken. Olaf brummte vor Entzücken und rollte sich unter Zanders Berührung fort, richtete sich wieder auf und schüttelte sich.

Zander streckte sich aus, ächzte, als ob die Bewegung ihn schmerzte, legte sich auf den Bauch. Olaf leckte Zander die Nase und kletterte dann über seinen gewaltigen Kopf auf seinen Rücken.

Jasmine atmete scharf ein, als Olaf furchtlos über das Maul krabbelte, das eben noch wahnsinnig nach allem geschnappt hatte, was in der Nähe war, aber Zander hielt ganz still. Olaf hüpfte glücklich auf Zander, und der rollte sich stöhnend herum.

Er drehte sich auf den Rücken und streckte alle viere von sich, grunzte, als Olaf auf seinem Bauch landete. Die Bären und Mason, Broderick und Walker verspannten sich, aber Zander stieß einen weiteren langen Atemzug aus und lag einfach im Gras. Olaf hockte glücklich und zufrieden auf Zanders Brust, keuchte leise. Das wilde Biest in Zander löste sich auf und verschwand.

Jasmine beugte sich vor und küsste Mason zwischen seine Wolfsohren. „Also wirklich, ist es nicht das Süßeste, was du je gesehen hast?"

Mason antwortete mit einem Wolfslaut. Er hatte Schmerzen, aber Jasmine so nah bei sich zu haben war eine feine Sache.

Er hörte weitere Schritte, hart und schnell. Tiger kam, mit einem Betäubungsgewehr bewaffnet, in den Garten gerannt, gefolgt von Dylan. Als er den riesigen Eisbären ausgestreckt auf dem Rücken im Gras liegen sah, der kleinere zufrieden auf ihm thronend, blieb er jäh stehen.

„Sieht so aus, als würden wir das hier nicht brauchen", erklärte er mit seiner tiefen, dröhnenden Stimme, während er das Gewehr hochnahm.

Er blickte zu Mason und Jasmine und nickte Mason zu. *Gut gemacht,* schien er sagen zu wollen, aber Tiger, der nie viele Worte benutzte, wandte nur den Kopf, um völlig unbesorgt Zander und Olaf zu betrachten.

Wenn Tiger glaubte, alles sei in Ordnung, dann, so wusste Mason, war es genau das. Er legte seinen Kopf in Jasmines Schoß, genoss das sanfte Streicheln ihrer Hand in seinem Fell und verlor das Bewusstsein.

* * *

Masons Bein war gebrochen. Jazz beobachtete besorgt, wie die Kodiakbären und Walker ihn hinten auf die Ladefläche von Dylans Pick-up luden. Walker, der ausgebildeter Sanitäter war, schiente es, sobald Mason sich zurückgewandelt hatte – Mason war nicht imstande gewesen, die Wandlung zu verhindern. Er hatte darauf bestanden, nach Hause gebracht zu werden statt in eine Klinik oder auch nur zu den Bären.

„Sorg einfach nur dafür, dass der verdammte Eisbär Tante Cora rettet“, verlangte er mit zusammengebissenen Zähnen, während Dylan sie um den Block fuhr.

Zander kehrte zu Fuß zu Masons Haus zurück, immer noch in Bärengestalt. Olaf saß auf seinem Rücken wie auf einem Pferd. Zander erreichte den Vorgarten zur selben Zeit, als der Pick-up davor anhielt. Broderick hob Mason persönlich von der Ladefläche und trug ihn ins Wohnzimmer.

„Nach oben“, fuhr Mason ihn an, als Broderick versuchte, ihn aufs Sofa zu legen. „In mein Zimmer.“

„Hey, ich bin nicht dein persönlicher Träger“, knurrte der, aber er brachte seinen jüngsten Bruder die Treppe hoch und legte dabei eine Sanftheit an den Tag, von der Jazz vermutete, dass er sie Mason gegenüber schon sein ganzes Leben lang gezeigt hatte.

Masons Schlafzimmer sah aus, als ob ein Tornado hindurchgefegt wäre, und sein Bett war kaputt. Jemand hatte das hölzerne Kopfteil und das Fußstück gegen die Wand gelehnt, aber die Matratze lag blank auf dem Boden. Broderick setzte Mason vorsichtig darauf ab, und Mason gab einen erstickten Laut von sich, als sein Bein aufkam.

Jazz wollte bei Mason bleiben, aber er winkte ab. „Nein – bitte sorg dafür, dass es Tante Cora gut geht. Ich vertraue dir. Bitte."

Seine Sorge war größer als sein Schmerz, das begriff Jazz. Sie küsste ihn zärtlich, reichte ihm einen Amethyst, den er in der Hand halten sollte, und lief auf den Flur.

Zander kam die Stufen empor, hatte wieder seine Kleider an, nur der Staubmantel fehlte. Er bedachte Jazz mit einem langen Blick, und in seinen Augen stand ein gehetzter Ausdruck. Hinter ihm hüpfte fröhlich das Eisbären-Junge, als wollte es Zander nicht aus den Augen lassen. Zander griff nach unten und hob Olaf hoch, trug ihn auf seinen Armen in Tante Coras Zimmer.

Nancy und Joanne waren dieses Mal nicht hier – sie waren unten und halfen Aleck. Tante Cora öffnete nicht einmal die Augen, als Jazz und Zander den Raum betraten. Sie war zu schwach, um zu reagieren. Ihre Aura war dunkel, matt und verblasste.

Zander setzte Olaf auf das Sofa, kniete sich an Tante Coras Bett und nahm ihre Hand in seine.

Zander heilte sie. Während Jazz mit dem Eisbären-Jungen im Arm dasaß und Olaf mit großen schwarzen Augen alles verfolgte, begann Zander seinen beschwörenden Gesang. Derek und Corey, die nach oben gekommen waren, um ein Auge auf Zander zu haben, wirkten nicht beeindruckt, aber sie schauten nur zu.

Nach ein paar Minuten von Zanders Singsang begann Tante Cora leichter zu atmen, ihre Brust hob und senkte sich weniger angestrengt. Weitere zehn Minuten später öffnete sie die Augen, blickte auf Zanders gesenkten Kopf und die langen weißen Zöpfe und sagte: „Was machst du denn schon wieder hier?"

„Ich heile Sie, Ma'am", erwiderte Zander.

Jazz sah die breiten Streifen Schmerz und Fieber aus Tante Coras Aura in Zanders fließen, sie schwarz färben. Vielleicht war das der Grund, warum seine Aura so neutral war, überlegte sie. Er konnte leicht absorbieren, was auch immer die seiner Patienten beeinträchtigte.

Als die Trübung von Tante Coras Schmerzen verblasste, atmete Zander gequält aus, ließ ihre Hände los und sank zu Boden.

Olaf sprang vom Sofa und ging zu ihm, gab besorgte kleine Laute von sich. Jazz nahm eine Extradecke, die zusammengefaltet auf einem Stuhl lag, und breitete sie sanft über ihn. Sie strich ihm das Haar aus der fieberheißen Stirn, während sich Olaf neben ihm ausstreckte und sich mit seinem kleinen pelzigen Körper an ihn schmiegte. Zander stöhnte nur wieder, und seine Augenlider flatterten, als merkte er gar nicht, was sie taten.

„Nun", sagte Tante Cora mit schwacher Stimme. Sie blickte Zander mit Olaf neben ihm auf dem Fußboden an. „Wer hätte das gedacht? Hilf mir hoch, Jasmine, meine Liebe. Wir müssen einen gemütlichen Platz für ihn finden, an dem er schlafen kann."

* * *

„Au!", rief Mason.

„Jetzt sei doch nicht so eine Mimose", fuhr Zander ihn an, die Hände auf Masons gebrochenem Bein. „Deine Tante war viel schwerer verletzt als du, und sie hat kein Wort gesagt."

Schmerz flutete Masons Körper, ließ die Welt verschwimmen. Der einzige klare Punkt in seinem Leben war Jasmine, deren Hand in seiner lag.

Mason knurrte. „Das liegt daran, dass Tante Cora keinen verdammten Rieseneisbären hatte, der auf ihr gebrochenes Bein drückt."

„Willst du, dass es heilt?", fragte Zander gelassen. „Dann hör auf, so rumzuzappeln."

„Schau mich an, Mason." Jasmines Stimme drang durch die Qual. „Schau einfach nur mich an."

Sie berührte sein Gesicht, drehte seinen Kopf auf dem Kissen zu sich. Jasmine saß neben ihm, ihre Hüfte berührte seine, ihre kühlen Finger schlossen sich um seine heißen.

Mason mochte es, sie anzusehen. „Du bist wunderschön", bemerkte er.

Jasmines blaue Augen wurden warm, und ihre Nase krauste sich bei ihrem Lächeln. „Du siehst auch nicht schlecht aus."

„Ja? Ich dachte, du magst keine Shifter."

Jasmine zuckte die Schultern. „Ich mache eine Ausnahme." Sie hauchte einen Kuss auf Masons Faust. „Du bist ziemlich außergewöhnlich."

„Darf ich eine Bemerkung machen?" Zander hob den Kopf, und die Enden seiner Zöpfe streiften Masons Bein.

„Nein", sagte Mason zur gleichen Zeit, als Jasmine „Ja" sagte.

Zander musste trotz des Schmerzes in seinen Augen grinsen. Er hatte sich kaum davon erholt, Tante Cora zu heilen, und stand schon wieder hier, um Mason zu helfen. Der Mut des Mannes war beachtlich, und Mason war ihm ehrlich dankbar.

„Ihr beide gehört zusammen“, verkündete Zander. „Mach den Gefährtenantrag, Mason. Ich werde es bezeugen.“

Jasmine wirkte erstaunt. „Gefährtenantrag?“ Ihr Tonfall klang vorsichtig. „Was genau heißt das?“

Zander antwortete, ehe Mason dazu kam. „Das heißt, er erklärt, dass er dich zur Gefährtin nehmen möchte, in den Sonnen- und Mondzeremonien, die Shifter anerkennen. Es heißt, kein anderer Gestaltwandler kann dich für sich beanspruchen, ohne mit ihm darum zu kämpfen. Es ist fast so was wie eine Verlobung, aber mit mehr Sex und Gewalt.“

Jasmine schaute Mason an, und ihre Miene wirkte besorgt. „Mason, ich …“

„Du musst es nicht annehmen“, warf Mason rasch ein, und ein schweres Gewicht lastete plötzlich auf seiner Brust. „Du kannst nach Hause gehen, zurück zu deinem Leben und deinem verrückten Haus. Ich lebe in einer Shiftertown mit zu vielen Brüdern und verschiedenen Verwandten. Ich baue Gitarren und Spieldosen in einer versteckten Werkstatt. Aber wenn ich eine Gefährtin hätte, würden Derek und Corey vielleicht aufhören, mich so zu nerven. Du könntest meine Beschützerin sein.“

Mason hörte selbst den Zynismus in seiner Stimme, aber er konnte es nicht verhindern. Er konnte Jasmine nichts bieten als sich selbst, und das wusste er auch. Sicher, seine Familie hatte so viel Geld auf der hohen Kante wie alle Shifter, aber er wollte nicht, dass eine Frau ihn wegen der Reichtümer seiner Familie zum Gefährten nahm. Er wollte, dass Jasmine ihn selbst mochte, egal, wie vermurkst er war.

„Hm, das klang mir ganz nach einem Gefährtenantrag“, sagte Zander. „Ich bin Zeuge.“

Jasmine beugte sich zu Mason herab und blickte ihm in die Augen. „Du erholst dich jetzt erst einmal. Wir werden später reden, wenn du nicht mehr solche Schmerzen hast.“

Der Schmerz ließ bereits nach. Zanders Hände auf seinem Bein taten nicht länger weh.

„Ja“, antwortete er und atmete den Duft ihrer Haare ein. „Wir reden später.“

Zanders Gesicht wurde blass, seine Wangenknochen standen in den fahlen Zügen scharf hervor. Plötzlich stieß er einen Schrei aus und ließ Mason los, fiel zu Boden und umklammerte sein eigenes Bein.

Jasmine stieg vom Bett, nahm eine Decke vom Fußende und breitete sie über Zander. Sie beugte sich zu ihm herunter. „Kann ich dir irgendetwas holen?“, erkundigte sie sich.

Stumm schüttelte Zander den Kopf. Mason begriff anhand dessen, was Jasmine ihm erzählt hatte, nachdem Zander Tante Cora geheilt hatte, dass er dem Schmerz, den er auf sich nahm, einfach seinen Lauf lassen musste.

Die Tür öffnete sich, und Olaf, wieder ein weißhaariger kleiner Junge in Jeans und T-Shirt, kam entschlossen herein. Er hatte ein kleines Kissen dabei, das er Zander unter den Kopf schob. Dann setzte er sich neben ihn und blickte Jasmine an.

„Es ist alles in Ordnung“, erklärte er mit der ganzen Weisheit seiner zehn Jahre. „Er ist ein Eisbär wie ich. Von jetzt an kümmere ich mich um ihn.“

Kapitel Sechzehn

Zander Moncrieff traf sich ein paar Tage später im Haus der Bären mit Dylan Morrissey.

Weil Eisbären unter den Shiftern so selten waren, fragte sich Zander, ob Olaf und er vielleicht aus dem gleichen Clan stammten. Mason hatte ihm erzählt, dass Olafs Eltern erschossen worden waren, was Zander unendlich wütend machte. Es war armselig, dass solcher Mist passierte, wenn man Shifter war.

Zander hatte überlegt, ob er Olaf mit sich in den Norden nehmen sollte, aber er hatte in der Zeit, die er in dieser Shiftertown verbracht hatte, gemerkt, dass der kleine Kerl hier sehr glücklich mit seinen Ersatzeltern und den anderen Jungen lebte. Zander selbst brauchte eine abgeschottete Umgebung, um sich zu schützen, aber das wäre kein Leben für ein elternloses Junges. Alle im Haushalt der Bären liebten Olaf, das konnte Zander erkennen, und daher würde der Kleine hierbleiben.

Dylan Morrissey war jedoch etwas völlig anderes. Dylan war Felid, und Zander kam nicht sonderlich gut mit diesen Shiftern aus. Wölfe, ja, Wölfen fühlte er sich in gewisser Weise verbunden. Katzen hingegen machten ihn wahnsinnig.

Dylan war ein allseits geschätzter Gestaltwandler und vermutlich über zweihundert Jahre alt. Seine Kraft war noch lange nicht erlahmt. Trotz des Graus an seinen Schläfen war er so voller Kraft und Stärke wie seine Söhne, und er brachte zusätzlich eine Menge Erfahrung und Weisheit mit. Liam Morrissey war vielleicht der Anführer der Austin-Shiftertown, aber Dylan kümmerte sich um alles andere.

„Höchst erstaunlich, was du da getan hast", erklärte Dylan, während sie beide allein im Garten zwischen dem Bau und der rückwärtigen Veranda am Haus der Bären standen. „Parias, die so weit dem Wahnsinn verfallen sind, kann gewöhnlich nicht mehr geholfen werden."

Zander zuckte die Achseln, versuchte, die Erinnerung an das düstere Entsetzen, das von seinem Verstand Besitz ergriffen hatte, als Alecks Wahn auf ihn übergegangen war, zurückzudrängen. Er hatte nicht mehr gewusst, wer er war, wo er war, nicht mal seine eigenen Namen, obwohl seine Mutter ihm alle drei von frühester Kindheit an eingeschärft hatte. Einzig der Schock, ein Eisbären-Junges zu sehen, das tief verwurzelte Wissen, dass er den kleinen Kerl vor allen Gefahren beschützen musste, ihn selbst eingeschlossen, hatte ihn aufgehalten. Der Paria-ähnliche Zustand, den er erfahren hatte, war nicht echt gewesen wie bei Aleck – Zander spürte nur das

Gefühl dessen, was er heilte, erlitt nicht die gleiche Krankheit –, aber es war verdammt knapp gewesen. Er hatte sogar etwas viel Schlimmeres befürchtet – dass er nicht mehr imstande sein würde, sich daraus zu befreien, und auf diese Weise sterben würde. Eines Tages würde er zu weit gehen müssen, um jemanden zu heilen, und sich nicht mehr erholen – das war eine echte Möglichkeit.

„Was kann ich sagen?“, erwiderte Zander und bemühte sich um einen leichten Tonfall. „Es ist eine Gabe.“

„Allerdings“, pflichtete ihm Dylan bei. „Eine, die ich gut gebrauchen kann.“

Zander wurde kalt. „Nein, nein, nein.“ Er schüttelte den Kopf, schüttelte ihn immer weiter. „Ich habe meine Telefonnummer aus gutem Grund nirgendwo aufgelistet. Wenn ich nicht eine gewisse Zeit allein verbringe, kann ich nicht tun, was ich hier getan habe. Sperrt man mich in eine Shiftertown, bin ich zu nichts mehr nütze, für niemanden.“

„Du hast mich falsch verstanden“, antwortete Dylan. „Du kannst leben, wo immer du willst, so viel Zeit allein verbringen, wie nötig ist. Du hast kein Halsband, du kannst sogar unter Menschen leben, wenn du vorsichtig bist. Aber sei greifbar, wenn ich dich brauche.“

Zander warf ihm einen ausdruckslosen Blick zu. „Ich gehöre nicht zu deinem Clan, Morrissey. Wohne nicht einmal in deinem Territorium.“

Dylan machte eine Handbewegung, die Gleichgültigkeit ausdrückte, eine geübte Geste, die er zweifellos über viele Jahrzehnte perfektioniert hatte. „Hier in Südtexas gehen Dinge vor, Shifterdinge, die mir nicht gefallen. Du bist ein starker Kämpfer und ein guter Heiler. Bleib wenigstens eine Weile, und hilf mir."

Zander hielt die Hände in die Höhe. „Nett von dir, dass du fragst, Dylan, aber was ich wirklich brauche, ist Zeit in der Wildnis."

Dylans Ausdruck änderte sich. „Das war keine Bitte, Junge." Seine Augen waren blau, und die Macht seines Blickes zeigte, wie dominant er wirklich war. Selbst Zander fiel es schwer, dem Blick dieser Augen zu begegnen. „Du hast meine Leute in Gefahr gebracht. Am Ende ist es gut gegangen, aber du hättest sie besser warnen müssen, Vorkehrungen treffen müssen. Du hast rechtzeitig aufgehört, aber es hätte leicht viel schlimmer werden können."

Zander wusste das. Er hatte Mason ernsthaft verletzt, einen jungen Mann, den er seinen Freund nennen wollte, und er hätte auch die Kodiakbären und all ihre Jungen mit ihnen töten können. Er war ein Monster gewesen, und er würde lange Zeit brauchen, um diesen Albtraum zu vergessen.

Zander atmete aus, schob die Hände in die Taschen seines Mantels und blickte sich um. „Weißt du, Austin ist eigentlich eine schöne Gegend. Ich bleibe vielleicht eine Weile hier. Schau mir die Sehenswürdigkeiten an, werfe einen Blick auf die Musikszene, suche mir ein Apartment in der Nähe von guten Restaurants ..."

Dylan nickte ihm zu. „Lass dein Handy eingeschaltet. Ich werde dich einem anderen Shifter ohne Halsband vorstellen, der mir hilft. Er heißt Kendrick."

Er schaute Zander erwartungsvoll an, aber der Name sagte Zander nichts. „Nie von ihm gehört."

„Hmm", antwortete Dylan knapp. „Das wird sich ändern."

Und damit war das Gespräch beendet.

Zander verbrachte etwas Zeit bei Olaf, wandelte sich für ihn in seinen Bären, sodass sie beide im Garten herumtollen konnten. Dann kehrte er zum Haus der McNaughtons zurück, um seine Sachen zu packen und die menschlichen Frauen dort zu fragen, ob sie ihm eine Unterkunft empfehlen konnten.

Dylan hatte recht - weil Zander kein Halsband hatte, musste niemand erfahren, dass er ein Gestaltwandler war. Er konnte sich unter Menschen bewegen, ohne aufzufallen, wie er das immer tat.

Okay, er war vielleicht nicht immer so erfolgreich mit dem Nichtauffallen, aber er hatte gelernt, wie er Menschen dazu bringen konnte, ihn zu akzeptieren und nicht zu verraten.

Die ersten beiden, auf die er stieß, als er zum Haus ging, waren Aleck, der nicht länger ein Paria war, und dessen hochschwangere Gefährtin Nancy. Nancy saß auf Alecks Schoß, und sie schmusten, und sie wirkten dabei sehr, sehr glücklich.

Sie erhoben sich beide, als Zander näher kam. Aleck trug ein sauberes T-Shirt und Jeans, sein dunkles Haar war gekämmt, und das Lächeln, mit dem er Zander anschaute, war freundlich. Er sah ein wenig erschöpft aus, aber gesund und überaus erleichtert.

„Danke", sagte er, als Zander die Veranda erreichte. Zander blieb auf der obersten Stufe stehen, lehnte sich gegen das Geländer und beobachtete die Turteltäubchen. „Ich kann einfach nicht glauben, dass du so etwas für mich getan hast", fuhr Aleck fort. „Für meine Gefährtin und für mein Junges." Er zog Nancy enger an sich. Die besorgten Fältchen um ihre Augen waren verschwunden, und ihr Mund wirkte weicher.

„Hey, ich mag Happy Ends“, erwiderte Zander. „Aber verschwendet keinen Dank an mich. Bedankt euch bei Mason und Jazz. Die beiden haben einfach nicht aufgegeben und immer weiter versucht, mich zu finden. Dabei haben sie eine Menge auf sich genommen. Sie verdienen euren Dank.“

Aleck wurde rot, nickte aber. „Ich weiß. Ich habe mich Mason gegenüber furchtbar benommen.“ Er zog Nancy noch enger an sich und küsste sie auf die Schläfe. „Keine Sorge. Ich werde es wiedergutmachen, für beide.“

„Wenn sie aus New Orleans zurückkommen“, ergänzte Nancy, und in ihren Augen stand ein wissender Ausdruck. Mason war früh heute Morgen aufgebrochen, um Jazz zurückzubringen. Ihr Abschied von Zander war flüchtig gewesen, sowohl Mason als auch Jazz hatten angespannt gewirkt. „Sie brauchen Zeit alleine, um alles zu klären.“

Zander wurde leicht ums Herz. „Ich denke, das schaffen sie. Und dann werde ich behaupten, sie zusammengebracht zu haben.“ Er deutete mit beiden Zeigefingern auf Nancy und Aleck. „Ihr beiden passt gut auf euch auf, okay?“

Er ging an ihnen vorbei ins Haus, stellte Joanne und den Brüdern seine Fragen, schnappte sich seine Sachen und verließ die Shiftertown.

* * *

Jazz stand auf den Stufen zur vorderen Veranda am Haus ihrer Großmutter und beobachtete, wie Mason von seinem Motorrad stieg. Während der langen Fahrt von Austin nach New Orleans hatten sie nicht viel gesprochen.

Jazz hatte Mason in den Tagen, bevor sie in Austin aufgebrochen waren, nicht oft zu sehen bekommen. Sie hatte viel damit zu tun gehabt, den Frauen in Brodericks Haushalt zu helfen, alles wieder zu ordnen, und Mason hatte sich größtenteils von ihr ferngehalten.

Obwohl Tante Cora geheilt worden war, war sie noch schwach, gleichzeitig aber zu stur, um das zuzugeben. Jazz hatte nicht gehen und es Joanne überlassen wollen, sich alleine um den Haushalt und alles andere zu kümmern. Aleck war ebenfalls geschwächt, und Nancy verwandte all ihre Zeit darauf, ihn zu versorgen, bis Masons Brüder sich beschwerten, sie würden noch an all der zuckrigen Süße im Haus ersticken.

Das hatte dazu geführt, dass Jazz wenig Zeit mit Mason verbracht hatte, sobald er das Bett hatte verlassen können. Er hatte an ihrer Gitarre gearbeitet, das wusste sie, aber er hatte sehr wenig mit ihr gesprochen, wenn er heimkam.

Er hatte sie nur in der Stille der Nacht geliebt, auf eine verzweifelte Weise, und sie geküsst, bis sie beide einschliefen. Eine Aussprache hatten sie vermieden, weil sie beide wussten, dass ein falsches Wort zur falschen Zeit die Seifenblase, in der sie gerade lebten, zerplatzen lassen könnte.

Jetzt beobachtete Jazz, wie Mason zum Haus kam, wie sie es schon einmal vor so vielen Tagen getan hatte, und war wieder einmal restlos überwältigt von seiner körperlichen Kraft und seiner Aura.

Er schnallte die reparierte Gitarre in ihrem Koffer vom Motorrad und trug sie über den Weg zu ihr. Er zögerte an der untersten Stufe der Veranda, blickte das Haus an, die Veranda, die weiß gestrichenen Zierleisten, die blühenden Ranken.

„Bist du sicher, dass die Polizei hier fertig ist?“, wollte er von ihr wissen.

Die Strahlen der späten Nachmittagssonne fielen auf sein dunkles Haar und seine hellgrauen Augen, während er das Haus prüfend betrachtete, nach Gefahr Ausschau hielt. Der einzige Grund, weswegen Jazz hier heraufgekommen war und die Tür aufgesperrt hatte, war, dass sie nicht auf Mason gehört hatte, als er ihr zugerufen hatte, sie solle warten. Außerdem hatte sie den Schlüssel.

„Ziemlich sicher“, erwiderte Jazz. „Ich habe meiner Freundin bei *Inspirations* aufgetragen, sie solle der Polizei sagen, Lucas sei eingebrochen und hätte begonnen, um sich zu schießen, sodass ich nur geschaut hätte, dass ich so schnell wie möglich von hier wegkomme. Dann hat er sich irgendwie selbst unter der Treppe eingesperrt. Offensichtlich hat Lucas irgendwas von Gespenstern und Wölfen gefaselt, als sie ihn schließlich gerettet haben. Jedenfalls haben sie ihn mit Verdacht auf psychische Probleme oder Drogenkonsum weggebracht.“

Mason lächelte nicht. Er beendete seine Musterung des Hauses und kam die Stufen hoch. Er lief dicht an Jazz vorbei, der von seiner Nähe ganz warm wurde, ehe er das Haus betrat.

Er stand in der Diele und atmete ein, nahm Witterung auf und prüfte die Luft, bevor er nickte und Jazz hereinwinkte.

„Das musst du nicht tun“, erklärte Jazz, als sie ihre Tasche in der Diele abstellte. „Ich kann keine

Auren spüren. Ich weiß, niemand ist hier, und das Haus freut sich, uns zu sehen."

Mason warf ihr einen langen Blick zu. „Darauf kommt es nicht an. Ich werde dich immer beschützen."

Jazz' Blut erhitzte sich bei dem dunklen Ton in seiner Stimme. So wenige Männer, mit denen sie ausgegangen war, hatten überhaupt bemerkt, dass sie im Zimmer war, außer sie wollten Sex. Die Ausnahme war der Felid-Shifter gewesen, und sie hatte seine Aufmerksamkeit mit Liebe verwechselt.

Mason drehte sich um und betrat durch die zweiflügelige, offene Schiebetür das Esszimmer. Der lange Esstisch, ein Überbleibsel aus dem achtzehnten Jahrhundert, stand da und wartete auf Mahlzeiten, die seit Jahren nicht mehr darauf serviert worden waren.

Jetzt nutzte Mason ihn für etwas anderes. Er öffnete den weich gepolsterten Koffer, den er für die Gitarre gefunden hatte, hob das reparierte Instrument heraus und legte es auf die Tischplatte.

Sonnenlicht fiel durch die von Ranken überwucherten Fenster auf das polierte Holz, und Jazz' Augen weiteten sich in Ehrfurcht. Mason hatte für die Gitarre eine neue Vorder- und eine neue Rückseite zugeschnitten, aber statt sie so schlicht zu lassen wie die alte Gitarre, hatte er ein exotisches Holz in einem warmen, goldenen Rotton mit weißen Streifen benutzt und mit Einlegearbeiten verziert.

„Koa-Akazie", erklärte Mason und berührte die Gitarre vorsichtig. „Daraus baut man Ukulelen. Es hat einen vollen, weichen Klang, besonders bei einer Akustikgitarre."

Eine Einlegearbeit aus einem dünnen Band zerstoßener Steine lief um den Rand zwischen dem Gitarrenkörper und dem Hals, und dann weiter um die Rosette und um das Loch in der Mitte. Die Arbeit war so fein, dass Jazz die Kehle eng wurde.

„Mason, das ist wunderschön." In ihren Augen brannten Tränen, als sie zu ihm aufschaute. „Kein Wunder, dass ich dich tagelang nicht gesehen habe."

Mason räusperte sich, und seine Wangen röteten sich. „Ich wollte es genau richtig hinbekommen. Sie muss noch ein bisschen aushärten, daher sei anfangs vorsichtig."

„Kann ich sie spielen?" Der plötzliche heftige Wunsch, die Gitarre zu halten, sie zu hören, wallte in Jazz auf und ließ ihr keine Ruhe.

Mason dachte kurz nach. „Klar, das schadet nicht."

Er nahm die Gitarre, aber statt sie ihr zu geben, trug er sie aus dem Zimmer und durch die Diele zur Veranda.

Jazz folgte ihm in den schattigen Pavillon, der für sie von jetzt an ein besonderer Ort sein würde, denn hier hatten sie und Mason sich zum ersten Mal geküsst. Von der Erinnerung wurde ihr ganz warm, und am liebsten hätte sie über die ungeschickte Art und Weise gelacht, wie sie sich ihm an den Hals geworfen hatte.

Mason reichte ihr das Instrument, während er die Möbel wieder richtig hinstellte und in Ordnung brachte, was Lucas an Chaos hinterlassen hatte. Dann setzte er sich auf den Stuhl neben ihr, nahm die Gitarre wieder und stimmte sie für sie.

Das machte er geschickt und rasch, hielt den Kopf schräg, um zu lauschen, während er die Saiten stärker spannte oder leicht lockerte. Offenkundig brauchte er kein Hilfsmittel, das ihm sagte, wann der Ton genau richtig war. Manche Leute konnten Instrumente allein nach Gehör stimmen – und offensichtlich war Mason einer von ihnen.

Schließlich gab er Jazz die Gitarre zurück, stützte die Ellbogen auf die Knie und machte eine auffordernde Bewegung mit seinen Fingern. „Los, fang an."

Vorsichtig legte Jazz ihre Finger auf das Griffbrett, ihre Rechte bereit, die Saiten anzuschlagen. Die Gitarre fühlte sich gut an, die Saiten dicht an dem neu befestigten Hals, aber nicht zu straff, und die Vertrautheit der Rundung des Gitarrenkörpers auf ihrem Bein war irgendwie tröstlich.

Jazz wusste, sie spielte nicht sehr gut – sie spielte nur einfach unheimlich gerne. Die Zukunft hielt keine Konzerthalle für sie bereit, und damit war sie völlig zufrieden. Manche Dinge sollte man einfach nur aus Freude tun.

Sie griff einen E-Akkord und fuhr mit der rechten Hand über die Saiten. Ein süßer, weicher Ton erklang, der zum Teil der der alten Martin war und zum anderen Teil die Fülle, die Mason dem Instrument verliehen hatte. Sie wechselte zu a-Moll, einem dunkleren Ton, und hörte eine völlig neue Facette der Gitarre.

Jazz atmete scharf ein. „Mason, das ist …"

Mason richtete seine grauen Augen auf sie. „Spiel einfach."

Jazz schloss den Mund, schlug einige weitere Akkorde und begann mit dem Lied, das ihre Großmutter so gemocht hatte, das, das Jazz für

Mason gesungen hatte, als er sie das erste Mal gebeten hatte, zu spielen.

Die Wechsel verlangten ihr höchste Konzentration ab, wie das immer der Fall war, und ihre Stimme wankte unter den Gefühlen. Sie stellte sich ihre Großmutter im Hintergrund vor, wie sie ihr ermutigend zunickte. Dann verblasste sie, und es war einfach nur Mason, der sie mit seinen mondgrauen Augen anschaute.

Jazz stockte. Mason streckte eine Hand aus und berührte sie an der Wange.

„Bleib bei mir", sagte er. Seine Worte waren leise, verschmolzen mit dem Rascheln des Windes in den Rosen.

Jazz versuchte ein Lächeln, und ihr Herz klopfte heftig. „Das hier ist mein Haus."

„Du weißt, was ich meine." Er wandte den Blick nicht von ihr, und seine Berührung wurde fester, seine Stimme klar. „Ich habe einen Gefährtenantrag ausgesprochen. Du hast nie geantwortet."

Schmerz durchbohrte sie. Jazz nahm die Gitarre von ihrem Schoß und stellte sie behutsam in den Ständer, in den sie gehörte. „Weil ich Gestaltwandler kenne. Ich liebe dich, Mason, aber ich kann den Gedanken an den Tag nicht ertragen, an dem du zu mir kommst, um mir zu sagen, dass du diesen Gefährtenbund mit einer anderen Shifterfrau eingegangen bist und mich verlassen musst. Das würde mich umbringen. Bitte, zwing mich nicht, das durchzumachen. Besser, es gibt jetzt einen sauberen Schnitt, oder?"

Ihre Stimme war tränenerstickt. Mason zog die Brauen zusammen, und seine Miene verdunkelte sich vor Wut.

„Der Felid, mit dem du kurz zusammen warst, war ein Vollidiot", erklärte er mit harter Stimme. „Er hätte dir von Anfang an sagen müssen, dass kein Gefährtenbund mit dir zustandegekommen ist, aber dass das mit jemand anderem passieren könnte." Mason hielt seine Faust über sein Herz. „Ich habe dieses Problem nicht. Der Gefährtenbund hat mich gepackt, und ich weiß es. Er begann sich zu bilden, als du hier saßest und mich an genau dieser Stelle geküsst hast, und seitdem hat er mich nicht mehr losgelassen. Vielleicht hat er sich in dir nicht für mich gebildet – das weiß ich nicht. Das ändert auch nichts. Du bist meine Gefährtin. Das wirst du immer sein, selbst wenn du mit irgendeinem anderen Idioten wie Lucas oder dem doofen Felid durchbrennst."

Jazz' Lippen teilten sich, ihre Finger fühlten sich taub an. „Wovon redest du?"

„Ich rede davon, dass ich den Gefährtenbund mit dir geformt habe", wiederholte Mason ruhig. „Das heißt, ich werde immer an dich gebunden sein, egal was passiert. Ich werde dich beschützen und dich lieben. Für immer. Du bist meine Gefährtin." Mason klopfte sich auf die Brust, während er sprach, dann legte er seine Hände auf die Knie. „Du liest Auren. Schau hin."

Jazz zwang sich zur Ruhe. Sie klärte ihre Gedanken, ließ die warme Brise den Geruch der Rosen zu ihr wehen und betrachtete den Mann, den sie liebte, mit ihrem geistigen Auge.

Masons Aura war so heiß und kräftig wie immer – grau, durchschossen mit goldenen Streifen in der Farbe von Bernstein. Aber etwas hatte sich verändert, seit sie sie zum ersten Mal gesehen hatte. Masons Aura umgab ihn wie eine Nebelwolke, und in der

Mitte davon, gleich über seinem Herzen, loderte ein Feuer. Es war ein tieferes Gold in der Mitte seines goldenen Scheins und im Zentrum glühend rot.

Unter Jazz' Musterung wurde das Feuer heller, und Ausläufer davon reichten von Mason zu ihr. Sie zuckte zusammen, als der Strom dieses Feuers zu den Flammen gelangte, die in ihr selbst brannten, und sich mit ihnen vereinte.

Dieses Feuer pochte nun in ihrem Herzen. Jazz merkte, wie sie lächelte und ihr Mund davon fast schmerzte, als sie fühlte, wie etwas in ihr vollständig wurde, die Erkenntnis, dass sie die andere Hälfte ihres Ganzen gefunden hatte.

Sie streckte eine Hand aus und berührte sein Gesicht.

„Ich liebe dich, Mason." Sie lachte, und dieses Lachen füllte sie mit überschäumendem Glück. „Was zur Hölle hast du mit mir gemacht?"

Die Hitze in Masons Augen loderte auf. „Ich habe überhaupt gar nichts gemacht. Der Gefährtenbund hat seine eigenen Ideen. Wir sind ihm hilflos ausgeliefert." Er sagte diese Worte mit einem ironischen Unterton, aber dann wurde er ernst. „Das heißt … Ich liebe dich auch, Jasmine. Meine Gefährtin. Bleib bei mir."

Jazz nahm eine seiner Hände, berührte die harten, abgearbeiteten Finger, die solche Schönheit in ihrer geliebten Gitarre erschaffen hatten. Ihr Herz war voll, alles in ihr, was einsam war, löste sich in einen Hauch auf und flog auf der warmen Maibrise davon.

„Ich gehe nirgendwohin", erklärte sie leise.

Masons Gesicht änderte sich. Er verwandelte sich von einem Wolf, der schweigend abwartete, in einen Mann, der plötzlich überglücklich war. Er streckte die Arme aus und zog Jazz auf seinen Schoß, so rasch, dass sie keine Gelegenheit hatte, etwas Unelegantes zu tun, wie das Gleichgewicht zu verlieren und zu fallen.

Sie saß auf seinen kräftigen Oberschenkeln, seine Arme waren um sie geschlungen. Die Verandadielen knarrten, und ein winziges Vibrieren war zu spüren.

Es wurde stärker, als Mason sie küsste, ihre Lippen mit seinen öffnete, seine Zunge heiß und bestimmt. Die Ranken raschelten, und die Windspiele begannen zu klingen.

Jazz lehnte sich zurück, während Mason ihre Mundwinkel küsste. „Ich glaube, das Haus mag es, wenn wir das hier tun", stellte sie fest.

Masons Augen hatten sich zu Rauchgrau verdunkelt. „Gut."

Er hob sie auf seine Arme und trug sie über die Veranda ins Haus. Drinnen ging er zu der Treppe, die Lucas einfach so verschluckt hatte, stieg sie empor und fand mühelos Jazz' Schlafzimmer. Er legte sie auf die zerwühlte Decke und beugte sich über sie.

„Ich hoffe, das Haus mag das hier auch", sagte er mit tiefer Stimme. Er streifte Jazz das Oberteil ab, öffnete den BH, den sie in Austin gekauft hatte. Dabei gab er ungeduldige Laute von sich, und sie meinte auch zu hören, wie er sich beschwerte, warum Frauen eigentlich darauf bestanden, sich so einzuschnüren.

Jazz hatte ihre Hände an seinem Hosenbund, knöpfte ihm geschickt die Jeans auf. „Ich könnte dich das Gleiche fragen", erwiderte sie. „So viele Lagen Stoff, obwohl du ohne toll aussiehst."

Mason machte einen Schritt zurück und schob sich die Kleider mit der gewohnten Schnelligkeit vom Leib. Jazz hatte bereits gelernt, ihm das zu überlassen, sich zurückzulehnen und genüsslich zuzuschauen, wie sein schlanker, muskulöser Körper entblößt wurde. Mason warf sein T-Shirt von sich, untenrum war er bereits nackt. Sein Schwanz war aufgerichtet, wartete auf ihre Hände.

Jazz nahm ihn, mochte es, dass es Mason überhaupt nicht zu stören schien, dass sie ihn daran zu sich zog. Er kam, ohne zu zögern, zu ihr aufs Bett, und das Sonnenlicht fiel auf seine Haut, während er Jazz von Jeans und Unterhose befreite.

Sie landeten gemeinsam auf dem Bett, wo Jazz so viele Träume geträumt hatte. Mason küsste sie auf die Lippen, das Gesicht, die Kehle.

Ein Geräusch wie ein Seufzen ging durch das Haus, als Mason in sie hineinglitt, übertönt von Jazz' entzücktem Ausruf. Sie zog ihn an sich, die Hände auf seinem Rücken, auf seinen festen Hüften, als er in sie zu stoßen begann.

„Meine Gefährtin", sagte Mason mit wölfischer Stimme. Die letzten Sonnenstrahlen des Tages umgaben sie, und die warme Luft ließ ihre Haut feucht werden. Mason fuhr ihr über eine Wange, seine grauen Augen eindringlich. „Ich liebe dich, Jasmine. Gefährtin meines Herzens."

„Ich liebe dich auch" war alles, was sie erwidern konnte, bevor die Wildheit sie mit sich riss und sie aufschrie.

Das Haus klapperte, aber vielleicht war es auch nur das Bett, das gegen die Wand schlug, als Mason immer wieder in sie kam, bis sie beide schier verrückt wurden.

* * *

Mason schlief danach nicht. Er war zu aufgewühlt, der Gefährtenbund pochte durch seine Adern, er war zum ersten Mal in seinem Leben so unglaublich *glücklich.* Seine Einsamkeit, die Distanziertheit zwischen ihm und seinen Brüdern, war fort. Er hatte Jasmine, innerlich wie äußerlich wunderschön, die ihn mit ihren blauen Augen anschaute.

Er lag auf der Seite neben ihr, so wie sie auf der Decke. So konnte er ihren Körper im Dämmerlicht betrachten, sich vorbeugen und ihre Haut küssen, die Blüte unter ihrer Brustspitze mit der Zunge nachfahren.

Er würde ihr einen Sarong kaufen, einen, der sich um ihren Körper schmiegen und dabei beinahe ihr gesamtes Tattoo enthüllen würde. Einen Sarong würde man ganz leicht ausziehen können, jedes Mal, wenn der Paarungswahn sie packte. Mason vermutete, das würde immer wieder passieren, noch für eine lange Zeit.

Jasmine schenkte ihm ein träges Lächeln und steckte eine Hand unter ihren Kopf. Bei dieser Bewegung reckte sich ihr Körper verlockend.

„Also, wie kriegen wir das hin?", wollte sie von ihm wissen. „Du redest davon, in einem vollen Haus zu leben, als sei es etwas Schlechtes. Ich liebe Familie – ich mag *deine* Familie. Ich finde, was du da hast, ist wunderbar."

„Das siehst du vermutlich anders, wenn du eine Weile dort gewohnt hast." Mason zeichnete mit der Fingerspitze die Ranke um ihre Brust nach. „Nachdem Broderick durch das Haus getrampelt ist, meine Brüder sich anfauchen, meine Tante jeden anschreit und Shifter und ihre Gefährtinnen endlos lauten Sex haben."

Jasmine lachte nur. „Klingt großartig."

„Da ist immer noch das sichere Haus", warf Mason ein. „Da ist es ruhig."

„Stimmt", antwortete Jasmine und wirkte zufrieden. „Zur Abwechslung schön, um allem zu entkommen. Das Haus mag ich auch."

„Und dieses hier." Mason blickte hoch zu den Holzbalken an der Decke und den Brettern dazwischen, die leicht gebogen waren, als lächelten sie. „Wir können hier so oft herkommen, wie du möchtest. Solange ich nicht dabei erwischt werde, wie ich außerhalb meines Bundesstaates reise."

Jasmines Lächeln wurde breiter, und ihre blauen Augen erinnerten ihn an einen warmen Abendhimmel. „Ich werde dich beschützen", erklärte sie. „Und das Haus auch."

„Großartig", sagte Mason und tat bestürzt. „Ich muss meine Sicherheit einem Gebäude anvertrauen, das Leute verschlingt."

„Dich wird es nicht essen", versprach Jasmine. „Es mag dich."

„Das muss es wohl." Mason strich ihr das Haar zurück, und seine Finger verharrten auf dem natürlichen Braunton, von dem jeden Tag mehr zu sehen war. „Es lässt mich hierbleiben und dich lieben."

Jasmine griff nach ihm, zog ihn an sich, warm und weich. „Wo wir davon sprechen …"

Mason presste sie an sich und kam in sie, küsste sie. Er begann sie erneut zu lieben, langsam diesmal. Die beiden umklammerten einander, während das

Feuer des Gefährtenbundes durch sie floss und sie vereinte.

Eine Brise strich seufzend durch das Haus, und Mason hätte schwören können, er hörte es zufrieden leise lachen.

Draußen im Pavillon fuhr der gleiche Wind über die Gitarre, deren zarte Laute sich mit dem Geräusch der Windspiele vermischten, ehe sie in der Schwüle der warmen Frühlingsnacht fortschwebten.

Ende

Über die Autorin

Die New-York-Times-Bestsellerautorin Jennifer Ashley hat unter den Namen Jennifer Ashley, Allyson James und Ashley Gardner mehr als fünfundachtzig Romane und Novellas veröffentlicht. Unter ihren Büchern finden sich Liebesromane, Urban Fantasy und Krimis. Ihre Veröffentlichungen sind mit zahlreichen Preisen ausgezeichnet worden – beispielsweise dem RITA Award der Romance Writers of America und dem Romantic Times BookReviews Reviewers Choice Award (unter anderem für den besten Urban Fantasy, den besten historischen Kriminalroman und einer Auszeichnung für ihre Verdienste im Genre des historischen Liebesromans). Jennifer Ashleys Bücher sind in ein Dutzend verschiedene Sprachen übersetzt worden und haben besonders hervorgehobene Kritiken der Booklist erhalten.

Mehr über die „Shifters Unbound"-Serie erfahren Sie auf www.jenniferashley.com.

18468330R00162

Printed in Poland
by Amazon Fulfillment
Poland Sp. z o.o., Wrocław